能治愈你的只有自己

崔海昀 / 著

山西出版传媒集团
北岳文艺出版社
BEIYUE LITERATURE & ART PUBLISHING HOUSE
· 太原 ·

图书在版编目(CIP)数据

能治愈你的只有自己 / 崔海昀著. --太原:北岳文艺出版社,2024.5

ISBN 978-7-5378-6856-3

Ⅰ.①能… Ⅱ.①崔… Ⅲ.①散文集—中国—当代 Ⅳ.①I267

中国国家版本馆CIP数据核字(2024)第086055号

能治愈你的只有自己 **崔海昀 / 著**

出品人:郭文礼
总策划:汪恒江
策划编辑:董江波
责任编辑:李 洋
助理编辑:张舒雯
复 审:张 丽
终 审:郭文礼
宣传运营:刘思华
董江波
印装监制:郭 勇
装帧设计:装帧設計

出版发行:山西出版传媒集团·北岳文艺出版社
地址:山西省太原市并州南路57号
邮编:030012
电话:0351-5628696(发行部) 0351-5628688(总编室)
传真:0351-5628680
印刷装订:山西万佳印业有限公司

开本:890 mm × 1240mm 1/32
字数:215千
印张:10.75
版次:2024年5月第1版
印次:2024年5月山西第1次印刷
书号:ISBN 978-7-5378-6856-3
定价:68.00元

序：崔海昀散文的乡愁意绪

张行健

一

多年来，新闻采写与散文创作，已成为崔海昀生活中的主要内容。

如果说前者是工作需要，那么后者则是个人爱好了。认真严谨的崔海昀把二者都作为平生事业去对待，去脚踏实地全身心投入和践行。

在海昀的意识里，二者是互为补充互为丰盈互为完善的。前者能驱使她不停顿地走进火热的或冷峻的却异彩纷呈的生活，这无疑对后者是源源不断的输血供给；而后者又能给前者做一些思想的灌溉和文本的润泽，何乐而不为！

海昀的意念拙朴且单纯，执着地支撑着她敬业而虔诚地写出了几十万字相关人物与事件的访谈和通讯（叫作文艺通讯也未尝不可）。她曾陶醉在这一文本的写作里，乐此不疲……

这并不是两条轨道一样不可交叉的平行线，相反，它们是两条随时可以交织可以在一起纠缠又可以抖动开来的绳子。其实，像前者那样无形的绳子早已在不知不觉中绑缚了作者，禁锢了她的思维，约束了她的想象，影响了文本结构和语言运用。这并不是个体现象，许多新闻人一旦跳槽文学创作，一生都难以完成理念与文本的艰难转型。

诚然，有海明威老先生把战地记者和小说家的事业干得轰轰烈烈；有白俄罗斯女记者兼作家阿列克谢耶维奇写出了惊心动魄的《切尔诺贝利的悲鸣》和代表作《我是女兵，也是女人》。细细思忖，是具体情境和生活场景的不同，导致作家本人思维模式各异，这个异，就是卓尔不群的个性彰显，是拒绝合唱的人格独立，是放射状思维所带来的生活视野和文学视野的开阔……

崔海昀渐次意识到这一点的时候，是对文本的清醒，只有思维的清醒才能有之后的行为自觉，当然，这种认识也仅限于在文本之中。

大约是十年前吧，海昀进行了一番颇为艰难和痛苦的反思，用踏踏实实的写作和思考，来完成写作的转型。当然，自我否定是艰辛的，真正要廓清作品中的非文学因子或者彻底废弃貌似文学而品质上离文学还遥远的东西，是文学意识的嬗变和文本革命的自我担当。

可喜的是崔海昀靠着柔韧和毅力还有一篇一篇写作的行为，渐次完成着这个过渡。她的《楼门上下》《沟南炊事》《青河》《南院里》以全新的文本姿态，一步步走近散文本质，我手写我心，真情抒写魂牵梦绕的乡愁意绪。

二

一个人的少年时期，是人生中的一个重要段落。

在之后的漫长岁月里，这个阶段总能让人记忆犹新，也往往使人一生都刻骨铭心。

如女作家萧红的《呼兰河传》《牛车上》《生死场》，大多书写了萧红少女时期、童年时期的生活感受和人生遭际，当然还融进一个女性作家特有的细节积累和艺术感觉。命运的坎坷和性格的敏感，锻打着一个少女，也同时成就着一个少女。

再如诺贝尔文学奖获得者赛珍珠女士，尚在摇篮时，就被父母带到中国的江南，在长江与运河的交汇地镇江，度过了她的童年和青少年，之后，又在皖北土地贫瘠、经济落后的宿州生活了近三年。她曾在后来的自传中表达了这样的意思：我在两个不同的世界里成长，一个属于我父母，狭小的、白人的、清洁的、长老会的美国人的世界；另一个是广大的、贫穷的、温馨的、欢乐的，不太干净的中国人的世界。二者并不相通。在中国人的世界里，我说中国话，和他们吃一样的东西，分享他们的思想感情。在美国人的世界里，我则将二者的门关上……在之后的1931年，她出版了长篇小说《大地》，她以同情心境和白描手法，塑造了一系列勤奋、朴实的中国农民形象，生动描绘了江南农民的生活状态，向西方读者展示一个具有神秘色彩的中国乡村。这一切，盖源于少女时期的她，对中国江南农民的了解，她懂得农民最真切的苦难。

举例似乎有些多了，是为了牵引出少女时代的崔海昀。

海昀出生在一个教师之家，河东襄汾的乡村和乡村的校园，是她的故乡也是她成长的乐园。

自记事起她跟着教书的母亲，到村民家里去吃派饭，一家挨着一家。乡村的土窑洞、砖瓦房、村巷、羊群、井台、田野、阡陌、沟畔、崇山脚下、汾河岸边，清晨的雾霭、傍晚的炊烟、春日的麦苗、秋季的玉茭、毛驴的嘶唤、孩童的欢闹……这一切乡村物象，构成崔海昀童年深刻的乡村记忆。而真正成了乡村意象的深沉内涵，则是这片有山地有原野的乡村主宰——五彩纷呈的乡民们，他们平淡而凡俗的日子，他们简约却也复杂的内面，共同编织成生生不息的乡间烟火……她的多篇作品里，倾情描摹出农耕时期乡村的宁静、祥和、恬淡、自然，乡邻之间的和睦和浓郁的人伦人情。她的笔触显然承袭了中国千百年来传统文化的精华和宗法制度之下威严的印痕，这让人自然想到作者有些偏爱沈从文的情感趋向，审美风范和为文风格，起码有这方面的情感吻合。海昀的散文作品里，大多既有新田园牧歌式的诗情画意，又有十分强烈的理想色彩和主观抒情的倾向。特别是多年之后，海昀离开了那片热土，又因为工作和感情因素时时以客人身份回访自己故土的时候，对故乡的眷恋和从心底的热爱使她时时忆及昔日故园的种种优美来，甚或把过往的故园岁月的贫困、落后、封闭、愚昧表现得诗情画意，有一种水墨画的意境之美和向往之美。在《南院里》《沟南炊事》《文庙》《青河》《河沿儿》等篇章里，作者有意地回避了人性中丑与恶的一面，而是着力展示了左邻右舍、凡俗乡亲的人情之美和人性之美，那片并不遥远也并不富庶的土地成了海昀心目中的精神家园，情感依托和乡愁意绪。每每怀恋往昔岁月的时候，海昀那一团浓郁的心绪非但未被风化，反而成为愈加浓烈的乡愁。

海昀的性格是善良的。她用和善的目光观照着故土，在其主观愿望的驱使之下，家园便处处笼罩在一片平和的氛围之中。

海昀的性情是恬静的。笔下的故园在性情的梳理和取舍之下，尽量绕开了乡村的纷争、纠纷或是最为不堪的械斗，还原田园牧歌的和谐与宁静。

海昀的审美是唯美的、理想化的，既然故园成为一种精神家园，无论她的地域文化、文化传统和文化精神如何，在表现它们的时候，选取的展示角度、审视眼光和审美趣味，也都打上了极为强烈的个性化烙印。

另外，从她散文语言的运用上，能读出唯美、平和、从容、舒缓的诗意特质，这也是她审美追求的另一种表现。

三

崔海昀对故土是一往情深的，这种感情是执着的甚或执拗的，否则难以写出《崇山行记》那样的倾情之作。

崔海昀对故土是异常偏爱的，无论当下，还是以后，她会一如既往地把那片土地作为主要的书写对象，细腻而婉约地表现那里的一草一木、一村一户，温情脉脉地诉说一些生活零碎和寻常家事，并且以伦理和道德的评判给故土赋予一些含蓄的界定。

读罢海昀近期的文章，也是她十年来的主要作品，我感觉还有一些话要和海昀陈述清楚，因为文学也是一种对话，是作者与社会和历史的对话，是同内心的对话，也是同读者的坦诚对话。这十余年来，社会是剧烈变化的，而她这十多年来的作品，文章的蕴涵和意向显得单一和单薄一些。社会转型期农村的变革图景是多元而复杂的，农民、农村面临新的生存困境，两极分化，土地问题，这是需要真实而深入反映的。海昀的文章缺少了对这些不容回避内容的细致描写。我认为，一个终生致力于文学创作的作家，对历史、对社会应有清醒的认识，用国际化视野观照当下的城市与乡村，是其面临的一个大课题。

海昀怅然和失落的是渐行渐远的农耕文明时期的田园风光和淳朴民风，是民情、礼仪、风俗、地域风物与地域文化。

她曾写道："自从走出沟南的庭院，便离开了少年时的原生家园。岁月里回眸，庭院里的一窗灯火，常常会在遥远的时光那头洇出一片光晕，乡土乡情、纯美人性，是不羁旅途中暖心的故土家园。而灯下的人，早已风流云转，人声渺远。"

时间轮转间，农耕时期的地域文化早已风韵不再。正如某评论家所说，"这种'黄昏落日'般悲壮无奈的农耕文明的消逝，正是转型时期的某种风景，而值得舍弃以待再生。"

这也正是中国农村从传统的农业文明走向现代化工业文明过程中的艰难蜕变和艰难历程，这也正是文学人应参与其中，且思考着并写作着的关键所在。

散文是最心性的文体，它最应当自由而率性，坦荡且本真，无拘无束，个性张扬，真诚地表达自己的人生感受和生活体验，而不是去一本正经地书写。海昀的散文里多了一些"正"，缺少了一些"邪"，这"邪"恰恰是性情的活泼和生活的情趣，这也不是文本要求，而是写作理念使然。

真正的审美是容纳了审丑在内的大美学概念，如何在作品里引进和处理审丑的环节，这也是一个颇值思索的命题。

（张行健，中国作家协会会员，山西省作家协会副主席，临汾市作家协会主席，国家一级作家）

目 录

第一卷

崇山深处有人家

崇山高耸，汾水映带。节气运行，最初中国。古老的文化与当下古今贯通，文脉流淌，触发了厚重深邃的生命感悟和熏陶。

楼门上下

拐入幽长的梁家胡同，半道上，又有一条向东的胡同，楼门，便坐落在这个小小的拐点。

楼下是一个用石料券成的门洞，门洞上方隐约可见“进士”二字。从门洞望去，可见青石铺成的小路一直延伸向胡同深处。风雨侵蚀，门洞的石面凸凹不平，现出岁月漫过的斑斑痕迹。楼上是一个小小的阁楼，楼梯出口就设在阁楼内，走出去，四面有窄窄的走廊，旁边是石雕的栏杆。在走廊上环行一周，可以看到周边的几户人家，谁家有几间房，院里有几棵树，甚至在院里洗衣的、串门的，都能看得一清二楚。

南院的一棵老槐树，纷披着叶子矗立在走廊上，使南边的走廊严实地隐在一片浓绿中，在走廊上行走，要拨拉开横在眼前的树枝，才走得过去；北院是几株高大的椿树，在阁楼上投下俏丽的树影。

传说，楼门建起有些年头了，当年是梁家的祖上中了进士，便回乡买了老宅所在的胡同，修起了这座光宗耀祖的门楼。

炎夏，有穿堂风从楼门下穿过，门洞下便辟出一片清凉。

村里的家长里短，都会在楼门底下发布。谁家二小子看上了村东头的苏家姑娘，谁家婆媳拌嘴了，谁家男人在外面有了相好，这些琐碎的、隐秘的、好奇的话题，都会成为楼门底下的谈资。住在胡同里的人，出出进进都会在楼门底下走过，有兴趣的、有闲情的，便会加入到聊天队伍里。

下地归来的汉子，锨把锄头暂且放置一边，一屁股坐在楼门下的石头上歇脚。汗落了，凉快透了，早有自家的小屁孩颠儿颠儿跑过来，老远就喊："爸，我妈叫你回家吃饭——"有时跑得太快，脚底下有石块一绊，便会结结实实地摔个狗吃屎，紧接着传来"哇"的一声大哭。做父亲的便会迅即扛起脚边的农具，过去把孩子像小鸡一样拎起来，笨嘴笨舌哄着往家走去。

正午的阳光烤得正热，知了拼了命地嘶叫。饭熟了的，便会端个海碗陆续坐在楼门底下，呼噜呼噜的扒饭声响成一片。碗里是宽而薄的白面条，添一把翠绿的青菜，用盐和醋调了，滴上几滴熟油，就着大蒜瓣，简单可口；有的是一碗玉米糊或疙瘩汤，泡着馒头，碗的一角搛几块老咸菜，也是吃得满口喷香。

爷爷也是楼门底下的常客，常常端着饭碗去和邻居们边吃边聊。约摸饭快吃完了，妈妈便会盛一碗面汤，让我给爷爷送去。

当我端着一碗面汤，穿过长长的胡同给爷爷送去时，爷爷和邻居们聊兴正浓，脚边放着一只空碗。等爷爷喝完面汤，我会把两只碗垒叠在一起，回家去洗。

有时，我不在家，没有人送面汤，爷爷才会自己回家端一碗面汤，再去楼门底下喝。奶奶便会在身后唠叨：“家里都喝不下一碗面汤！”

这只面汤碗，常常会陪着爷爷在楼门底下乘凉，感受那里的热闹气氛。啥时候爷爷困了，才会随着爷爷回家。

一、狗儿爷爷

狗儿爷爷住在我家西院，是爷爷没出五服的堂弟。只因他家养着一条大黑狗，我们便叫他狗儿爷爷。

狗儿爷爷是生产队队长，什么时候都铁青着脸，负责为队里的劳力分配活儿。

今天去沟北翻地，明天去东坡底下割草，后天去东沟施肥，一个生产队的男女老少，都由他安排调遣。

楼门有两个楼梯口，一个在南院皎月家的院里，一个在胡同边上。狗儿爷爷常脚步噔噔地穿过楼门底下聊天的人群，从胡同边的楼梯口上到楼门上。

他站在高高的楼门上，把手卷成喇叭状，朝四面大喊：“喂，全体社员注意了，后半晌去沟北割草喽。”或者是傍晚时分，家家户户的炊烟尚飘荡在村庄上空，暮色里又传来狗儿爷爷有着浑厚音质的声音：“喂，各家管事的听着，喝了汤（晋南方言，即吃晚饭）到队部开会了。”村东的各户人家，通过狗儿爷爷在楼门上的喊话知晓了各种信息。一听见狗儿爷爷在楼门上喊话，村民都要停下手中的活计，侧耳细听，生怕漏过了一字半句。

孩子们最爱听的，莫过于“喂，全体社员注意了，天黑了庙里放电影，早点让孩子们去占座——”整个村庄因为狗儿爷爷这样的喊话，弥漫着甜滋滋的欢乐气氛和一种急切的躁动。

楼门，把狗儿爷爷幻化成一种声音，权威、神圣、高高在上，引领着小村村民的集体生活。常常是喊过话后，狗儿爷爷便从楼门上下来，黑铁塔一样站在十字路口，像指挥千军万马的将军一样，威风凛凛。不一会儿，他身旁就聚拢起一大群人，跟在狗儿爷爷身后向田里浩浩荡荡走去。

有一年，我放“收麦”假回家，闲着没事，爷爷便让狗儿爷爷给我分个活儿，也算给队里添个小帮手。狗儿爷爷“嗤”地笑了一声道：“小孩子家，能做什么！”第二天清早，他让我去沟北拾麦穗，挣的工分记在爷爷名下。

其实我想和好朋友娟子往田里送水，却不敢再吭声，老大不情愿去拾麦穗。

狗儿爷爷不苟言笑，不怒自威。我在田里拾麦穗，远远看见他走过来，便低下头起劲地拾，头也不敢抬。在村巷里遇见，实在躲不过，就悄悄溜边走，生怕他的大嗓门一吼，把人震得吓一跳。

没想到让人发怵的狗儿爷爷，却也有和蔼的一面。

有天中午，家里来了客人，奶奶让我去狗儿爷爷家拿回待客用的茶盘。走进狗儿爷爷家，看见他正端一碗饭，喂最小的孙子吃。小孩子不听话，在屋里跑来跑去，狗儿爷爷便端着饭碗追来撵去，满脸慈祥。我一时愣怔在那里，想不明白说话让人抖三抖的狗儿爷爷，竟还有这样温和慈祥的一面。

狗儿爷爷的声音在门楼上沉寂，源于一个春天的清晨。记得那天，队里饲养圈里的牲口被分到各家各户，我们家爷爷奶奶两个农村户口，与二爷爷家、小爷爷家合分了一匹骡子。从此，农村人的集体活动减少，各忙各的活儿，不再需要狗儿爷爷到楼门上喊话了。

在清晨或傍晚，常见狗儿爷爷很落寞地在胡同里转悠，脚步一下一下踩在青石板上，像在丈量什么，又像若有所思。

楼门上喊话不再是狗儿爷爷的专利，小商小贩也发现了楼门的妙处，竞相跑到楼门上扯开嗓子大喊。

早饭时有人喊："锢锅咯——"

一刻钟的工夫，又有人喊："戗刀磨剪子——"

傍晚人闲了，门楼上又会传来"爆米花——"

喊声此起彼伏，楼门上搭起了最早的乡村广告平台。

正在胡同里行走的狗儿爷爷，听见喊声会猛地原地站定，默默地朝楼门上望一会儿，再默默地走开。

慢慢地我发现，狗儿爷爷的性情也发生了变化。暑假回家，在胡同里碰见狗儿爷爷，我会像小时候一样怯怯地喊一声："爷爷"，他便露出少有的笑容，问一句："放假了？"有次甚至从口袋里摸出一把炒黄豆，让我回味了好多天。

母亲去世后第一个周年，我正泪眼婆娑跪在母亲遗像前，忽听后院哭声大作——狗儿爷爷去世了。

出殡那天，十字街口燃起了冲天大火，纸扎的摇钱树、聚宝盆等，随着狗儿爷爷一生的荣耀、沉寂和落寞，在火光中化为灰烬。

唯有一种声音，在高高耸立的楼门上传来。

若有若无，回荡在老槐树的枝杈间，回荡在阁楼上空。

二、皎月

皎月长我几岁，论辈分，我该叫她姑。

从楼门底下人们的笑谈中得知，皎月娘在楼门底下乘凉时，皎月还是个扎羊角辫的两岁小丫头。坐在石头上的娘年轻、丰韵，怀里揽着皎月，在楼门底下和几个年轻媳妇聊家长里短的琐碎，又耳语般聊各自丈夫的脾性。聊累了，娘坐在石头上纳鞋底，不时把针在头发间抹一下，再“哧啦”一声穿过鞋底，用力紧一下。

依偎在娘身边的皎月，看得多了，便学着娘的样子，小手在头上挠一下，再装作用力地紧一下，把纳鞋底的一套动作学得惟妙惟肖。

当年楼门下闲聊的人，便会逗她道：“皎月，鞋底怎么纳呀？”她便像模像样地把动作重复一遍，引来一阵善意的笑声。

“这孩子，长大后肯定心灵手巧，是个当家的料！”人们纷纷夸奖着。

转眼间，皎月就长成一个水灵灵的大姑娘了。俊俏的皎月上完小学就不再上学了，待在家里做得一手好女红。她在鞋垫上一个一个地描十字，绣出了“喜鹊登梅”“鸳鸯戏水”等图案，针脚那是又细又密，颜色搭配得恰到好处，鲜艳艳、活生生、喜盈盈地惹人喜爱。

皎月家就住在楼门南边的院里，把楼门遮住大半边的那棵槐树，就长在她家院子北边。春天，槐树开满白色的槐花，引得蝶飞蜂舞。皎月奶奶和皎月娘总爱摘了槐花，一篮一篮地送人，或是相熟的，干脆来院子里拿铁钩钩槐花。于是，仲春的楼门附近，处处可闻槐花的清香。

皎月一家人，是楼门底下的常客，一年四季，都可以看到他们的影子。

她的爷爷性子急，做什么都比别人家早一拍。自从狗儿爷爷不在楼门上喊话后，田地就分到各家各户。皎月家的庄稼，在爷爷的指挥下比别人家下种早、收割早，常常是别人还在地里汗流浃背地割麦，她爷爷已悠闲地坐在楼门底下了。不远处的空地上，晾晒着他们家打好的麦粒。最有趣的是每年腊月三十下午，每家每户还在忙匆匆地剁饺子馅，皎月爷爷已早早把庭院内外洒扫干净，对联、挂签、财神、灶王爷贴好，坐在楼门底下看人来人往。

他看人，匆匆进出的人也看他。谁家割回一块红白相间的猪肉，谁家扯回一块做上衣的布料，皎月爷爷都尽收眼底。

而无论远行的、赶集的，回到梁家胡同，见到皎月爷爷坐在楼门底下，就会有一种到家的感觉。

皎月奶奶坐在楼门底下，就是大婶大妈中的核心人物。她们结聚在她的周围，有的拿着鞋样，比划着，问："婶婶，我家大伟穿，是不是大了点？"皎月奶奶瞄一眼不远处疯跑的小男孩，把鞋样拿在手里瞧一瞧，说："这样改一下。"过几天你再看，小男孩脚上一双崭新的鞋，又合脚又舒适。有的问："二妈，新媳妇头一次回门，拿什么礼？"又有人问："老嫂子，外孙满月，姥姥家准备几身衣服？"这边话没落地，那边又插话道："奶奶，割麦后亲戚间走动，拿几个花馍？"

不同辈分的一群女人，热热闹闹，你说话她抢话，搭起了乡风民俗的戏台子。

每逢此时，皎月奶奶便慢条斯理地开了腔："给外孙做满月，姥姥家要拿一套被褥，表示添人口了。上礼也要量家当，衣服无论多少，要成双成对地拿。"

精通村里各种风俗的皎月奶奶，无疑是这个戏台子的核心人物，她的话，往往最具权威性。

人们正闲聊着，皎月的父亲远远地背起锯子、刨子走了过来，有人便问道："奎子，又要出门啊？"一脸憨厚的皎月父亲笑着说："是呀，这几天地里活儿做完了，出去转转。"皎月的父亲会一手漂亮的木工活，农闲时节，常走村串户为娶媳妇嫁闺女的人家打家具。皎月父亲打出的家具，结实美观，受到乡亲们的交口称赞。

每次皎月父亲出门时，坐在楼门底下做活的皎月娘就那样远远地看一眼，直到皎月父亲渐行渐远。皎月感觉，母亲对父亲，永远那么淡淡的，从没有什么亲昵的举动。但皎月知道，父亲的挎包里，装着母亲天不亮就起来烙好的饼。

在皎月的记忆里，父亲和母亲就这样淡淡地相处，甚至不多说一句话，却在默默相互关照着彼此。皎月渐渐长大，她一直以为，所有的爱情就像父亲和母亲这样，朴实、无言，却把彼此放在心里。

后半晌，皎月正在屋里纳鞋垫，村西头的明亮媳妇进到院里，说她娘家父亲过七十大寿，请皎月母亲去给她做过寿的寿桃。

在当地，花馍是走亲访友的馈赠佳品。正月里，在乡间土路上络绎不绝的走亲戚队伍里，几乎人人拿布兜提着花馍。为老人祝寿，或者麦收过后，人们也要捏制花馍互相走动，以示庆贺。二月里，娘家要给出嫁的女儿送“刺牛盘馍”，莲花上面扎一对男女小孩，意喻“连生贵子”。青年男女订婚，要互赠花馍，女方送男方花馍代表发家，男方送女方的花馍是石榴上面立着梅花、喜鹊，意喻“喜鹊登门，吉祥如意”。

皎月母亲是村里闻名的巧媳妇，她捏制的人物、花卉、寿桃花馍，栩栩如生、娇艳夺目。村里谁家有事，面发好了，都要请她去家里做花馍。

皎月母亲先把自家吃的馍蒸在笼里，然后乐呵呵跟着明亮媳妇走了。来到明亮家，皎月母亲又搓、又捻、又剪，不一会，一个漂亮的大寿桃做好了。寿桃足有十五斤重，底端是一个敦实、漂亮的面座，代表根基牢靠、扎实；上面是一层菱形围成的圆，象征着一个大家庭圆圆满满、人丁兴旺；菱形上面放一个大寿桃，周围点缀着娇艳的花卉。寿桃上面端坐着“老寿星”“麻姑献寿”两个惟妙惟肖的人物，祝福二老福如东海、寿比南山。

明亮媳妇看着这个大寿桃，乐滋滋地左看右看，对皎月母亲说：“明天给父亲做寿，这个大寿桃，一定会让周围邻居开眼了！”

皎月纳了一会儿鞋垫，看着母亲还没回来，心想一会儿一大家人要吃饭，就回家准备晚饭。她刚掀开灶间门帘，看见嫂子已在里面忙碌了。嫂子看见皎月，亲昵地说：“月儿，不用你下手了，一会就好！”吃完饭，哥哥跟着爷爷给牛铡草，嫂子在院子里喂鸡。皎月在石桌上看到一家人脱下的脏衣服，拿过大铁盆，坐在槐树下洗起来。

在这样一个大家庭里，皎月从不需要操什么心，全家人都宠着皎月。她像一棵长在乡村浓绿中的小树，沐着吹过黄土坡的风，吮吸着乡土的营养，悄无声息地生长。

转眼间，皎月到了该寻婆家的年龄了。

村里的东升娘是有名的媒婆，曾为村里几代人牵线搭桥、成人之美。早在一两年前，性急的皎月爷爷就托东升娘，早点给孙女寻个好人家。

东升娘熟悉十里八乡适龄男女青年的基本情况，热心肠的她仅凭一双脚，跑遍了沟上坡下，给皎月找了十多个适龄小伙子。每次，东升娘喜滋滋地领着男青年让皎月见面时，都被皎月摇头否决了。

皎月一摇头，东升娘就领着小伙子往外走，路过楼门底下时，歇脚闲聊的人总要问个究竟。东升娘摇摇头，大伙就明白了。待东升娘领着小伙子走远了，楼门底下就七嘴八舌议论开了："那娃不错么，咋又不情愿了？""这丫头，心气高着呢！"皎月爷爷听见这样的议论，气哼哼地拔腿就走，回到家劈头就问孙女："你要嫁皇上吗？"

东升娘也琢磨：这十几户人家里咋说也挑得出来一两个顺溜小伙子，这皎月姑娘到底要找个啥样的呢？

皎月家和我家住得近，放了假我常找她玩儿。有时我叫她姑，有时叫她皎月，她也不烦不恼。

周末回家，恰逢村里放电影，皎月就领着我去看。电影里那些动人的爱情故事，常使皎月感慨不已。看完电影回家的路上，皎月常问我学校里的一些事情。老师同学间一些平平常常的小事，她都听得津津有味。我隐约觉得，在楼门底下长大的皎月，向往着另一种生活，一种全新的生活。

皎月家院子大，南边还种着一溜一溜的豆角、茄子、西红柿，像青青的篱笆墙，开满了红的、紫的、黄的花。那时，母亲刚教会了我念杜甫的《江畔独步寻花》，那次去皎月家，我欢快地轻声念着这首诗：

黄四娘家花满蹊，千朵万朵压枝低。
留连戏蝶时时舞，自在娇莺恰恰啼。

此时，正在摘菜的皎月便会回过头来问：“你念的是什么呢？”

“杜甫的诗啊，写的和你家院子里真像！”

“再念一遍好吗？”皎月的眼睛闪闪发亮。

我弯着头看菜园里花红苗绿、蝶飞蜂舞，又念了一遍。心想，这写诗的杜甫来过皎月家的院子吗？怎么就看见了“千朵万朵压枝低”呢？

“写得真好！”皎月停下手中的活，轻轻地说。

夏天很快过去，吃过中秋的月饼，日子一晃到了腊月。

腊月，是皎月和村里同龄的姐妹们最欢快、最活跃的时节，她们一有空就聚在一起，商量过年穿什么衣服，买什么鞋子。然后，她们一趟又一趟骑着自行车去赶集。

那几年，时兴五颜六色的腈纶衫，胸前绣有美丽的花朵，穿上大翻领的外套，刚好把花儿露出来。

傍晚，皎月和姐妹们赶集归来，正是楼门底下最热闹的时候——有个爆米花的，生起红红的火炉，在那里为各家各户爆米花呢！这可是正月里待客不可缺少的好东西，孩子们最爱吃。

看见皎月她们回来，婶子大妈们便围住她们，要看置办了什么衣裳。看到她们买的腈纶衫，婶子们抚摸着衣服上漂亮的绣花，嘴里“啧啧”着，说：“真是越来越好看了！”旁边的小女孩蹦起老高说：“妈，我也要！”当妈的便会拍一下小女孩的头，嗔怪道：“去，长大了给你买！”

过年那天，皎月和姐妹们穿着五彩的腈纶衫，像一只只花蝴蝶，飞翔在村里的大街小巷。皎月买了一件大红色的，外边罩着一件藕荷色的外套，鲜艳、喜庆、时尚，模样衬得更俊俏了！

望着皎月穿着新衣服出出进进，皎月爷爷、皎月奶奶眉里眼里含着笑。来串门的邻居说：“这丫头，比她娘当年还俊！”当年，皎月娘是家里的独生女，俊俏、能干，吸引了方圆村里多少小伙子的目光。后来，皎月爷爷、奶奶做主，从东山里入赘了会木工的皎月爹为上门女婿，一家人和和美美过了这么多年。

过了年，皎月就是二十岁的大姑娘了，比当年她娘结婚时还大一岁。村里的许多姑娘，都已相亲的相亲、订婚的订婚，紧锣密鼓地张罗婚事了。

皎月却不紧不慢，一有闲暇就坐在屋里纳鞋垫。

东升娘还是隔三岔五地给皎月介绍对象，而皎月还是一个接一个地摇头。

有一天，东升娘拿了一张相片，坐在皎月家院里的槐树下对皎月奶奶说：“这个小伙子去年当兵去了，是我娘家侄女一个村的，这张照片是当兵走时照的，不知咱姑娘能看上不？”

“人不在家，怎么见面呢？”皎月奶奶问。

皎月就在这时走出来了，她接过照片，看到照片上穿军装的小伙子英武健壮，脸微微红了一下，就低着头跑到厨房去了。

令皎月家人没想到的是，皎月竟凭一张照片应允了这门婚事。

也许，在皎月的心目中，就盼望着这样一份令人心仪的爱情，与父母不同的，有喜悦、有心跳、有憧憬的爱情。

从此，皎月便和照片上从未谋面的小伙子订了终身。

订了婚的皎月，在乡间就算名花有主了。

大年初三，她会按照乡下的风俗，穿上漂亮的新衣服，去婆家拜节。

别的姑娘去婆家拜节，总有一群小伙子前去逗乐，热热闹闹，每一秒钟都充满喜庆和欢乐。而皎月，每次去婆家总是冷冷清清。虽然婆家会按乡间的风俗为她准备上衣、裤子、鞋、围巾，组成“四成礼”，但皎月心里还是有些落寞。

好在有来自远方的信，十天半月就会飞到皎月的手中。

皎月越来越喜欢我去她家玩儿了。

她把我领进闺房里，羞涩地打开包袱，让我看婆家给的“四成礼”。我好奇地把衣服抖落开，惊呼着：“姑，这件衣服真漂亮，送我吧！”说完便招来她嗔怪的一捶。我们笑闹成一团。有次，她在纸上写一个字，脸儿红扑扑地问：“这是什么字？”我一看，脱口而出：“爱！”皎月的脸一下红到了脖子根。年少的我并不懂，这是皎月和驻守边关的未婚夫鸿雁传情呢。

皎月家院子里还有一棵李子树，等到秋天李子里外黄透了，她便会在碗柜拂尘纸上面的木板上给我留几个。星期天我回去的时候，笑盈盈地给我拿下来，然后请教我一些字。黄澄澄的李子，透出一股香甜味，咬一口像流了蜜，我心里那个美呀！

皎月家的李子树，已黄澄澄地熟了七次。

每年，皎月都要在李子熟了的季节，给我放几个在拂尘纸上的木板上。在年年甘甜的品啜中，我已悄然长大。

而皎月，只能在一封接一封的边关来信中，了解到未婚夫的点点滴滴。得知他在风雪夜站岗，脚都冻裂了，皎月便一双接一双为他做鞋，厚厚的鞋底、暄腾腾的鞋帮，再配上“鸳鸯戏水”的鞋垫，堪称民间艺术精品，漂亮极了！每做好一双鞋，皎月就去镇上的邮局给他寄去。

村里的少男少女，像乡村田野里的韭菜，一茬接一茬地长。皎月和她的同伴，已隐退在街巷背后的生活里。正月里，不再看见她们一群一群，花枝招展地出现在每个胡同里。姑娘们一个个穿上新嫁衣，在阵阵欢快的唢呐声中，做了新嫁娘。

而皎月，守着一张相片，在一年又一年老去的年华里，寂寞地等待着。

楼门底下，每当谁家大包小包地提着，去给闺女做满月时，皎月爷爷便会讪讪地走开。皎月奶奶也有些尴尬地坐在那里，别人也不好再问：外孙过满月，姥姥家要拿几身衣服、上什么礼？

以前，皎月娘给人家做娶亲嫁女的花馍，脚步轻快，笑语盈盈，而今，总是心劲不足的样子，打不起精神。

每隔十天半月，皎月爹从外面干活回来，望着二十七岁的大闺女尚待在家中，感叹一年为别人家打多少漂亮的家具，却不能为自己的女儿打一套嫁妆。

似水流年，远逝了多少花样年华。

当春日的艳阳暖暖地照着楼门时，槐花也在春风中再一次吐露芬芳。

有个好消息，自楼门底下传得家喻户晓——皎月的未婚夫要回家探亲了！

皎月托人捎来口信，要我星期天回去一次。

待我急匆匆地跨进皎月家的大门时，看到院里已盘起了大炉子，搭起了帐篷。

原来，皎月未婚夫要趁着探亲期间“过事”，即把婚事办了。

即将做新娘的皎月，却找不下同龄的伴娘了。于是，她请我去给她做小伴娘。

当喜庆的鞭炮“噼里啪啦”响起来，身着红缎罩衫的皎月，坐在刚刚见面三天的未婚夫自行车上，向婆家的村庄驶去。

乡下女子皎月，用七年的青春，在楼门底下演绎了一段属于那个年代、属于自己的乡村爱情。

三、莲凤

莲凤是村里的赤脚医生。

虽然乡下的孩子皮实，经风见雨地长，也难免有个头疼脑热的。每每看见莲凤背着医疗箱、脚步匆匆地穿过楼门底下闲聊的人群，人们就知道，又有谁家的孩子着凉发烧了。

村巷里满地跑的乡下孩子，提到莲凤就怵得慌——谁不怕那细细长长的针头呢？

哪个孩子调皮得上房揭瓦、下河摸鱼，做母亲的管也管不住，总会发狠道："让莲凤医生来了给你屁股上扎一针！"那调皮得收拢不住的孩子便会乖乖地待一边，不敢再弄出什么响声。

莲凤却是极柔和可亲的一个人，自从在县医院集中培训了半年后，她就回到村里当了一名赤脚医生。总记得她剪着齐耳短发，穿着得体的的确良短袖衬衣，背着药箱在村里穿行的样子，见了小孩总是笑眯眯的。春夏季节，她穿着粉红色的上衣在绿树掩映中一闪一闪，像极了电影《春苗》中李秀明扮演的赤脚医生春苗。

莲凤是奶奶娘家的远房侄女，因为这层亲戚关系，我心里觉得和她更亲近一些。一年四季，奶奶的气喘病只要一犯，就会上气不接下气地对我说："快，去叫你莲凤姑！"于是，我拔腿就往莲凤家的胡同里跑。还没进院子，就会气喘吁吁地喊："姑，姑，快点，我奶奶又犯病了！"每次，莲凤都会立马放下手中的活计，背起药箱跟我走。

来家后，莲凤坐在炕沿上，耐心地听奶奶对病情的唠叨，然后拿起听诊器极认真地听一会儿，再轻言慢语地告诉她吃什么药，哪个时段吃。久而久之，奶奶对莲凤产生了深深地依恋，只要莲凤一来，她的病就好了一半。

莲凤的丈夫是村小学的民办教师，他们有一个聪明、机灵的儿子。她的婆婆领着孙子在楼门底下闲聊，一伸脚人们就发现了她脚上的一双新鞋，皎月奶奶问："哟，穿了一双新鞋！"这双鞋一看就是买来的，胶皮底，黑平绒鞋面，很是精致美观。莲凤婆婆总会笑着说："我家莲凤忙，没工夫做，这是上集时给我买的，还给她公公买了一件褂子呢。"楼门底下的婶子大妈们便会"啧啧"地称赞着，一边纳着鞋底做着针线，一边眼睛一瞥一瞥，投去羡慕的目光。

楼门底下的人，常唠叨莲凤的好，村里无论富贵贫穷的人家，只要有病了，莲凤都会前去医治，从没有远近亲疏之分。

晋南的冬天，天寒地冻，屋檐下挂着长长的冰溜子，村巷里的土路冻得硬邦邦的，走在凸起的地方，像走在冰坨子上，稍不留神就会滑一跤。

在屋子里做早饭的莲凤，正要去南屋里拿棵白菜，一掀门帘看见了蜷缩在门旁的大毛。

大毛八九岁的光景，底下却有六个弟弟妹妹。前几天，因气候干旱寒冷，大毛最小的弟弟患上了重感冒，还传染给哥哥姐姐，短短几天，大毛的弟弟妹妹都发起了高烧，咳嗽不止。

莲凤拉着大毛的手赶到时，大毛父母已慌得六神无主。最小的孩子，已经几天没吃东西了，脸通红，身上烧得火炭似的。“怎么不早点告诉我？”莲凤有些生气地责怪。她熟练地打开医疗箱，开始诊治。

由于孩子多，家境恓惶，大毛家连块炕单都扯不起，炕上铺着不知哪年编的芦苇席子。脸蛋通红的几个孩子，一溜躺在席子上。

大毛父母养孩子就像种庄稼，种子撒在地里，由着他们自生自长。这次，最小的孩子烧得有些吓人，邻居婆婆摸摸孩子滚烫的额头，摇着头说：“这孩子，怕是没指望了！”惊恐不已的他们抱着最后一线希望，忙让大毛去请莲凤。

冬天的夜来得早，北风夹杂着狗叫，在村子里游走。屋内，几个孩子有的说起了胡话，有的昏睡不醒。大毛妈一把鼻涕一把泪，瘫软在屋子一角。莲凤偎在大毛家的土炕上，一会儿给这个量体温、打针，一会儿给那个喂水，一夜都没合眼。

天快亮的时候，最小的孩子睁开眼睛，眼睛转着看了一圈屋内的人，说：“妈，肚子饥了！”莲凤终于如释重负，对大毛妈说：“孩子烧退了，给他吃些东西吧！”

其他几个孩子，也渐渐退了烧。天光映亮窗户时，孩子们呼吸均匀，睡得正香。

当晨曦映照在楼门底下，莲凤背着药箱，与那里早起的人们打着招呼，往家走去。

“谁家娶了这样的媳妇，是前世修来的福分！”

“咱村有莲凤，是全村人的福气啊！”

莲凤所过之处，人们这样由衷地议论着。

不久，善良、受人尊敬的莲凤，却惹了一次麻烦事。

有天傍晚，楼门底下正坐着闲聊的人们，自学校边远远过来一支队伍，一边走还一边举起手臂高喊着什么。

近了，发现走在队伍最前边的是民兵队长强子，他一边走，一边攥紧了拳头，眉头紧锁，很激愤的样子。他的旁边，是戴着纸糊的高帽子、反剪着双手的华海。

华海的胸前挂着一块大牌子，上面用黑墨汁写了他的名字，并用红笔打了大大的错号。

一群三年级以上的学生，跟在他们的身后，强子喊一句：“打倒华海！”学生们举着手臂跟一句：“打倒华海！”

华海住在楼门东北角的院子里，也是楼门底下的常客。他和爷爷关系好，常去我家串门，于是和我家人很熟，我叫他华叔。据老人们说，华海家原来有一座气派的院子，后来，北房分给了从河南逃荒来的老李一家，华海一家挤在东厢房。

老李家人口多，北房住不下，又在旁边批了一座院子，把北房拆掉盖在新院子里。从此，华海家的院子变得破败不堪，原先北房的地基上，砖头瓦砾遍地。

多少年来，华海和老李一家摩擦不断，但老李家是贫农。

而地主出身的华海，成了村里不安定因素的代表，一有风吹草动，就要把他拉出来批斗一番。

因我家和华海家的交情，奶奶告诉我："批斗的人过来时，你把头扭一边去！"

一次，我从胡同里出来，正和游行队伍碰个正着，华海望了我一眼，眼睛里不像往日那样温和，非常空洞、茫然和无奈。一瞬间我想起奶奶的话，忙用双手捂住了眼睛。

那次，是因为华海和老李两家小孩子打架，就被强子揪住在村里游斗。可能是华海被游斗的时间过长，路过楼门附近时，一下子摔在街上昏死过去。强子以为他装病，抬脚踹了他两脚，却还是不动。他举起胳臂，还要喊什么，却发现气氛不对，围观的人群中有些异样。

楼门底下有人说："还等什么等，快出人命了，快叫莲凤！"于是，有人撒腿向莲凤家跑去。

莲凤来时，华海还昏睡着。她拿起长长的银针，在华叔的脸部、头部扎了几针，华海"噗"地喷了一口脏污，苏醒过来。

莲凤说："马上抬他回家！"

人们面面相觑，谁也不敢对这个刚刚还被批斗的人贸然做什么。沉默了一会儿，皎月爷爷"嚯"地站起来说："人都成这样了，还磨蹭什么！"他拖着患关节炎的一条腿，一摇一摇地向华海走去。于是，陆陆续续有人走过去，把华海抬回了家。

本来，村里安排要批斗华海三天。傍晚，强子去华海家一探虚实时，莲凤还待在那儿。她淡淡说了这样一句话：“华海这个样子，必须静养。”

强子听了，转身走了。

第二天一大早，楼门上传来狗儿爷爷的喊话：“村里的男女老少，到庙里集合开会喽——”

待庙里黑压压坐了一大片人，村里的高音喇叭里传出这样的话：“有些人，是非不明、立场不分，和坏地主一个鼻孔出气！”

坐在台下的莲凤，脸色“唰”地变了，好像还悄悄拭了一下眼角。过了一会儿，她早早退场了。

莲凤依然背着医药箱在村里穿行。她的脸上，依然那么平静，挂着淡淡的笑。

秋风吹过田野时，楼门底下也开始热闹起来。今天你家拉回一车玉米穗子，明天他家拎回一包棉花。墙头上，不知谁家的枣子红了一树，风一吹，扑扑落落掉下来，路过的大人小孩就欢快地捡起来，在嘴里咬得嘎嘣脆。

在这样丰收的气氛中，人们发现，莲凤怀孕了。

长长的村巷里，远远见她腆着大肚子蹒跚走来，还像以前那样出入左邻右舍家，为西家的孩子诊病，为东家的老人号脉。

腊月里，村里都说莲凤生了一个女孩。再问，谁都是欲言又止的样子。

莲凤生下孩子七天时，按照当地的风俗，奶奶蒸了一个大大的“油叠叠”花馍，带着我去看她。“油叠叠”是当地专为坐月子的女人蒸的，一层油一层面，油汪汪、香喷喷，据说吃了体力恢复快。

莲凤一见奶奶，就抹起了眼泪。原来，她生的女孩该长右脚的地方没发育好，脚腕以下长了一个肉团子。

“姑，这样一个孩子，以后可怎么办？”莲凤流着眼泪对奶奶说。

“这丫头俊眉俊眼，说不定以后还跟着她享福呢！”奶奶安慰她。

“姑，怀她的时候，生了一些气。”

奶奶明白了，原来莲凤，把一切都藏在心里。

“我从来不让人说不好。那天庙里的高音喇叭里，那样说我——”莲凤哽咽着。

襁褓中，刚来人世几天的小婴儿，嘴里发出依依哦哦的声音，胳膊欢舞着，像在欢庆自己的到来。

记得莲凤望着女儿，一双美丽的眼睛里，又一次噙满了泪水。

一晃多年。

楼门底下，流过多少似水年华，旧的人去了，新的人又来。

爷爷、奶奶、皎月爷爷、皎月奶奶、华叔，早已埋骨在村东的沟里。村里花朵一样绽放的小孩子，也早已遗忘了他们。他们欢笑着，在村巷里奔跑、打闹，谁也不记得，楼门底下曾经的热闹往昔。年轻人脚步匆匆，被外面的世界吸引着，上学、打工，奔向自己的生活，很少有人坐在楼门底下闲聊了。

皎月已是两个孩子的母亲，像祖祖辈辈的婶子大妈们一样，她完全融入乡村的生活、平实的人生。莲凤的丈夫，早已转为公派教师。她的两个孩子，都考上了大学。尤其是小姑娘，考上了中医大学，又一路向上，考取了硕士、博士，留在北京一家医院当了一名医生。虽然这个女孩缺了一只脚，但是她走得最远，成为楼门底下走出的第一个女博士。真应了奶奶那句“这丫头俊眉俊眼，说不定以后还跟着她享福呢!”

如今莲凤跟着女儿，住在北京看外孙。

默默站在楼门底下，那些留在童年记忆里的时光，依然在尚未走远的岁月中鲜活着。

伸出手去，能在吹过门洞的风里，触摸到远去的人、远去的光阴。

南院里

南院里指村子南边。倘或有进村问路的，街边歇脚的人便会朝南一指，说道："喏，皂角树下那片就是。"顺手望去，一棵伸枝展叶的皂角树，郁郁葱葱罩住一片屋厦。南院里周边是黄土夯的村墙，墙外一条柳枝拂面的古道，顺着两旁的麦田，可以望到遥远的天际。老人们说，这里自古就是富庶之乡。据《帝王世纪》记载：帝尧之世，天下大和，百姓无事。有八十岁老人，击壤而歌。其歌内容为："日出而作，日入而息。凿井而饮，耕田而食。帝力于我何有哉！"

应了这首最古老的《击壤歌》，这一带被称为"帝师故里"。这首远古先民咏叹美好生活的歌谣，在人们的耕种收打、袅袅炊烟中，传唱千年。

一、大门下

往南院里走，要进一个胡同。原先胡同口有一个大门，雕梁画栋的高大门楼，厚重结实的两扇木门，像城堡一样，守着南院里的房屋家舍。走进大门，刺槐、泡桐、枣树等北方常见的树木从一个个错落、洁净的院落里探出"身"来，疏密有致地繁茂在胡同上空，幽深的胡同便掩映在一片翠绿之中。胡同里住着清一色杨姓人家——村里的大户家族。

入夏，胡同口的大门底下宽敞、凉快，往来行人，总爱在这里歇脚、纳凉，与看孩子的、做针线的村民们集聚谈笑，闲话家常。风从大门下穿堂而过，一嘟噜一嘟噜的青杏压弯枝头，搭在土坯垒的院墙上，青涩的味道随风飘散。

清清静静的柴门小院，青砖红瓦的高门大户，被曲里拐弯的胡同串起来，像一根藤上结出的瓜果，有大有小，却脉络相连，声气贯通。无论是扛锄的、教书的、做官的，论起辈来，都是一棵老树上分出去的枝枝杈杈。不管落脚在哪里，怎样的枝叶婆娑、位高权重，只要从南院里出去的，闲聊的人论起来，都是很轻浅的一句："哦，那是谁家的老几。"好像昨天还跟他在土坷垃里玩耍一样稀松平常。

十二岁的小表姐背着我在南院里的胡同里疯跑，父亲在省城里搞运动，母亲下放回河沿儿村小学教书。我和弟弟的城镇户口也随母亲迁回村里，分了几亩自留地。立春过后，住在南院里的大姨蒸着花馍去看我们，我和弟弟正倚在教室外面，于寒风里眼巴巴等母亲下课。大姨从布兜里掏出花馍，看到我们大口吞咽的样子，眼泪当即就下来了。母亲要教书、带孩子，还要打理几亩庄稼，一个帮手也没有，日子过得窘迫。大姨看在眼里，心疼落泪。临走时，她一狠心，抱走了哭喊着的我。

瓜菜代粮的年代，添一口人，大姨一家就得从嘴里省下一口粮。每天早上掀开笼盖，表哥表姐一人一碗地瓜干，角落里总有一个蒸鸡蛋和一块白面馒头。大姨忙里忙外，下地前，叮嘱小表姐一定照护好我。小表姐正是玩儿的年龄，抽空儿就和同龄的女孩子昏天暗地丢杏核。我静静待在大门下，瞅着墙头的青杏，想着它一天天变黄的样子。这心底里最真切的盼望，冲淡了对母亲和弟弟的思念。门“吱呀”一声响，秋儿从有杏树的紫红门里走出。看我痴望的样子，她乐着说道：“等杏儿黄了，我摘给你吃。”

我渐渐欢喜起来，和秋儿成了最要好的朋友。傍晚，大姨家的柴火炉子升起袅袅炊烟，大姨喊我们回家吃饭的声音，从胡同那头一声紧一声传来，我和秋儿，在大门下玩儿的灰头土脸。小表姐忙从秋儿身边背起我，撒腿向家跑去。

秋儿家的大院是南院里为数不多的高屋敞院。20世纪70年代的农村，当别的小孩啃着窝头，穿着哥哥、姐姐们穿剩下的旧衣服，在大门底下玩泥巴时，秋儿手里拿着当时很稀罕的糖果，穿着玫红色条绒外罩，在一群农村孩子中间非常惹眼。珍儿婶子瞅着花蝴蝶一样的秋儿，嘴里“啧啧”感叹道：“娃们就要托生在这样的殷实人家，生下来就掉进福窝里。不像咱家，娃娃泥里滚水里爬，糊里糊涂就带大了。”秋儿的母亲不多言语，文静贤淑，在大门底下静静做针线活。什么衣服穿戴在她身上，都显得周正合体、清清爽爽。她的手巧，一团团豆青色的毛线，在她手下飞快舞动着，没几天就织成了有漂亮图案的花毛衣。明眼人一看就知道，这是给秋儿的父亲织的。一针一线，就着大门底下的光阴，把一个明媚安详的少妇，织进一段有情有爱的岁月里。秋儿的父亲在南院里名头很响，原先是南方某部队干部。一年前，他转业在县里当上了一个什么头头，从此成了县城里场面上的人物。他在家族里排行老三，南院人都叫他三儿。

正月里，县城闹红火，秋儿的父亲在主席台上朝底下挥手，南院人便在人群里跃起来，抑不住兴奋地大喊："看，三儿！那不是咱南院的三儿吗？"全然不顾周围人的侧目，更不管人家什么位置和职务。这件事像一剂兴奋剂，成了南院里人们津津乐道的话题。大门下，当人们说起三儿如何向大家挥手时，秋儿母亲在一旁浅浅地笑着，眉里眼里溢满着幸福。

因为都和三儿沾亲带故，南院人也觉得自己跟着荣耀起来。周末，当他骑着自行车从县城回来，大门底下的南院人便会"呼啦"围住他，问长问短。有托付安置工作的、有打听政策的，三儿会笑着从口袋里掏出纸烟，一人一根敬过去，蹲在大门下一一回答婶子、大爷们的问题。末了，和大家唠唠嗑儿，说说家常。大家还是把他当成自家胡同里从小看大的小三子，从内心里流淌着一种亲切感，说起他小时候调皮捣蛋的糗事，笑得前仰后合。

南院人都说，秋儿母亲有福气，遇上有本事又有情义的男人，进城享福是迟早的事。

春去秋来，大门底下一群孩子呼呼啦啦长大。每到周末，秋儿的父亲从县城里回来，秋儿母亲便不再在大门底下坐着，早早回家张罗饭菜。大门底下的南院人相顾会意，不去打搅他们。一群猴孩子却不管这事，偷偷溜进紫红门里，找秋儿玩儿。秋儿坐在树下，父亲正给她洗脸，拿一块花毛巾，仔细擦拭她脸上的水珠。小伙伴们沾秋儿的光，一人分到两块糖。那真是从没尝过的味道，软甜、丝滑，含在嘴里，后味又有些苦香。后来才知道，那是一种叫巧克力的糖果。

绿树成荫的院落里，一辆自行车静静停放在屋前。窗口里，低缓、温婉的言语声，随着饭菜的香味不时飘来。一群不知人世冷暖的孩子，在果树间追逐打闹。

树叶枯黄间，秋儿的母亲又给她添了一个妹妹、一个弟弟。坐在大门底下，她不再有空儿做针线活儿，怀里抱着一个，身边偎着两个，一个哭，两个闹，忙得不得清闲。脸上也不如前些年水嫩了，显得瘦弱憔悴。一人带三个孩子，水不得来，米不得去，南院人便帮衬着这娘儿几个，你挑一担水，她送一把米，日月就这样一天天过去。

秋儿的父亲却不常回家了。听说，他在哪个乡搞“四清”。后来，一年半载夫妻俩也见不上一面。南院人在背后叨着：“老婆在家苦带着三个娃娃，这三儿，怎么忙得连家也不常回了呢？”

村墙外，古道边，尘埃扬起漫天昏黄，田里一棵棵稀疏的白杨，顺从着风力齐刷刷向一边舞动。

有关秋儿父亲的消息，随着风声一阵阵传来：三儿下乡时，和一个女干部好上了。女干部又哭又闹，已甩不开手了。

秋儿的母亲仿佛早有预感。当这一天真的来了，她没有像泼妇一样哭闹，悄无声息办了离婚手续。当她带着三个孩子要离开南院里，回头望一眼自家大门时，往事一下子涌上心来，眼泪像风中的枣花一样扑簌簌下落。南院里的家族长者出来主事了："离婚也不能离家！这个家是你和孩子的，别人甭想踏进院门半步！"

一句"离婚不离家"，秋儿娘儿几个又在紫红门里住了下来。秋儿却再穿不上漂亮的条绒外罩了。那件曾经给她带来荣耀的条绒外罩已套在妹妹身上，又破又旧。她常常朝大门外张望着，盼望自己的父亲像往常一样出现。

属于她的父亲和欢乐童年，就这样越走越远。都说没妈的孩子像根草，没有父亲的孩子，也像花草缺了雨露一样，蔫了下来。秋儿仿佛一夜间长大了，身后领着妹妹，背着背篓去田里薅草，帮着母亲操持家务。

一年春节前，秋儿的父亲破天荒给孩子们捎来过年的衣服，竟还有秋儿母亲一身内衣。秋儿母亲寻思，这是浪子回头了？当她半信半疑穿上那身内衣，竟上吐下泻，折腾了一宿。后来发现，内衣上被下了毒。

秋儿父亲用这样的方式，逼她离开。

秋儿的母亲是在一天早上离开南院的。她对几个年长的老者说："让我走吧！离开这儿，或许和孩子们还能讨个活命。守在这儿，或许命都保不住！"

南院里的紫红大门里从此冷清下来。

不久，三儿带着新娶的媳妇回来。他们进了大门口，坐着聊天的人立即全都噤了声，默默低头做手里的活计。三儿掏出烟敬，没人接。掏出糖果，也没人应。一个小男娃刚伸出手，就被一旁的奶奶狠狠打了一把，拽起来往家走，一边走一边数落道："不学好，长大让人戳脊梁骨！"

胡同里枣花开了，枣子红了，秋儿娘儿几个渐渐淡出人们的视线。有人说，秋儿母亲带着三个孩子嫁给河西一位小学校长。年长的大妈偶尔提起，大门底下一片唏嘘。日子不疾不徐向前走着。

母亲带着弟弟来看我。夜晚，和大姨、表姐们一起挤在土炕上，我迷迷糊糊睡着了，还能听到大姨和母亲的聊天声。天光映亮纸窗，五颜六色的窗花映出满炕温暖，喃喃的言语声好像一夜不休。已十五六岁的小表姐收住性子，开始做针线活儿。她从供销社扯了一尺红底蓝花的条绒布，又从邻居梅子家描来鞋样，为我做了一双漂亮的花布鞋。母亲见我在大姨家养得这么好，心生感慨，坐在炕上抹起泪来。大姨说："别熬煎，苦日子总会过去的。"

过了年，母亲为更好地照顾我，调到南院里学校教书。我被母亲接回学校。

走过大门下时，我望着墙头爆开的一树杏花，想起秋儿说，等杏儿黄了，会摘给我吃，心中怅然。

风吹来，长长的胡同里花香弥漫。

二、水井坊

胡同中间有一口水井，上面盖有四边敞口的井坊，墙皮剥蚀，却飞檐斗拱，看得出往日的精细和考究。

南院里远远近近的人家都从这里挑水吃。勤快的南院人，每天早起第一件事，就是抄起扁担去挑水。水缸满了，便倒在院里的大铁盆里，中午下地回来，晒了一上午的水刚好洗脸擦身，去除疲惫。来得早了，便倚在井房四周低矮的花墙上候着，直到吱吱呀呀的辘轳声停住，前面的人挑着两桶水悠晃离去，才走上井台，将自己的水桶扣在井绳的铁搭扣上，呼啦呼啦放下井去。

“凿井而饮，耕田而食”，远古先民自己凿井，自己种地的怡然情景，踏过千年的岁月风尘，声息绵延。春秋时期老子描述“甘其食，美其服，安其居，乐其俗”的生活图景，如远古飘来的风，在南院里自然真切地流淌。

胡同里每家的水桶都在井壁上磕碰过，长着青苔的井壁熟悉每家水桶的颜色、形状，熟悉每个挑水人的气息。清凌甘甜的井水，与五谷相逢熬成米汤、面糊，滋养着胡同里的老老少少，滋养着祖祖辈辈的南院人。传说以前方圆村里的财主，都讲究喝南院胡同的井水，常差遣家里的长工套着毛驴车从这口井拉水。

只要村里亲戚家有事，大姨晌午就在柴火炉子上支起大锅，熬一锅热腾腾的米汤。亲戚们中午吃完席，后半晌都要回到南院里，围坐一起喝大姨熬的米汤。院门前，停满了“二八”自行车、毛驴车等交通工具，热闹忙乱。到了大冬天，土炕上放一炕桌，亲戚们围桌而坐，在暖融融的气氛里，一人一碗香甜浓稠的米汤下肚，浑身舒坦、贴胃，周身的寒气驱逐而去。飘荡着五谷醇香的米汤，和着咕哝的聊天声，连起了亲戚间淳朴、悠远的情意。

喝着这口井的水，小表姐出落成十七八岁漂亮的大姑娘。大门下的南院人闲聊起来，便有热心的婶子操心她的婚姻大事。南院人有讲究，男女两家不喝一口井的水。提说的那家小伙子是外村的，听说要过继给南院村北姥姥家。大姨打听到小伙子高中毕业，想着读书人应该明事理，差不到哪里去，就应允了这门亲事。井台边，人们正议着小表姐的婚事，恰好一骑车的青年男子进村，歇脚聊天的人们便掰着指头盘根论辈，说出他是哪一枝哪一代的子嗣。末了，大家恍然大悟，这不就是小表姐提说的那个小伙子吗。

逢年过节，未来的表姐夫会提着姥姥准备的花馍、点心和“四成礼”，来大姨家走亲戚。每次，小表姐总羞得躲在里屋不出来。邻居们却嘻嘻哈哈一个个进屋和表姐夫逗乐，有抱孩子的，还要进去讨几颗喜糖，说吃了牙不疼。

小表姐结婚时，母亲带我和弟弟去南方过年，没赶着参加。听亲戚们说，他们完全是革命化的婚礼。两人戴着大红花，去田里锄地，之后就算拜堂成亲了。大姨专门给她陪嫁了一罐井水，期盼她在婆家的日子滋滋润润，有吃有喝。

婚后没多久，有些文化、又有抱负的表姐夫就当选为大队革委会主任。

姻亲是南院人一大脉系。南院里老一辈的姑娘嫁给村北，一个村子的人都“连跗接萼”，攀上亲戚。如再有小一辈的联姻，关系更加枝叶缠绕，几条脉络一层层剖析，才大致理出个头绪来。

村庄就是这样，像一个拉拉杂杂的大家庭。日子长了，一辈一辈人过下来，各种宗族、姻亲关系在日常里相安共处。家家户户忙于春种秋收，忙于在自己的日子里生儿育女，倒也没生出什么闲话是非。

表姐夫新上任，免不了在错综的姻亲里护了这家、伤了那家，琐碎是非，生出罅隙。

夏收时节，龙口夺食。南院人和村北人因争着使用扇车，结了怨。南院人说表姐夫偏袒村北，冷冷地问：“你还想喝南院的井水吗？”在南院里，这是一句分量很重的话，也是最伤人自尊的话，表示媳妇的娘家看轻了他，不再把他当座上宾了。

嘴里虽这么说，南院人还是本性厚道。小表姐生了第一个孩子军军，因婆家姥姥年岁已高，便放南院里养着。饭时，南院人端着碗聚在井台边，边吃边聊。军军跑出来，婶子大妈碗里盛着啥，就往他嘴里塞啥。你一勺儿她一筷子，待大姨的饭做好，军军的小肚子已吃得圆溜溜。表姐夫来接娃，南院人却自顾谈笑，无人理会。台上风光的表姐夫只得悻悻而去。

南院人常说，勺子和锅沿哪有不磕碰的。小表姐和婆家人怄了气，便来南院里诉说委屈，坐在娘家院子里，眼泪一串串掉下来。大姨总会开导她：“过日子要有忍性，成了一家人，就要互相体谅，知性同足嘛。”

小表姐喝上几碗粗茶水，听着大姨叨叨的话，气儿渐渐消了。待天黑，表姐夫来接了，便破涕为笑，抱着孩子回村北去了。

夏去秋来的季节，暑热渐去。傍晚的南院里，像往常一样升起了炊烟。南院人的粗瓷大碗里，盛着玉米糊糊等粗茶淡饭，南院人在简单的一日三餐里延续着自己的日子。十字街口鼓楼上的广播里，忽然传来表姐夫低沉、悲痛的声音：“家家户户立即到水井坊集合。”

待人们陆陆续续赶到水井坊，才知道发生了一件震惊世界的大事——我们的领袖去世了。

第二天，家家户户把自家织的土布拿出来，在水井坊四周围起了灵堂，整个村庄笼罩在一片悲恸中。学校的小学生听从老师安排，穿白衬衣参加村里组织的追悼会。大姨刚下机一匹白底红细道的粗布，为我裁剪了一件衬衫，只因上面有红道道，我坚决不穿。母亲叹口气，到镇上又为我买了一件白衬衣。追悼会那天，表姐夫在台上讲话，涕泪滂沱，泣不成声，水井坊四周哭声一片。

我流着泪，悲伤、茫然地望着这一切，不知以后的日子如何继续。漫无边际的无助、空旷、不可知慑住了我的心。直到南院里的炊烟再次升起，我的心在五谷与井水沸腾的清香中、在荷锄耕地的人语依依中，渐渐恢复了平静。

走进水井坊，探下头去，圆镜般的一泓井水，映着日月星辰，映着岁月流变。多年后，我遇到了在同一座城市里求学、工作的秋儿。说起我们的南院里、说起南院里的乡亲，唏嘘不已。当我说起清晨在水井坊排队挑水的情景，秋儿却沉默了。好久，她才说，知道吗？水井坊差点成为她生命的终结地。那年八月十五的晚上，家家户户沉浸在团聚的喜悦里。母亲带着他们姐弟三人，向水井坊走去。母亲的两条腿已耷拉在井沿儿，最小的弟弟抱在怀里，她和妹妹一边一个拽住母亲的衣角，只要母亲稍一用力，娘儿四个就将成为井底的一泓涟漪。就在这时，为他们娘儿几个送月饼的菊儿婶子寻到了水井坊，一把抱住了母亲。秋儿说，人最脆弱的时候，就是那一刻。如今，弟弟妹妹都考上了大学，母亲生活得平静安逸。我忍着满溢出的泪水，紧紧握住秋儿的手——无论在哪里，只要生活在继续，就是好的。

夏季的风吹来麦子的清香，又到割麦的时候了。一辆辆大型收割机开进麦田里，金黄的麦穗瞬间变成黄澄澄的麦粒。多少年过去，南院里许多茅屋土院不见了踪影，一座座高屋敞院建了起来，原先惹人眼热的紫红门大院，在南院里已低矮破旧，相形见绌。退休后的三儿回到了南院里，后娶的媳妇也跟着回来了，不知怎的，南院人总觉得他们少情寡味，日子少了一些情趣。年老的三儿有些落寞，常一个人徘徊在胡同里，踩着落叶来来回回地走。

由于村旁打了几眼深井，水井坊的井水不知哪年干涸了，家家户户通上了自来水。南院里排队挑水的情景，大姨支起大锅熬米汤的温馨，带着柴火燃起的淡淡炊烟味，常从旧时年月氤氲飘来。

外甥军军在村旁种植了大片花卉，构建了“公司加农户”的经营模式。脑子活络的表姐夫专门到农大进修，学了一门园艺设计、种植的好手艺，一家人的花卉生意做得红火热闹，惹人眼热。

站在废弃的水井坊，可以望见村外摇曳的花朵，向着天边铺陈开去，壮阔烂漫、一望无际。

三、皂角树

皂角树紧挨着水井坊，却被一道围墙隔着，扎根在大姨家院子里。春夏时节，踏进院门，皂角树高达十几米的主干撑起宽大的树冠，多半边院子便罩在一片浓荫里。秋天，卵状披针形的叶子间垂挂着一条条青色的皂角，几场秋风吹过，直而扁平的荚角便渐渐发紫变硬，进入成熟期。

傍晚，留着两条乌黑发亮长辫子的大姐拿一根长竹竿，将黑色的荚角一个个敲下来，泡在木盆里，洗衣服、炕单、枕套。两条辫子在大姐身后像荡秋千，一摇一晃。一阵忙活过后，院子里的铁丝上红红绿绿挂满滴答着水的衣物，进了胡同，远远就能闻到皂角特有的清香。

大姐那时在外村上中学，不多回家。爱干净的大姐回家后最重要的一件事就是洗头。她常常在早饭后，洗刷完锅碗，热一大锅水，然后倒在堂屋前泡有皂角的木盆里。砖砌的圪台上，木盆里散发着热腾腾的蒸汽。大姨织的红白道粗布巾像鱼一样在木盆里游动，大姐的一头乌发散开来，饱蘸着水的粗布巾将水撩上去，浸湿了头发，像瀑布一样美。

大姐长得漂亮，学习又好，南院人都觉得大姐以后应该是城里人。我也常常揣想，大姐成为城里人后的漂亮样子。正值知识青年上山下乡的年代，大姨有个叫凯杰的表弟，从上海回到邻村插队，他戴副眼镜，白白净净，一副知识青年模样。

大姐读书的村子就在表舅插队的地方。因为年龄相仿，表舅和大姐在一起常有说不完的话。上海长大的表舅学识广博、谈吐大方得体，为大姐打开了一个新奇多彩的世界。大姐的聪颖、美丽，也使表舅看到了乡村姑娘淳朴的美。表舅告诉大姨，他插队的村里很多年轻人都喜欢大姐。大姐的两根长辫子以及洋溢着皂角味的青春气息，撩拨着一群年轻后生的心。

凯杰表舅一个人回到老家，大姨常捎信让表舅来家吃点家常饭，亲戚间也好有个照应。每次，表舅随身的挎包里都要带来一些脏衣服。大姨仔细把衣服上的破洞一个个补好，之后，大姐坐在圪台上，用泡好的皂角水把衣服一件件洗净、晾干，装在干净布兜里。表舅来时总是蓬头垢面，回去时衣着洁净、面色红润。表舅说，他身边的年轻人，都羡慕表舅，他衣服上的皂角味，也成为他们追逐的味道。

大姐中学毕业后，与同村的静静争一个推荐上大学的名额，大姐学习好，品德也好，学校老师都倾向她。大姐也以为这件事非她莫属，整天哼着歌儿，掩饰不住满心欢喜。推荐结果经村委会传出后，大大出乎人们所料——静静被推荐上了。然而，村委会传出的准确消息却是：大姐因出身不好，被一票否决。

院里的皂角树，被亮起来的天光一次次映在麻纸糊的窗户上，又一次次被西落的太阳映红。大姐不吃不喝，在屋里躺了三天三夜。大姨好说歹说，大姐就是蒙着被子不吭气。大姨火了，一把掀开大姐的被子，指着她骂道："落在村里就不活人了？瞧你那点出息，这么点事就打趴下了？"大姐泪流满面下了炕。之后，原先温顺、善良的大姐变得冷漠、烦躁、执拗。老槐树上的钟声敲响，她便扛起锄头去地里劳动，到饭点儿，就和大家收工回来，不多说一句话。大姨踅摸着，为大姐找一个忠厚人家的男娃，结婚后好好过日子，或许就从不愉快中走出来了。

秋风一起，满院的皂角熟了，南院里的婶子大娘们提着箩筐，拿长长的竹竿一个个敲下来，存在家里。要洗头了，敲碎一颗泡在盆里，洗过的头发柔顺光滑。腊月里，取出几颗皂角洗炕单、被头，整个家里都飘荡着皂角的清香。

大姐常坐在皂角树下，不知在想些什么。两年后，表舅考回了上海的大学，表姐便更加落寞，整天沉默不语。不知什么时候，大姐喜欢下地干活了。菊花婶子悄悄给大姨咬耳朵：大姐喜欢上了邻村一个大个子后生，他们常在庄稼地旁聊天，一聊就是一上午。大姨托人查听了一下，坚决不同意。小伙子娘死得早，鳏居的父亲耐不住寂寞，和村里好几个妇女传出闲话。大姨认为这样的家庭家风不正，能培养出什么好儿子。无奈小伙子追得紧，大姐铁了心，非他不嫁。

夏天的中午，知了在皂角树上“吱吱”叫着，大姨做好饭放在树下石桌上晾着。下地干活的人都陆续收工了，大姐还不见踪影。大姨急得不停朝大门口张望着，空荡荡阒无一人。

终于，大姐扛着锄头出现在大门口，很欢喜的样子。大姨气不打一处来，急问道：“跑哪里去了？”大姐挑了一下眉毛，看似漫不经心地回答道：“去燕村了。”燕村是那个小伙子的村庄。正捞面的大姨气得手在发抖，随手抓起窗台一只皂角向她掷去。大姐吓得撂下锄头跑出院门。正是大中午，每家的大门下都蹲着吃饭的人，看见大姐慌慌张张跑出来，都端着碗看个究竟。大姐看人越聚越多，胆子大起来，冲着自家门大喊：“什么年代了，还限制我的婚姻自由，我就是要嫁到燕村。”话没说完大姐又跑远了。只见大姨铁青着脸，拿一根锨把粗的棍子追出来，怒喊道：“我打死你这个丢人现眼的东西！”

说归说，打归打，大姨还是没能拗过大姐，大姐在大姨的一声声叹息和抹泪中出嫁了。

然而大姐婚后的日子却并不太平。第一个孩子不到一岁，个性太强的两个人就产生了冲突，开始是语言上的，之后逐渐升级为肢体冲突。大姐抱着孩子哭着回了娘家，表哥们甚至拉回了大姐的嫁妆。大姐就这样磕磕绊绊过着，陆续生了三个女儿。几年后，大姐夫经营的企业渐渐有了起色，成了这一方有名气的乡镇企业家。随着经济的宽裕，两个人的婚姻却走到了头。大姐追求精神自由，不要一垄田一间房，像笼中的鸟儿一样飞出了曾经的家。

凯杰表舅考大学回上海后，有一年回老家探亲，听说大姐在出满月，专门骑自行车多拐了几十里地，来看大姐。

大姐那时刚生了第一个女儿，坐在大姨夫编的藤椅上，抱着孩子，两根长辫子已剪去一截，成了短辫垂在胸前。她体态丰腴，更添了几分成熟女人的美。凯杰表舅用当时很稀罕的相机，为大姐和女儿留下了一张珍贵的照片。

大姐和表舅，作为同时代走过来的人，带着那个年代的纯真和憧憬，惺惺相惜。表舅赶上了那趟车，从此改写了命运。大姐的命运之舟却被搁浅了，心气高傲的大姐只能在自己的人生里孤独徘徊。也许大姐承载了表舅那个年代的某种理想和寄托，看见大姐成为一个地道的村妇，表舅只说了一句："你应该过得比现在更好！"遗憾之余，更有一份淡淡的忧伤。

后来，大姐远嫁他乡，落脚在一座小县城以卖菜为生，备尝生活的艰辛和磨难。一次，县领导检查农贸市场，她看到了人群簇拥中的静静，她已荣升为县长，浑身上下散发着成熟女人的优雅，举手投足间，有着一种优越和干练。一时间大姐愣住了，她又记起了那个昏天暗地的下午，皂角树在麻纸窗上映出火一样的颜色。

胡同口的大门被文物贩子整体收购。当大型装载机和吊车出现在南院里，南院里的老老少少聚在一起，流下了感伤的泪水。在大门下做活儿、聊天的美好时光，即将淹没在远去的时光深处。好在表哥修房子时，保留了那棵皂角树。大姐说，回到南院里，早已是物是人非，只有皂角树，还保留着曾经家园的味道。婆娑的枝叶，像亲人在欢迎我们。

多年来，大姨一直在炕边的柜子里留有一套干净被褥。每逢节假日，大姨总会坐在皂角树下，手里做着活计，心思有一眼没一眼瞥着胡同口。阳光晴好的日子，驼背的大姨吃力地把被褥拿出来，晾晒在院里的铁丝上。邻居们问："外甥女儿要回来了？"大姨笑笑，唠叨着我是爱干净的人，被褥总得随时预备着。我每次回去，躺在暄腾腾、暖乎乎的被窝里，嗅着阳光的味道，在年迈大姨的呢喃声里，不自觉总会淌下泪来。

当幼小的生命如一片浮萍飘摇，是南院里，宽厚地接纳我、抚养我，使我的生命里落定一层泥土的底气，沐浴着温暖的乡土亲情。我长久温情地注视着那条长长的胡同，角落里的皂角树枝叶繁茂、荫翳遍地。

薄暮时分，炊烟四起。

南院里的每家院子里，亮起萤火一样的油灯。扛着锄头下地的南院人陆续归来，胡同里便人声渐闻，热闹起来。碰面聊庄稼长势的、主妇呼儿回家吃饭的，以及喝粥的声音、幼童的哭闹，像明明灭灭的麦秸火，带着特有的乡土烟火味，慢慢地、暖暖地，在暗下来的胡同里流动。

与先生漫步河边，如画景色，慰藉着每个平凡的日子。在河边草坪上浇水锄草的员工，许多便是南院里走出来的乡亲。惟愿那些在外奔波、谋生的乡亲们，披着夜色一路风尘回到村庄，会有一盏灯，在南院里温暖地亮起。

青河

一夜长风，沟南便在沙砾的拍打中活泛起来。阳光带着尘土的味道，晃眼地落在村巷里。巷子深处一声悠长的牛哞，便有农人赶着耕牛、背着犁耙从曲里拐弯的巷子里走出，向西沟里走去。

被沟南人叫作青河的河流，也在大风过后“醒”过来，在西沟旁明朗优雅地向南流去。《山海经》有记载：管涔之山……汾水出焉。这条来自管涔山脉幽凉峡谷中的河流，千百年来在沟南村边昼夜流淌着。不远处，是发掘出旧石器时代化石而闻名中外的丁村遗址。一片片断崖沟壑中的砂砾地，在苍远的天空下诉说着久远的历史。

世世代代倚河而居的沟南人，在河滩里耕种、放牧、劳作。靠着青河的庇佑，地处晋南黄土高原的沟南，有着鱼米之乡一般的灵秀与富庶，沟南人日出而作，日落而息，安稳地度着春夏日月。

晴好的天气里，一阵鼓乐、一曲唢呐从村头响起，沟南娶亲嫁女的便多了起来。有鲜花一般的姑娘嫁到沟南，或者沟南的姑娘嫁出村去。村子里热闹几日，平静一阵，又开始热闹起来。世世代代的沟南人，自行完成着村庄的更新和繁衍。

荷莲就是在这样一个春天嫁到沟南的。那是20世纪30年代，青河的水清澈见底，宽阔的河面上，有鱼虾欢快地追逐、嬉戏。滩里，河水改道留下大片水洼，镜面似的倒映着蓝盈盈的天和柳树、牛羊。老辈人说，刚嫁到沟南的荷莲，像这春天的青河一样光鲜明媚。她的花轿在欢快的鼓乐声中，穿过河滩垂柳拂面的古道，一路吹吹打打向沟南而来。滩里路面湿滑，一位轿夫进村时不慎脚底一滑，轿子一闪，身着红嫁衣、面容姣好的新娘子便闪出花轿。村口看热闹的男女老少便牢牢记住了这惊鸿一幕，那顶在春天绿色中荡漾的花轿，在青河岸边留下了长久的美艳与风情。

沟南村东大槐树下的小院，便是荷莲的婆家了。她的夫婿杨轩是平阳府的读书人，家中有一位寡居多年的老母亲，小院里收拾得清清爽爽，大门口一对红灯笼和堂屋上红红的对联，衬托着满院喜气。花轿抬进杨家的大门，就是杨家的媳妇了。出身于大户人家的荷莲能愿意嫁入杨家，一半是父母之命，另一半是相中了杨轩读书人的身份。

荷莲的娘家在沟南北边，也是倚河而居，河滩里干活或行脚的人，一抬头就能望见她家雕梁画栋、气派非凡的四合院。荷莲的娘家是青河边的书香门第，他的父亲是这一带有名的教书先生，沟南人都认识这位戴着眼镜、瘦高个的教书先生，常见他身着长衫，脚步稳健地穿过河边小路，踏过木板搭成的简易小桥，前往教书的襄陵镇。他身边厮跟着一个背着布褡裢、学生模样的小书童。据说，杨轩是先生的学生，像许多故事章节里一样，先生教书时，他聪慧、好学，人又长得文雅俊朗，是先生的得意门生。因家道贫寒，先生常拿出自己的薪水接济他。后来杨轩考入平阳府的学堂读书，离开了先生，却不曾忘记师恩，逢年过节，提上母亲蒸的几只花馍，去邻村的四合院里看望先生。一来二去，荷莲认识了杨轩。杨轩与先生坐在厅堂里说话，荷莲在里屋做女红，隔着一道门帘，杨轩浑身上下的浓浓书卷味，深深吸引了闻着书香长大的荷莲。他的言谈举止，散发着令荷莲着迷的气息，他的身上，寄托了少女荷莲对美好生活的所有憧憬。于是，当这桩婚事被公开提起时，荷莲当即羞涩地应允了。

有着良好家教的荷莲知书达理，温良贤惠，每天天色刚刚放白，她就起来洒扫庭院、生火做饭。婆婆起来后，热腾腾的饭菜已端上了桌。她的勤劳与贤淑，很快赢得了婆母与左邻右舍的喜爱。星期六，从学堂里回来的杨轩，看到媳妇孝敬婆婆，善待邻里，心中流淌着知足与甜蜜。他充满怜爱的眼神，始终随着忙里忙外的媳妇出出进进。晨曦微露，窗花映红了土炕，映出土炕上一片温馨迷人的世界。

沟南旁的滩地里，种满了庄稼，风吹过，带着五谷的馨香。农家长大的杨轩闲不住，扛起锄头随荷莲下地干活。青河在身旁静静流淌着，两只鸳鸯在河面上互相梳理羽毛，四周恬静而美好。杨轩望着河岸，想起了那顶在春天的翠绿中一路颠簸而来的花轿，情不自禁低声吟咏道："关关雎鸠，在河之洲。窈窕淑女，君子好逑。"从小听父亲讲诵《诗经》的荷莲便羞红了脸，一脸迷恋地看着风吹起杨轩的头发，一袭青衫潇洒地荡起。

第二年开春，荷莲为杨家生下一对双胞胎男孩，日子一下子填充得满满当当。两个小孩子整日偎在她的身边，咿咿呀呀，使她一刻也不得空闲。算着杨轩回来的日子，婆母照顾着孩子，她腾出手来为丈夫准备饭菜，眼角却不停地往大门口瞟着，稍有动静，便停下手里的活计，心口咚咚直跳。

杨轩回来了，玉树临风般站在她的面前，荷莲觉得屋子里一下子亮堂起来。杨轩说："等毕业了，我找一份差事，我们带着母亲和儿子，去城里生活。"听着杨轩的话，荷莲水汪汪的眼睛里溢着亮光。

杨轩写得一手好字，一手好文章，在学校里才情显露，还没毕业，驻扎在平阳府的部队长官看中了他，要他去做文书。杨轩一下子忙了起来，荷莲好几个月见不了他的面。有时候月上中天，睡梦中的荷莲听到轻轻的叩门声，一骨碌爬起来，侧耳细听，听到杨轩轻轻的呼唤："荷莲——荷莲——打开门"。杨轩一阵风似的闪进来，拥她入怀，又进屋亲亲熟睡的儿子，告诉妻子，部队正开拔，路过村庄，他回来看看，马上就要走呢。荷莲忙拿出烙好的两张饼，塞进他怀里，看着他闪出门去，一阵风似的飘走了。荷莲怔怔地坐在炕头，一时间不知是梦境还是现实。

日子就这样在期盼与煎熬中一天天过着，两个孩子一天天长大，转眼已经六七岁了。这一年，倭寇窜入中原大地，烧杀抢掠，祸害民众，打破了沟南宁静安然的日子。夜晚，听着沟南河滩里不时响起的枪声，荷莲的一颗心便时时悬着。有时枪声激烈，火光映红了半边天，荷莲和婆婆便搂着孩子，蜷缩在炕角，整夜不敢睡觉。

芦苇枯荣间，倭寇赶走了。荷莲本以为能过安生日子了，滩里却还是响起激烈的枪声。荷莲时时牵念着临汾城里做事的丈夫，夜夜和衣而睡，稍有动静，便坐在窗前支棱起耳朵听半天。

终于，一场大规模的战役——临汾攻坚战打响。战斗打得异常激烈而残酷，打了一个多月，临汾城还是久攻不下。每当枪炮声响起，荷莲想着自己的丈夫，一颗心如在热鏊子上烤着、煎着，坐也不是，躺也不是，不时跑到街上打探消息。

为挖攻城的坑道，解放军挨家挨户收集门板，荷莲也献出了自家的两块门板支援前线。晚上，荷莲找来一张草席子挡在门口，想着自家的门板为攻城派用场，荷莲心里也不知道是啥滋味。一天天光熹微，她看到丈夫沐着晨光安然回来，告诉她不再去城里做什么大事了，就每天待在她的身边，一家人安安稳稳过日子。暖暖的晨光映着她嘴角的笑意，公鸡啼鸣，她一激灵醒过来，原来是个梦。

又挨了许多天，随着一声巨大的爆破声，临汾城被攻破，解放军潮水一样涌进城里。

杨轩作为守军梁培璜的部下，负隅顽抗，与守军暗杀城内的交通联络员，被执行枪决。

那天，杨轩被五花大绑，押往青河滩。荷莲搂着两个儿子偎在炕角，目光呆滞地望着窗外。杨轩路过沟南时，突然挣脱士兵的控制，拼尽全身力气朝自家方向喊："荷莲——荷莲——"声声呼唤，如杜鹃啼血，山崩地裂。炕头的荷莲猛地浑身一颤，发疯似的向滩里跑去。

荷莲跑到河滩时，杨轩已趴在一堆土堆前，一动不动，殷红的血正从他的胸口汩汩涌出。荷莲大叫一声："杨轩——"便一头晕倒在地。

荷莲的老父亲来了，老泪纵横地喃喃自语道："娃是个好娃，只可惜跟错了队伍。"

沟南有句俗语：年好过、月好过，日子难熬。杨轩走了，带走了荷莲生活中所有的期盼和快乐。一阵风吹过，院门上的门环叮当作响，她的心一紧，莫不是杨轩回来了？当明白杨轩永远不会踏进这个家门，她浑身像抽了筋，坐在炕沿半天缓不过神。

无数次，她想追随杨轩的脚步，去和他团聚。双脚已踏进青河，却从悲痛中转醒。两个儿子充满依恋的无助眼神，一夜间白了头的年迈婆婆，使荷莲一颗死了的心渐渐泛起一点心劲，她又打起精神操持家务。

荷莲的遭遇，深深触动着一个人的心。住在村西口的张红山，与父母种地为生。早年间，因家庭贫困，他曾入赘到东山一户富裕人家，妻子都怀了孕，却被人家“辞退”回来，原因是那家老太太嫌他饭量太大，容他干活，却不容他吃饭。红山回来后未再娶亲，守着青河度日月。

青河水浅时，沟南人便赤脚趟过河去，去河对岸的襄陵镇赶集，购买农用品。春夏季发大水，河水阻隔了沟南人，眼巴巴等着河水退去。那年，红山和父亲在青河上搭起了这座小木桥，方便了沟南人通过这座桥赶集、走亲戚，来来往往。因红山家连着河滩，过路的行人常常到他家里歇脚、喝大叶茶。

常年在河滩里行走，红山练就了一副好脚板，一身好体力。每到春天杨柳发芽时，红山常常会想起那顶在绿色中荡漾的花轿，多少年了，他被那顶载着荷莲的花轿吸引着、撩拨着，荷莲在花轿里闪出那一刻，他对那个脚底打滑的轿夫充满了责备，怎么能把那么姣好的新娘子摔出轿子呢？一抬头看到新娘子因羞涩和慌乱而绯红的脸庞，看到弯弯的眉毛下一双似笑似嗔的眼睛，他呆住了。此后，看到荷莲和杨轩出双入对，在河滩里干农活、谈笑，他像远远欣赏一幅画儿，一幅只能远观、不能近前的画儿。

荷莲就这样不知不觉住在了他的心里，赶也赶不走。杨轩走后，看着荷莲一个人在青河边干活，凄苦而艰难，他的心里充满怜惜。他只能在无人时候，默默帮她干一些庄稼活儿。有时他想，就这样永远在暗处，照顾她一辈子也挺好。

俗话说：寡妇门前是非多。同住一条胡同的队长奎子，有事没事总爱往荷莲跟前凑。荷莲却连眼皮都不抬一下，奎子几次讨了个没趣，心里便恨得发痒。他恶意中伤荷莲，说她是反革命分子的婆娘，思想反动，作风轻浮，经常拉拢革命干部。洁身自好的荷莲，却抵不过别人的风言风语，经常暗自垂泪。奎子分配她往地里运大粪，这是队里最脏最累的活儿，她从不辩解什么，咬牙坚持着。就在她拼尽力气把大粪拉到地头时，常常发现已经有人替她运过两车了。她擦一把汗坐在地头，木然地望着远处的河滩，望着青河的水潺湲而过。她心里装着杨轩，谁又能入了她的眼、她的心呢？她像青河里的一朵莲花，远远地开在河心，只和风云日月为伴。

苦的是两个孩子，在学校里被称作反动派的“狗崽子”，干什么都抬不起头。老大心思重，从此不再专心学习，成绩平平。老二却和他父亲杨轩一样，天资聪慧，是块学习的料。荷莲常望着两个孩子出神，恍惚间，感觉杨轩又回来了，她的生活中处处都是他的影子。她的心里，一直有一个藏得很深的梦，希望两个孩子读书长出息，只是不要像他们的父亲一样走上另一条路。

两个孩子小学毕业要升中学了，却因政审被打了下来。那天，荷莲搂着两个孩子在小院里伤心地哭泣，渐渐地，低声的抽泣变成大放悲声。两个儿子从没见母亲这样悲伤过，多少年来，母亲总是那么温和、恬静，把一切打理得井井有条。今天，母亲是怎么了？

红山此时默默来到了小院门口，他从荷莲的哭声中听到了她内心多年的悲苦，听到了她生活理想的破灭声。他终于鼓足勇气来到荷莲身边，把她的头轻轻揽在怀里。

此后，两个孩子政审表的父亲一栏，填上了红山的名字，顺利升了中学。荷莲对红山提出了唯一却也是最苛刻的要求，改姓杨，真正成为杨家的人。红山当下就答应了。

和红山虽然成了一家人，但荷莲永远都客客气气，礼数周全，难得见到一丝笑容。即使这样，红山也很知足，包揽了家里所有的苦活儿、累活儿，一天到晚忙个不停，却不敢和荷莲多说一句话。他知道荷莲的心，如果不是为了孩子，怎么会看上他这样一个粗野村夫呢？

荷莲也在这样的日子里感到了煎熬。杨轩是她心中挥之不去的一个梦，是她心中永远的憧憬，她宁愿活在这样一个梦里。与红山在一起，她感到了压抑，他永远不会说“关关雎鸠，在河之洲”那样的词儿，永远没有杨轩那份风雅，只是闷头干活，沉默得令人窒息。

终于，他们在一起的第三个年头，荷莲鼓足勇气说：“我们，还是离了吧!”红山瞬时傻了一样，他有多少话想对她说，呆了半晌，却闷着头说了声：“听你的。”

春天刚探出头，河边的柳树就露出了绿芽，再暴戾的风，到这里也蓄住了势，像一头嚣张的野马，骤然收住了野性，温驯地拂过河岸。一川青草和婀娜柳枝就顺从着风力，齐刷刷向一边倒去。荷莲和红山就这样走在青河边，穿过河上窄窄的木桥，向对岸的襄陵镇走去。

新社会了，政府正提倡婚姻自主，他们很顺利办了离婚手续。走在街上，荷莲长出了一口气，感觉天是那样的蓝、那样辽阔。红山却进了商店，出来时手里拿着一条红格子头巾，塞进荷莲手里后，说道："喏，给你的！"荷莲瞬间有一种怪怪的感觉，脱口而问："都离婚了，还买东西给我？"红山说："分开了，留个纪念吧！"

春天的河水说涨就涨，来时还风平浪静的青河，此时却如一头暴怒的狮子，风高浪急，滔滔而下。河上那座小小的简易木桥，已淹没在洪水中不见踪迹。荷莲愣在河边，这可怎么过呀？

红山已脱掉鞋子，下河试探水流的大小。熟悉地形的他找准了一处下脚的地方，挽起裤子站在河水里，犹豫一下，对着荷莲说："来，我背你过河吧！"荷莲一愣，毕竟是离了婚的人了，外人看见，这成什么呢？红山不由分说，上岸把她拉过来，背在背上下了河。春天的水还有些刺骨，红山在冰冷的河水里不由得有些哆嗦。荷莲伏在红山宽阔的背上，能感觉到他的心跳和粗重的呼吸声。渐渐地，她有了一种奇异的感觉，就像一片云，忽然找到了一块土地，那样温暖、厚重而踏实。随着红山在河水里趔趄的行进，她感到自己和这个人是如此紧密相连，她像忽然有了记忆，记起了红山种种的好，记起了清早下地，已锄过一遍的玉米地；记起了在她最无助的时候，红山宽厚的肩膀和痛惜的眼神。为什么这一切，从来没有打动过她呢？荷莲的泪一滴一滴落下来，一颗冰冻的心，就这样在春天的青河里渐渐回归，被这背上的温暖一点点濡湿、融化。

这一晚，月亮的清辉洒向沟南，村旁的青河收敛了白天的暴躁，温顺而平静地绕村而过。荷莲偎在红山怀里，感到自己又变成了当年初下花轿的小女人。红山大山一样的厚重和包容，使她发现自己仍然可以感知青河一样绵长温存的爱。她嗅到了沟南五谷的气息，嗅到了大地深处最沉实的芳香。青河的水涨起来，一浪一浪的浪花簇拥着她，流向无垠的远方。

红山越发有了精神。闲暇时，在芦苇荡里打几只野鸭，在小河湾里摸几尾鱼虾，傍晚，荷莲家的庭院里便飘满扑鼻的野味奇香。劳作一天的红山躺在自家土炕上，在荷莲收拾碗筷的叮当声、小儿的呢喃声中解去一身困乏，陶醉在平实温暖的家庭生活里。两个女儿的相继问世，使他们家变成了一个儿女满堂的大家庭。荷莲因此更为受累，红山多次梦中醒来，她还在灯下缝缝补补，预备一家人的衣物穿戴，他便心疼地揽住她。青河的涛声，在村旁时近时远地响起。

天青色的烟雨，朦胧了青河两岸。红山的心里，从此有了念想。他常常出没在风波里，打捞青河里的鱼虾。他的一位表兄在襄陵镇当事务长，他把这些鱼虾送到那里，渐渐地积攒了一些钱。他要送给荷莲一个惊喜，不再使她夜夜受劳作之苦。

一个秋天的傍晚，荷莲家有了沟南第一台缝纫机。他们家的衣服，从此不用荷莲手工缝制了。荷莲从红山憨憨的笑里，感受到一颗为她跃动的温暖的心。农闲时，沟南的大姑娘、小媳妇，都爱聚在她家庭院里，扯一块布料，请荷莲给裁剪个样式，做一件漂亮的上衣。荷莲家渐渐热闹起来。邻居们成群坐在她家院子里，手里纳着鞋底，聊着家长里短。不知谁说了一个笑话，一院子的人就乐乐呵呵地笑。有人嗔怪地拿起正纳的鞋底，佯装要拍向另一个的脑袋。几个带孙子的婆婆便护住孩子，生怕鞋底子不小心落在自家娃身上，引来围观的人更开心的笑声。荷莲乐意融入这样的氛围中，她的脸色日渐红润，体态也日益丰腴。原先的冷若冰霜，渐渐被这喧闹的人声驱逐而去。

但荷莲的心里，还藏着一个心事。死去多年的杨轩，在那边还是孤苦一人，她要给他找一个伴儿，在那边也有个相依相伴的人儿。

沟南东边的山里，住着母女二人，早年抓壮丁，男人从此没了音信。家族容不下这对母女，把她们赶出了家门，母女俩就在一处山洼里的破窑洞栖身。好不容易熬到姑娘出嫁，娘却得了痨病，从此卧床不起，没几年就去世了。娘殁了，却不能归祖坟，姑娘犯了愁。荷莲打探到这个消息，便托人说合，与杨轩成了冥婚。那姑娘看着荷莲善良，也认了这门亲戚，逢年过节来回走动。

荷莲对红山说：“我要对得起你，也对得起杨轩。”红山明白荷莲的意思，从此对荷莲、对这个家更是呵护备至，一脚泥一脚水在青河边忙碌。

有一年沟南遭了天灾，然而在青河的庇佑下，却成了这一带的富庶之地，许多人走亲靠友，投奔沟南。沟南人一块馒头掰两半，一碗稀粥分两碗，以最大的包容，与亲友们度过荒年。冬天太阳升起来，地里活计少，沟南人便聚集在南墙根晒太阳，聊一些绿豆芝麻的闲散话题。有人发现，一位衣衫破旧、面黄肌瘦的小伙子走进了荷莲的家门。小伙子见到荷莲，便问这是张红山家吗？何莲说，是杨红山家。小伙子便流泪了，拉着荷莲的手说："婶儿，可找到你们了！我是东山里的，从小，他们都说我是没爸的孩子，现在山里遭了灾，我下山找我的爸爸张红山！"荷莲仔细打量着小伙子，可不，眉宇间和红山有几分相像呢！她一边为小伙子擦眼泪，一边说："谁说你没爸爸，喏，你爸爸不在院里吗？"

荷莲和红山从此又多了一个儿子。这儿子的母亲已经去世，荷莲痛惜这个苦命的儿子，一双巧手，年年为他做冬夏穿戴，直到他娶妻生子，日子过得好起来。

在一年年的日月里，荷莲的儿女们也一个个长大，儿婚女嫁，瓜瓞延绵。除了二儿子在西安工作，其余几个都落在沟南村里，荷莲站在村口，能从村庄上空的树冠中，分辨出几个儿女的家，她感到了儿孙绕堂的踏实和温暖。

又一年春来。

荷莲牵着孙子的手，走在青河边，等着红山的毛驴车，从集市上归来。几只觅食的小鸟在青河上起起落落，叫声欢快；上游冲来的几块薄冰挤挤挨挨，随着水流打着漩涡，逐波而去。家家户户的炊烟升起来，像一朵云，聚拢到一起，盘旋在青河上空。

孙子指着河湾告诉祖母，十万年以前，这里生活过披毛犀、斑鹿、野马、熊、羚羊和水牛等，还有北方少见的长鼻子大象。孙子欢快地跑向河滩。荷莲却望着河边的小路和青翠的春柳出神。千万年来，青河在这里见证了岁月变迁，时序交替，一代又一代沟南人在这里顽强地生存、劳作、憧憬。多年前，就是在这样明朗的春天，她坐着花轿嫁到了沟南。她至今记得，俊朗的杨轩骑着高头大马走在花轿前面，喜悦欢庆的鼓乐声传遍了青河两岸。青河边那条通向临汾城的小路，曾牵动着她多少情爱和梦想，顺着那条路，也许她会走上另一种人生。

流年沧桑，荷莲所有的人生悲喜，早已化为青河的一小段波浪，淹没在岁月深处。她那顶美丽的花轿，却时时游弋在春天的青河边，在岁月的烟雨中惊艳地浮现。

白杨与泡桐之间

从沟底往上走，是一个长长的带拐弯的陡坡。

不知哪年，坡边栽了两行白杨。这树苗极易成活，沾着沟南的黄土就舒展根须，吸足了地气往上长。沟南人春种秋收，来来往往不经意间，杨树苗已蹿过沟沿，长成枝干挺拔、叶大荫浓的两行风景。春夏时节，布谷、喜鹊、麻雀等鸟儿在枝丫间做窝、繁衍。树下走过，才听见头顶叫声悠扬，倏忽一下鸟儿已翩然飞落另一棵树杈。远处的崇山巍峨挺立，因主峰之巅建有七级浮屠，沟南一带人们便称其为塔儿山。一股山泉水自半山腰淙淙而下，常年在沟南村旁流淌，杨树周边洇出一片湿润。田里劳作了一晌的沟南人，收工时走上这段坡路，满身疲惫便会在阴凉里消解。

戴着草帽、身着鲜艳衬衣的姑娘们，总爱坐在树下水沟边歇息。放学的孩子们也放下割猪草的背篓，脱掉鞋子，猫着腰在溪水里捉虾、捉蝌蚪，欢笑嬉戏。

从小在沟南水土里摸爬，孩子们黝黑、皮实、健壮，像田里正拔节的禾苗。姑娘们常年劳作，风吹日晒，却面色红润、姣好，气息鲜活。他们你言我语，热心讨论着家长里短、衣着穿戴，有的抬起胳膊擦一把额前的汗水，爽爽朗朗笑着，成为惹人心热的光鲜一景。

每天在白杨坡几个来回，沟南人与土地建立了天然亲情。

他们熟知沟里每块庄稼地的长势，熟知玉米、绿豆每种作物的习性，三天两头薅草、施肥，像自己的孩子一样呵护、侍弄。崇山上日升月落，他们顺应时令，守望田园，在古朴的庭院里延续着祖祖辈辈安然淳朴的宁静日月，安享着清风拂面、飞鸟相还的沟南风光。

走进沟南，便是黄土垒墙的一个个庭院。

“霭霭四月初，新树叶成阴。动摇风景丽，盖覆庭院深。”沟南的庭院，虽然大多是晋南农村普通的土坯民居，却像白居易诗中描写的那样，草木葳蕤，蕴藏着最具乡村风情的绵长日月。檐下挂满了玉米、辣椒的人家，显示着日子的富足殷实。茅檐低小的庭院，院里养着成群的鸡鸭，墙角猪圈旁堆放着成垛的柴火，有主妇提着一桶猪食，左右悠晃着向猪圈走去。晨光穿过斑驳树影落下来，鸡鸭像踩了高跷，追逐、觅食，在明晃晃的太阳光里拖着长长的影子。

每户人家，富足也好，恓惶也罢，都是一个锅里搅稀稠，一张土炕度日月。

院墙一围，就是一个独立的王国。别看庭院不起眼，再土再破，也是赖以栖身的地方。一家人在这里休养生息，生儿育女。傍晚，忙活了一天的沟南人从各自庭院出来，端一海碗米粥，圪蹴在十字街口大青石上谈论庄稼收成，家长里短。呼噜呼噜的吃饭声中，一碗粥见了碗底。尚未尽兴，有人说起一个段子引起“哄”的一阵大笑，气氛更加热闹起来。夜深风寒，推开虚掩的门，各自回到自家土炕上歇息。

沟南人就这样倚着庭院，春种秋收，平稳度日。日子一天天过着，一群孩子吃着粗茶淡饭呼呼啦啦长大，你出他进，小小庭院便显得拥挤而窄小，杂乱着、热闹着。

庭院里的一间屋子里，可以相继为儿子们娶回自己的媳妇，承担着一个家族繁衍生息的重任。

大伯家有四个儿子，老大到了婚龄，老两口收拾好正屋西厢房给老大娶亲。大媳妇娶进门，一年半载，老二也到了娶亲年龄，公婆便让老大给兄弟腾地方，自己到外头找地儿住去。搬家那天，大媳妇阴沉着脸，把东西摔得叮当响。公婆默然无言，站在院门口，看着装着儿子、媳妇全部家当的毛驴车消失在胡同转弯处。此后几年，一间屋子相继娶回四房新媳妇。二媳妇、三媳妇也像大嫂一样，先后搬出去住。只有四媳妇没人撵，在西厢房里一直住着。

搬出去的三个媳妇有的住在闲置的砖瓦窑，有的把破旧的柴火房拾掇一下临时安家，碰在一起便对公婆一肚子怨气。公婆也有难处，一年不停闲地在沟里劳作，除了养活一家老小，又能有啥进项呢？俗话说“娶媳妇盖厦，提起来害怕”，盖一溜子厦那可不是说说话那么简单。一辈子土里刨食的沟南人，倾其一生精力，又有几人能垒起一个庭院呢？

垒一个院不容易，走进一个院，融入一个院更需要几年，甚至几十年的担当和付出。在庭院的兜兜转转间，人生的河流会有不同的方向。

老光棍磊子，被队里派去林县干活，半年后领回带着三个孩子的寡妇。从此，破败的小院里有了生机和人声。这妇人自知是外来户，低眉顺眼、面目和善，邻里有事实心帮忙，没多久就和大家融成一片。磊子有了家，便有了心劲，常年在沟里劳作，供给三个孩子上学念书。一晃几年，三个孩子拔节似的长起来，人前人后围着磊子爸长爸短，乐得磊子心里熨帖，在人前也挺起了腰杆。孩子们在成长中完全融入了这个庭院、融入了沟南，他们惦记着继父的好，一直赡养他至终老。

同族人觊觎磊子的家业，磊子死后有意撵走母子几个，遭沟南长者斥训道："走进这个院，就是这家人！做这种事，遭人戳脊梁骨！"一段风波尚未掀起便无声无息。

沟南人遵循着自己的道德准则和底线，一旦僭越，便犯了众怒。

沟南像一弯河水，充满母性的包容。十八岁的娟儿是村东成子叔家唯一的女儿，红扑扑的脸蛋，两根粗粗的辫子一甩一甩。沟南清晨的风里，身着鲜艳衬衣、扛着锄头下地干活儿的娟儿，是沟南村巷里暖人眼窝的一道风景。有位走村串巷的小木匠，总爱在成子叔家附近干活儿，这家家具打完，磨蹭着等下一家。干活儿时，小木匠的眼睛朝成子叔家庭院一瞥一瞥，盼着能遇着花朵儿一般的娟儿。明眼人一眼就看出来，这是想扎根成子叔家的小院呢！娟儿却不乐意，远远就躲开他。

娟儿听说半山腰里有男娃想下山落户，穿着高跟鞋上山相亲，脚后跟都磨破了，一见男娃笑眉笑眼当即应允了。没多久，沟南人风风光光把男娃迎下山，入赘娟儿家，成了担当儿子重任的上门女婿。

那位小木匠，从此远走他乡，音信杳无。

日子就这样不急不缓、运行有序，像村旁的青河水，昼夜不停地流淌。渐渐地，沟南人不再守着土地过日月，他们思谋着改变生活的现状，让日子过得更好一些。

大伯家最早搬出去的老大两口子自己烧砖、种树，几年光景在村口盖起一砖到顶的五间北房，大大的玻璃窗，宽敞明亮的客厅，沟南人看着都眼馋。弟兄几个也纷纷效仿，做豆腐的、磨面的，走村串巷、上集赶场，都不闲着。手里积攒些活钱后，示威似的纷纷盖起了新房。弟兄几个虽然盖了新庭院，却还是老庭院延伸出的一支血脉。父母生日，他们和媳妇们回到老院里，张罗酒席，宴请乡亲。

融融春日，院里的树都吐出了嫩芽。大嫂亮着嗓门在院子里指挥，话里话外透着置家立业的豪气。二嫂三嫂穿戴齐整、艳丽，声音脆亮地回应着。庭院真是关乎人的脸面和尊严啊，身后有三个宽敞漂亮的庭院，在亲戚乡邻面前才有如此底气和排场。

一个个庭院就这样派生出去，成了独立的门户，也成了沟南人挂在嘴边的一桩励志美事，在各种场合津津乐道。

秋风渐起，一场一场掠过来，白杨树叶子便发黄、打蔫，在风里簌簌飘落。

一夜醒来，白杨坡成了金色的河流。一平车一平车玉米稻黍从坡里拉上来，堆放在庭院里，庭院里迎来收获的季节。

“茅檐长扫净无苔，花木成畦手自栽。”一脚踏进庭院，便是一枝一枝低垂的大红枣，亲切、温润、繁华。窗棂上映出的孩童稚影、土炕上围桌而坐的天伦之欢、满院的花木气息，散发古诗一般的田园之美。

“少无适俗韵，性本爱丘山。误落尘网中，一去三十年。”自从走出沟南的庭院，便离开了少年时的原生家园。岁月里回眸，庭院里的一窗灯火，常常会在遥远的时光那头洇出一片光晕，乡土乡情、纯美人性，是不羁旅途中暖心的故土家园。而灯下的人，早已风流云转，人声渺远。

庭院，像一棵大树，留下一轮又一轮春夏秋冬。

当秋天过去，它倚着村庄在北风中长成村庄的一个符号、一道风景。

文 庙

从沟底往上走，是一个长长的带拐弯的陡坡。

上了长着白杨的陡坡，就是沟南小学。

这里原是村里的文庙，又称夫子庙，砖木结构，后殿供奉孔子像。老辈人说，文庙始建于清朝道光初年，有了这座庙，村里便文脉通畅，出过好几个在外当官、做事的人物。以前每逢村里有人考学、出门办事，都要在文庙举行祭祀仪式，虔诚地祈求一路顺畅。

原先，沟南没有小学，上学的娃娃要到沟对面的王云村去。后来，村里“破四旧”，将文庙里的泥菩萨搬掉，改为沟南小学。沟南娃从此结束了去外村上学的历史。

张先生是在一个冬日的黄昏走进沟南的。接到县教育局的调令，他就背着铺盖卷儿，冒着漫天飞雪从县城一路步行，爬上长长的陡坡，住进文庙里。第二天，当时还很年轻的村长奎子便在高高的楼门上吆喝道：“各家上学的娃娃，明天到文庙里集合，不用出村喽——”

张先生的老家在南山里，距沟南有十余公里，但他很少回家，把文庙里旮里旮旯都清理得干净清爽。文庙里的老榆树上，从此响起了清脆的铃声。

冬天的沟南，天还漆黑一片，长长的胡同深处便移动着星星点点的灯火。接着，由远而近传来细碎的脚步声，夹杂着稚嫩的咳嗽声，三三两两结伴而行的鼻涕娃，提着马灯，背着母亲缝制的粗布书包，脚穿老棉鞋扑踏扑踏向文庙里走去。

教室里的讲台上，张先生已点着一盏罩子灯，坐在椅子上备课。同学们来齐后，他便开始领读："弟子规，圣人训。首孝悌，次谨信。泛爱众，而亲仁。有余力，则学文……"浓重的地方口音，传递着文明开蒙的曙光。

由于起得太早，大部分学生没吃早饭，趁张先生不注意，从衣兜里掏出一块火炉边暖腰里烤黄的干馍，不时偷偷啃一口。教室里除了琅琅书声，就是"嘎嘣嘎嘣"的声音。讲台上的张先生威严地扫一眼，"嘎嘣"声戛然而止。目光甫一收回，声音又此起彼伏。下课后，张先生站在讲台上，语气温和地说："上课时啃干馍，是对古代圣贤的不尊重，还影响别人听课，是不允许的。"他就那样简单一说，许多同学却瞬间羞红了脸。从此，课堂上再没有"嘎嘣嘎嘣"的声音。

沟南有句俗语：闺女要见婆，男娃要进学。闺女长大嫁人，见了婆婆才会懂得人情礼法。再顽劣的男童，进了学校才会变得仁义知礼。沟南人惊喜地发现，自从张先生来到沟南，村里的娃娃见了长辈恭敬问好，言谈举止彬彬有礼。文明像春天的阳光，遍洒在沟南的街巷里。无论多么低矮、破旧的庭院，只要有背着书包的上学娃，就洋溢着一丝生气。

张先生渐渐融入沟南的生活。放学后，他会在沟南的巷子里转转，了解每个学生的家在哪个院子，并被热情地邀请进去，用粗瓷大碗喝大叶茶，聊聊家常和庄稼收成。沟南人把他当成村里的一员，路上碰见，相熟的、不相熟的都亲热地打招呼。

张先生的一日三餐由村里统一安排派饭。一块榆木制的小木牌，正面用毛笔写了“派饭”二字，在同学们中间轮流转。牌子传到谁手里，谁家就该管先生吃饭了。往往还有几天，有同学就早早回去告诉家里：“快轮到咱家管饭了！”做母亲的便会紧接着追问一句：“哪天？”然后，推掉所有的活计，像过节一样算着这天到来。

家境好的人家，会上集割一斤肉，包饺子给先生吃，还会准备四个盘子：五香牛肉、炒豆腐、油炸花生米、过油肉，外加一壶温得热热的酒。放学后，张先生会随着派饭的学生走入他家庭院，坐在小方桌前，在男主人的频频劝请下，小酌几杯。间或还会说说孩子的情况，孩子此时往往臊红了脸，像猫一样躲在角落里。家境一般的人家，也会割一块豆腐，做好香喷喷的臊子面招待先生。

榆木牌子终于传到磊子家的三儿手中，这对他们这样的人家是一次待遇上的平等。他兴冲冲告诉母亲，沉浸在兴奋的期待中，上学放学都是蹦蹦跳跳。他终于能在放学路上，在同学们目光的注视下，自豪地把先生领回家了。有好几个同学，下课后已经愿意和他一起玩儿了。他感觉扬眉吐气，走路腰板也挺得直直的。

那天终于盼到了。最后一节课，三儿激动得心口怦怦直跳，他想象着放学路上走在先生身边的情景。下课铃刚响，他慌忙把课本塞进书包向张先生跑去。教室外，先生弹着满手的粉笔末，难为情地说，今天家里来人，就不去他家吃饭了。三儿傻傻地扭头望去，院子里的老榆树下，一个盘着麻花头、打扮土气的妇女，正领着一儿一女站在那里，两个孩子眼光怯怯地望向这里。

三儿回家时，母亲已在小方桌上扣了四盘菜，等着先生进门，屋里屋外飘荡着香气。想起母亲把一颗颗鸡蛋攒起来，上集叫卖才换回这些酒菜，他的泪在眼眶里打转。“给他送去吧。”母亲轻轻地说，“先生是怕给咱家添麻烦。”

当他把母亲做的各种菜肴和一大盘包子放在张先生面前时，先生一家正啃着家里带来的凉馍。师母忙站起来，搓着手说：“两个孩子得了一种急性传染病——猩红热，山里缺医少药，就带着孩子们来找他们的父亲了。真是麻烦你们了！”师母对他说话时口气那样的谦恭、温和，并塞给他几个又大又甜的柿饼。他感到局促不安，又隐隐有一丝兴奋。

此后一段日子，文庙里的老榆树下，总会放着一只竹篮，后来，竹篮总是变换着，直到盘着麻花头的师母带着病愈的两个孩子离去。

秋风落，春草长。十字街口的沟南人掰着指头算来，张先生已在文庙里住了三十年。连三儿的孙子，也背起书包进了文庙。他整整教了祖孙三代沟南人。

沟南人记得，有一段时期，社会上盛行“读书无用论”，教室里一个学生都没有，先生也每天在文庙里转悠，未曾离去。几年后，高考制度恢复，文庙里又响起了清脆的铃声。琅琅书声，伴随着一个个沟南娃考入初中、高中、大学，走向外面的世界。沟南人又恢复了在文庙祭奠的传统，谁家娃考上，都要隆重地、虔诚地祭祀一番。

一个黄叶漫天的秋日，两鬓苍白的张先生从文庙里退休，回南山里和家人团聚。先生笃实敬业、向善守诚，用三十余年光阴，在文庙的油灯下书写了属于那个时代的育人传奇。

当他走下陡长的白杨坡，回头望一眼文庙时，发现沟沿上密密麻麻站满了沟南的老老少少。

他的眼睛模糊了，没有看清都是谁。

三、北坡上

翻过这道沟往北走，就是通往外面世界的官道。一辆市里开出的公共汽车，每天下午四点多从这里路过，开往半山腰的矿区。由于离市区较远，第二天早上，公共汽车才穿过弯弯曲曲的山道，从矿区返回。

北坡上有一个停靠点，几棵一人合抱粗的泡桐，成为等靠点的标志。春天，泡桐开满紫色的花朵，远远望去像一片紫色的云彩，风吹过飘来淡淡的花香。

有沟南人坐这趟车走亲戚或进一趟城，可是当成一件大事。天不亮就窸窸窣窣起了床。起来后捅开火炉，开水锅里冲一海碗鸡蛋，唏里呼噜喝下去，全身暖了才动身。夏天还好，冬天，黑乎乎地摸着夜路翻过沟去，才能来到北坡上等车。

邻村里有出门的人，也陆续聚到这里，彼此聊着各自出门的缘由，渐渐成为很相熟的人。有时天冷，车在山上发动不了，北坡上等车的人全身冻透了，不停地使劲跺着脚，以驱走寒气。有人拾来柴火生起一堆火，人们便围聚在火堆旁，边烤火边朝山里张望。好不容易望见了车影，却像扭扭捏捏的小媳妇，在山腰里绕啊绕，半天到不了跟前。

即使这样，这辆车还是牵动了全村人的视线，成为沟南打探外边世界的窗口。

有谁进了一趟城，就会成为全村人关注的焦点。

住在东胡同口的八爷是沟南常出门的人，沟里干活的人，常见他背着人造革包，翻过沟去北坡上等车。他早年在外面干事，后来“下放”回村，从此待在沟南。沟南人眼里，他不务庄稼事儿，整天游手好闲，在外边结识的人多，是“外边跑的人”。

傍晚，收工归来的沟南人围坐在十字街口，歇着脚有一搭没一搭聊着闲话，远远看见八爷回来了，一下子来了精神。他们“呼啦”一下把他围住，问着城里的新鲜事。大到高楼大厦，小到城里人的衣着穿戴，问得仔细而专注。有半大的孩子也会挤过来凑热闹，然后鹦鹉学舌一番，引得周围的人呵呵直乐。直到八爷的二小子喊他吃饭，大伙才陆续散去。

八爷像是一枚石子，带着外面的气息投向沟南，荡起了一圈又一圈涟漪。有了八爷，庸常的日子像撒了一把彩纸，红红绿绿有了色彩。

腊月里，八爷不知从哪里弄回了几十套轻铁锅笼，摆放在十字街口，沟南人于是来了一次炊具大革命，尤其是年轻人，几乎全部换上了新锅灶，原来又重又爱生锈的铁锅被放置一旁。挣了一笔活钱，八爷家过了个滋润年。

日子过得松活，八爷家盖起了高门敞院，家里人出来进去也光鲜神气。沟南家底薄、劳力多的人家，便会央求八爷在外边给找个活儿，贴补家用。八爷热心，今天介绍出去几个，挣了钱回来，更多人便吸引出去。

去北坡上等车的人渐渐多起来。

珍儿婶也是听说八爷正为一户人家物色保姆，一路找过来的。珍儿婶的男人康文是个老实人，常年扛一把锄头，闷头在沟里干活，日子过得没有一丝生气。

眼看着两个娃娃都大了，还是住着茅草房，珍儿婶就有些急。沟南人的观念里，一般不让女人出去干活儿，但珍儿婶再不想守着穷日子过，穿过沟南清晨的薄雾，挎着个蓝皮包袱随八爷进了城。

珍儿婶来到一户人家做保姆，勤快、利落的珍儿婶做出一手地道的沟南土饭，很快赢得了主家的认可。春天，她会用各种野菜拌“麻食”，上屉蒸的时候，远远就闻到一股清香，诱人馋涎。

尤其是沟南臊子面，手擀的面条筋道滑溜，浇上飘着鸡蛋饼、炸豆腐、肉丁、韭菜的臊子，色香味俱全，喝一口汤汁，口感醇香，回味绵长。这户人家大人、小孩都喜欢吃珍儿婶做的饭菜，她回沟南一两天，便会掰着指头盼着她来。

珍儿婶不知道，她做的最简单的家常饭，竟会在小区里有了名气，许多主妇竟向她讨教家常土饭的做法。见多识广的八爷看准这个势头，撺掇她盘下了一间门面店，开起了“沟南臊子面”小吃店。人手不够，康文也撂下手头的活儿过来帮忙，并从沟南招了两个小姑娘来当服务员。望着每天红红火火的人流，康文一辈子也没有想到，自己的老婆竟能在城里当老板。

几年后，他们凭这间小吃店供两个孩子上完了大学，并在城里买了房子。

沟南，成了他们曾经的家园，再也回不去的故乡。

走进沟南，巷子里少了曾经的热闹人气，成了冷冷清清的空巷。许多盖得高大气派的庭院，已是人去屋空，荒草满地。

北坡上的桐花又开了，紫粉紫粉渲染着湛蓝的天空。开着喇叭花的枝杈间，有喜鹊在上面搭建乱蓬蓬的窝。麦收时节，有人推着炸好的油饼、油卷，摇着铃铛在树下走过。田野里，却人迹寥寥，许多人把土地撂荒，沿着北坡上的那条路走向了远方。

他们带着沟南的泥土味，像蒲公英的种子在城里的角角落落安家、生存，灯红酒绿的都市，给了他们新的憧憬。

白杨坡两行茂密的白杨树，也在一个冬天被砍伐，重建了沟南小学。窗明几净的教室，因适龄儿童都随打工的父母外出上学，渐现冷清，老师们都不愿来，后来直接并入了乡小学。沟南的大街小巷，再看不到那些三五成群走在上学、放学路上的孩子们。孩子们叽叽喳喳的童声稚语，独闯世界的第一步，及其精神发育的露天课堂、人生历练的风雨操场，就这样“音渐不闻声渐消”。

崇山上的月亮升起来，静谧安然，清辉遍地。古老的观象台，传递着先贤帝尧观测天象、敬授人时的古老时令。从远古逶迤而来的一支血脉，千百年来在沟南的土地上延续着平静悠远的农耕图景。

没有了白杨、没有了文庙的沟南，还是曾经的家园吗？“故乡”，不仅仅是个地址和空间，它是有容颜和记忆能量、有年轮和光阴故事的，它需要视觉凭证，需要岁月依据，需要细节支撑，哪怕蛛丝马迹，哪怕一井一石一树……

然而，曾经淳朴温厚的乡土风情，白杨树下清风拂面的田园风光，满沟的丰腴与蕴藉，都去了哪里？

遍地的绿荫、起伏的麦浪、文庙的铃声，成为一幅乡土沟南的美丽油画，在白杨与泡桐之间渐行渐远。

街头鼓乐起

鼓乐，是崇山的魂灵。吾乡陶寺一带，一个人从出生到终老，一生都在鼓乐中行走。满月诞辰、婚丧嫁娶、节庆祭祀或每个重大事件，都和鼓乐联系在一起。营造气氛、抒发情怀，数千年黄土里浸润，鼓乐之根，在民间生生不息、绵延不绝。

一

一群背着唢呐、小鼓、铜钹、包锣的庄户汉子，在村口的大榆树下集结起来，拿出各自的家当，稍加调试，手里的乐器顿时发出“咿呀”“嘭嚓”不同的乐音，像几股溪水汇聚在一起，瞬间流淌出高亢、欢快、悠扬的曲子。打着彩旗的迎亲队伍，踩着旋律紧随其后，不时有起哄的伴郎点起双响炮，抡圆了扔在空中，发出“噼啪”的响声。穿戴一新，胸前扎着醒目“新郎”红花的年轻后生，局促地跟在队伍后面，不时回头望一眼满面娇羞的新媳妇，憨厚的脸上溢满知足的笑容。

鼓乐声渐渐传向每条街巷，有半大小子边跑边喊：“敲鼓儿的来啦，新媳妇接回来啦!”于是，烧火做饭的、和面拣菜的、铡草喂牛的，正在家里家外忙活的乡亲，纷纷放下手中的活计，朝街面跑来。

十字街口，怀里抱着娃娃的、手上沾着面粉的、纳着鞋底的，说说笑笑聚在一起，争着看这场乡村最隆重的热闹。有好事者站在路口，拦住了鼓乐班子，领头的心领神会，招呼手下围拢起来，摇头晃脑，做着夸张的动作，可着劲地表演一番。吹唢呐的脸憋得通红，带着陶醉的表情，把一曲唢呐吹得高亢温婉，撩人心旌。一曲未了，叫好声已响成一片。

故乡的迎亲场面，多少年来就这样鼓乐相伴，欢快、热烈、喜庆，在民间相沿成习。多少妙龄少女，在鼓乐声中嫁作人妇，开始了繁衍生息的一生。谁家娶媳妇，如果缺了鼓乐班子，就会显得冷清、寡味，连主人也会在村人面前矮了三分，丢了面子。

堂叔结婚时，三爷爷为了请一台鼓乐班子，整整编了一个冬天的芦席。冬夜里，为了省炭火，他在冷屋子里把芦苇一根根剖开，剥去外面的叶子，再叫堂叔放在碌碡下面碾成薄薄的芦篾，然后，单腿跪在地上开始了漫长的编织时光。

遇上逢集日，他便赶着毛驴车翻过一条大沟，去沟对面的陶寺集上卖芦席。碰上运气好，有人盖新房或娶媳妇，便会预定几张芦席，约好下次逢集交易。三爷爷便会一路哼着小曲、赶着毛驴回家来。

北风呼啸中，三爷爷从来舍不得喝一碗热气腾腾的羊汤。

一冬下来，他那粗糙的大手布满大大小小的伤口，双腿由于受凉一瘸一拐，但在墙角的粗布包里，已裹满厚厚一沓块块毛毛钱，足够请一台鼓乐班子了！

三爷爷觉得，粗布包里裹满了他的面子和希望。

当一身红装的新婶婶在鼓乐声中娶进家门时，三爷爷眯缝着眼睛，像完成了一件多年的夙愿，皱纹纵横的脸笑成了一朵老菊花。

二

割完麦子，奶奶便开始捏制花馍，拎在花布兜里，去方圆村里走亲戚。或者哪天，有亲戚也拎着花馍，穿着簇新的衣服，早早推开院门，坐在庭院树荫下，愉快交流各自的收成。

在中学教书的妈妈正好放割麦假，忙前忙后，在小方桌摆上自家院里采摘的几样小菜，做香喷喷的菜盒子或臊子面招待客人。若恰好有邻居老伯来串门，便招呼一同入座，一起闲话。颇有“肯与邻翁相对饮，隔篱呼取尽余杯”的古风古韵。

此时，有鼓声从村巷里由远及近，滚滚而来。有人在门外喊：“去陶寺看社火去！”亲戚闻听拔腿要走，他是村里的锣鼓手，要组队去乡里表演。老伯也起身告辞，要赶去陶寺看热闹。

每年麦收过后，这一代各村的锣鼓、高跷队员们都要汇集在陶寺乡，敲锣、打鼓、扭秧歌，在鼓乐喧天，热热闹闹中喜庆丰收。

层层叠叠的板凳，摞了十五层，天塔般矗立空中。当欢快的锣鼓敲起来，一位身手敏捷的壮年汉子，手握指挥棒、口吹尖哨、碎步生风、逗引两只大鼻高额且盆口圆目的“大狮子”摇头摆尾，登跃“天塔”。整套动作在时而平缓、时而重急的鼓乐声中，且舞且演、妙趣横生，惊险奇绝。

三爷爷眯缝着眼睛，仰头望着“塔顶”的汉子，咂巴着嘴说：“这小子，真会耍！”我也如痴如醉地看舞狮人与两只“大狮子”在“凳塔”上滚打翻身、腾挪跳跃。扣人心弦的动作、精彩绝伦的表演，引来一片喝彩，使人流连忘返。

这个名叫“狮子上板凳”的节目，是社火中的保留节目。逗引狮子登天塔的汉子，名叫李登山，是陶寺村的村民。这个深受群众喜爱的节目，曾一度搁浅。

春风又度，这个古老的民间艺术复苏于民间，焕发了新的光彩。多年后，“狮子上板凳”改名“天塔狮舞”，入选首批国家级非物质文化遗产代表性项目名录。李登山作为“天塔狮舞”的传人，成了村里乃至晋南一带无人不知无人不晓的知名人物。

在各种庆典活动和艺术大赛上，看到他挥动着舞狮棒，潇洒矫健的身影，就感到一种久违的亲切。那欢快的鼓点声，自遥远古朴的乡村深处氤氲而来。

一个细雨如酥的春天，我与同事一起去陶寺村采访这位名扬四海的民间艺人。路旁的白杨已发芽，翠绿生动地装扮着故乡的春天。在放满狮头、板凳、长龙等社火道具的农家院里，再一次见到了这位闻名遐迩的舞狮传人。他组建的“天塔狮舞”艺术团，已成为丁陶文化的重要组成部分，一步步走出本地，走上世界民间民俗文化艺术节的殿堂。只是当年虎步生风的壮年汉子，已鬓发花白，成为一位年逾古稀的老人。他不知道，坐在他面前的，就是当年社火人群中痴痴仰望他的小女孩。

鼓声尚在，仿佛一瞬间，岁月掀去了多少年。

三

跑鼓车是汾城镇的尉村、南膏腴、北膏腴一带最隆重的民间竞技赛事，大都在春节期间或清明节当天进行表演和比赛，场面壮观、振奋人心。比赛时，鼓横嵌在战车上，车辕需要三个壮小伙来驾——一位经验丰富的壮年汉子在辕中撑辕，两位机灵体健者在两旁抱辕。鼓车一边一根擀面杖粗的长绳，几十人或上百人分列两边拉梢绳，拖着鼓车风驰电掣而过。

鼓车上各站两人，一人擂鼓，一人鸣锣，鼓与锣铿锵相和，催人奋进。比赛的赛道也称“鼓车圈”，为一个方形街巷，东南、西北对角各停一个鼓车，另两个对角上燃炮发令后，双方就展开激烈而震撼人心的跑鼓车比赛。

跑鼓车将豪放雄浑的鼓乐之美与更强更快的体育精神完

美结合，带着古朴豪侠的文化因子，表现着这一代百姓彪悍、野性、恢宏的个性与气势。

有位表姨嫁到尉村，表姨是母亲舅舅的女儿，因父母去世早，从小由外公、外婆抚养长大。表姨和母亲感情很好，在一起有说不完的话。表姨还给我做过一双漂亮的红平绒鞋，又舒适又漂亮。

按照姥姥家一带的风俗，清明节，表姨头天傍晚匆匆而来，为外公、外婆送来蛇馒头、刺牛这两个大大的花馍，在外公家住一晚，第二天一大早，她说是村里跑鼓车比赛，还要赶回去炸油饼，就匆匆离去。

表姨前脚走，外婆就坐在天井里抹眼泪，说表姨什么时候都是着急忙慌的，连一囫囵天都待不到。

我和母亲站在河边，看身穿红衫蓝裤的表姨，一闪进了芦苇荡中。

表姨炸的油饼油汪汪、香喷喷，是为拉梢绳的汉子们准备的。拉鼓车耗费体力很大，往往要在中途换人。到了交接点，等在路旁的汉子们呼啸而上，换下来的小伙子们汗流满面，气喘吁吁。此时，路边的大箩筐里，放满了各种各样的油饼，招待这些勇士们。油饼是各家主妇们精心炸制的，颜色不一，形状各异，却承载着最朴素温暖的乡情。

像表姨一样许许多多的农妇，把自己的爱与情感，毫无保留地融进了激昂的鼓声中。

多年后，尉村“跑鼓车”竞技活动也位列国家级非物质文化遗产代表性项目名录。今年的“鼓车节”，该村南院、西北院、二龙戏珠院等院的六辆传统鼓车参与角逐，五千余村民纷纷走出家门，观看气势恢宏的竞技活动。

年迈的表姨，却只能坐在自家炕头上，听喧天的跑鼓车威风凛凛从家门口驶过。

崇山高耸，汾河悠悠。鼓声在淳朴的民风里流淌，拉梢绳的汉子们一茬人老去，又一茬人接上来。

多盼望我的表姨，再像当年那样，穿着红衫蓝裤从芦苇荡中闪出来。

四

出嫁时，我很有些自恃清高，不想遵循一切俗常的东西，包括鼓乐。

这事却由不了我。迎亲的鼓乐队，在乡村的小路上吹吹打打向我家走来。闺蜜咬着我的耳朵说：“窈窕淑女，钟鼓乐之，出嫁，就要这样的阵势！”

当地娶媳妇嫁姑娘，主家都要准备早面午席待客，尤其是鼓手，要当上客对待。不巧一连几天阴雨绵绵，院里的柴火都被雨水浇湿了。头天下午，母亲正为煮面的柴火熬煎着，住在村西头的邻居拉来一平车棉花秆，拿塑料布罩着，干干爽爽，说是无论怎样，不能误了鼓手的臊子面。

一口大铁锅，架在地灶上，棉花秆塞进去，“噼噼啪啪”着起来。不一会儿，喷香的臊子面就摆在鼓手们的面前。欢快的鼓乐声，又回荡在我家热闹的院里。

鼓乐，是一种仪式，更是一种隆重的表达，是世世代代老百姓的精神图腾。

沿着乡间的小路，行走在每个乡村。鼓乐之声，时不时从庭院、从田间巷陌隐隐传来，成为乡村的一道风景，一种特殊而隐秘的内涵。

这是汾河岸边一个普通村庄——襄汾县东邓村，这是村里一群土生土长的农民。此刻，一双双拿惯了犁耙锄头的粗糙大手，拉起了二胡、敲起了架子鼓，在或清越、或浑厚的音乐中，他们笑逐颜开、乐在其中；一个个围着锅台转，家里、田里两头忙的农村妇女，浓妆淡抹，像模像样地顶角唱戏，用淳朴的表演，抒发满心喜悦。

这年夏天，这个自娱自乐的农民乐队，在田野里拉起了“东邓文艺宣传队祝贺北京奥运会圆满成功”的横幅，以朴素而独特的方式，表达着自己的情感，并把这种情感升华为浓郁的家国情怀。

五

霜降过后，地里的红薯藤蔫了下来，当地有“时值寒露抓秋耕，采棉刨薯回茬麦”的谚语，田野里收秋种麦的人多了起来，人们赶着把成熟的秋作物收回来，再把土地犁耙得细绒松软，让麦种舒舒服服躺进去。

一大早，母亲带着我们来到沟北的地里出红薯。红薯是生产队分给爷爷奶奶的，每人两垄。出红薯是当地很隆重的农活，需要的劳力多，常常是一家老少齐上阵，抱蔓儿的、挖红薯的、捡红薯的、装筐的，分工不同，全家协作。

未到地头，远远看见红薯地中站着一个衣着光鲜的女子，手上戴一副大红色的尼龙手套，非常惹人注目。邻居刚娃妈来得早，她从地那头扯着嗓门喊：“哟，新媳妇也下地干活了！”

那是村东头虎娃新娶的媳妇，是从沟对面的陶寺村嫁过来的。一个新媳妇参与农事，表示她已正式融入新的家庭、新的环境。从此，春播冬藏、收秋打夏，她成了主要参与者。

我和新媳妇负责捡红薯，把红薯上的泥土抖掉，放进自家的荆条筐里。看我的小手冻得通红，她把一只手套脱下让我戴。我的手立刻暖了，心也暖了。

新媳妇说，沟对面那棵大柿子树下，就是她娘家的地。她的父母兄嫂，也正在那里干农活。她还说，等秋天来了，带我到沟对面摘柿子去。

秋天来了，一队考古队员，出现在沟对面。这些衣着时尚，来自北京的考古专家，经过测量、勘探、发掘，脸上露出了震惊、欣喜的表情。就是在这块长着柿子树的土地里，发掘出了中国史前的城邑！同时，在城内还发现了宫殿区、仓储区、祭祀区等重要遗迹。

先祖们透过观测缝观测崇山山脊日出来判定节令，制定历法，告诉人们把握农时，春耕秋收。

中华民族第一缕文明之光，穿过历史的重重迷雾，洒在这块祖祖辈辈生活、劳作的土地上。

专家认为，陶寺，不仅是一座典型的城邑，而且是一座气势宏大的都邑，应该就是“尧都平阳”之所在！陶寺遗址中出土的鼍鼓、土鼓、铜铃、石磬等乐器相伴共存，表明远古时代它们就作为礼制的载体，以组合的形式，出现在正式的礼仪活动之中。

所有民间的鼓乐之声，都在这片久远、厚重的土地上找到了最初的源头。

布谷鸟又鸣叫在故乡的春天，土陶一样质朴的乡亲，在年复一年的时序更替中，辛勤劳作，生生不息。鼓乐的铿锵之音，与他们相伴共存，渗透在脚下的泥土里，成为血脉中的组成因子，挟着远古文明之光，在淳朴的民风里千年流淌。

桐花胡同

当我第一次坐在妈妈的后车座来到这所乡村学校，初春的风正从返青的麦田吹来，扑在脸上，暖暖的、酥酥的，能嗅到田野青涩温润的气息。

从校门口望去，一条被踩踏得瓷实光洁的泥土路向前延伸着，两旁粗壮的梧桐树开满了紫色的桐花，枝杈在空中交叉着，花挨花，枝触枝，漫溢出最常见、最热闹的乡村风光。

我坐在车座上随妈妈往前走着，听她与熟悉的或不熟悉的人打着招呼，仰起头，痴痴望着一树一树盛开的桐花。远处，塔儿山高高耸立着，背阴处，能看到冬天的残雪尚未融化。过完年，妈妈就调入这所全乡最大的乡村学校任教，我顺理成章从老家转入这里上学。能与妈妈一起来到新学校，我心里满是新奇和欢喜。

沿着路往前走，头顶像拢着紫色的云彩。两旁望去，是一排一排的教室，共五排。教室前各有一个小小的花圃，种着凤仙花、西番莲、月季等乡村常见的花草，热热闹闹长着。最后一排房子是连在一起的长长一溜，有会议室，还有两个大教室。

教室前的两块白灰墙面上，一块用美术字书写着语录：我们的教育方针，应该使受教育者在德育、智育、体育几方面都得到发展，成为有社会主义觉悟的、有文化的劳动者。另一块用仿毛体书写着大大的几个字：忠诚党的教育事业。两块标语均用大红广告色书写，鲜艳夺目，从进校门那刻起，远远就看见泛着一片红光。

语录前面是一个篮球场，东边和西边各有一个淡蓝色的篮球架，正有学生在那里投篮，他跳得高高的，球从手里飞出去。

一排教室的旁边隔出一间，便是我们的家。

西边，有一大片空地，种着茄子、辣椒、豇豆等农村常见蔬菜，有的挺拔地长着，列着齐整的队形；有的已绕着搭好的架子，蓄势攀附。一口放着水车的水井，正“哗啦”“哗啦”往外绞水，每隔一会儿，清亮的井水便间断地涌出来，顺着小水渠，缓慢向前流着。得到滋润的菜苗舒展开叶子，在风里摇摆。

那个黄昏，紫色的梧桐花使校园里飘满馥郁的芳香，吃完晚饭，妈妈牵着我的手来到菜地边，看见一个身材颀长、戴一顶旧草帽的背影正在田里忙碌，月白色的褂子在风里鼓荡着，脚上一双自家做的布鞋沾满了泥浆。他拿起铁锹，正把水引向一畦长着西红柿苗的菜地。他回头看见了我，笑眯眯地问妈妈：“女儿来啦?”我好奇地打量着这个不同于农村人的老人——清癯的面庞，一双亮而有神的眼睛，浓密的眉毛里，高挑地长出花白的几根。

我侧着头想，这位爷爷，多像年画里讲故事的老爷爷。看我盯着人家的眉毛，妈妈悄声说：“那叫长寿眉。长那样眉毛的人，能活很大岁数。”

黄昏透过桐花洒下一片金黄，像细碎的金子一般。望着长寿眉下那双满含笑意、关切的眼睛，我心里陡然升起一种亲切感。

“这位爷爷……”

妈妈又轻轻说道：“要叫他柴爷爷。”

从此，柴爷爷便和我们前后院住着，我家的院子里，能看见他屋子的后窗。

夜晚，柴爷爷后窗的灯光常常亮到很晚，在寂静的校园里洇出一片淡淡的橘红。

看见这片灯光，我便会很踏实地进入梦乡。

有次，柴爷爷问妈妈道：“你是梁老师的女儿?”

“是呀!”妈妈一高兴又问道，“你认识我父亲?”

“哦，听说以前在这一带教学。”柴爷爷嗫嚅着走开了。他问的梁老师是我的姥爷，曾在这一带教学多年。从此，感觉柴爷爷和我们更亲近了些，默默照顾着我们。

清早起来，门口常有放好的新鲜蔬菜，在晨曦映照下散发着田野的芬芳。妈妈拎起这些菜，目光里满含感激。做下什么好吃的，也会盛起一碗对我说：“去，给柴爷爷尝尝!”

傍晚，学生放学后，家住村里的民办老师都回家吃饭了，两位公派老师也被学生们接去吃派饭，校园里变得格外安静。

柴爷爷升起檐下的柴火炉子，开始做晚饭。不一会儿，小院里便飘满了馒头红薯的香气。

此时，不知从哪里冒出一群学生娃，叽叽喳喳围住了柴爷爷，嚷着要听上次故事的结尾。柴爷爷回屋洗净手，搬个凳子笑眯眯坐在院中，开始为孩子们讲《岳飞传》——上次应是讲到岳飞出生时发大水，襁褓中的岳飞躺在木盆里随水漂流，前途未卜。这个故事我听姥爷讲过，正是扣人心弦的地方。我蹭在一旁，惊奇于柴爷爷竟能说一口不同于村里人的“洋话”（即普通话），吐字清晰、准确。

簇拥在孩子们中间，柴爷爷真成了年画中讲故事的爷爷。我常被他好听的话、跌宕起伏的故事情节深深吸引，直到妈妈几次叫吃饭，才恋恋不舍地离开。

后来听说，柴爷爷不是学校的老师，他在校园里干一些打铃、锄草、种菜之类的闲杂事情，类似于校工，却不挣村里工分，不知是哪个学校下放回村的。虽然孩子们喜欢听他讲故事，却常常被一些老师和家长呵斥：“离柴老头远点，他是个坏分子！”

有时候，孩子们正围在他身边，看见大队干部远远走来，便一哄而散。

柴爷爷从不说什么，默默拿起锄头，下菜地里干活。下次孩子们围在他身边，他还是乐呵呵为他们讲故事。

他的老伴已去世，有个儿子是这一带村里的名医，很多人大老远跑来找他看病，很忙。柴爷爷的生活就靠自己打理，衣服破了，常看见他坐在门前的树荫里，一针一线缝补。

早春，榆钱一嘟噜一嘟噜挂满枝头，下午放学后，妈妈带着我，去村边、路旁采榆钱，采好一篮，回来做榆钱团子。当榆钱的清香飘散开来，热腾腾、香喷喷的榆钱团子便出锅了，妈妈拣起几个，叫我为柴爷爷送几个。

我端着盘子走到前院门口，叫了几声“柴爷爷”，却无人答应。好奇心促使我偷偷从柴爷爷家门缝望去，里面摆满了各种瓶瓶罐罐，有玻璃的、粗瓷的，一道道光射在上面，闪呀闪的。我蹑手蹑脚正要往里走，身后传来柴爷爷几声咳嗽。

回转身，看见柴爷爷坐在路旁斑驳的树影里，低着头，嘴微张着，长久地凝视着手里几片桐叶，一动不动。

我叫一声：“柴爷爷！”

他略显慌乱地回过头来，看见我，轻轻笑了：“这鬼丫头！”

我把盘子举到他面前说道：“妈妈让我送榆钱团子给您吃！”他把盘子端在鼻子边深深嗅着，夸张地说：“好香啊！”然后又和悦地说：“告诉你妈妈，榆钱团子拿发面做，更松软好吃！”我飞快地跑回去，要把柴爷爷的话告诉妈妈。

此后，我常想，柴爷爷的屋子里，到底有什么宝贝呢？那些瓶瓶罐罐，那些亮光，成为我心中的谜团。梦里，我常走进柴爷爷的屋子，好像走进一个好大的水晶宫，里面有着数不清的奇异宝藏，像迷宫一样走呀走不到头。

秋风乍起，一片片桐叶在风里泛黄，终于有一天，离开枝头，悠然飘落。每年这个时候，县里都要组织全县老师集中学习，接到通知，妈妈便开始犯愁，该把我托付给谁呢？

姥爷得知消息，专程前来照料我的生活，他把房前屋后打扫得干干净净，并会蒸又白又暄的馒头。每天最后一节课，在教室里就可以闻到我家饭菜的香味。

清晨或黄昏，他带我坐在梧桐树下，笑眯眯地问道："你知道和梧桐有关的诗吗？"我摇摇头，姥爷便从包里拿出一本线装书，一句一句教我读："夹道春花不胜锦，不见桐花笑春风""不俗媚眼发暗香，点滴便知桐花否""春风不忘遗落痕，催得桐花半醒来""莫道春花已殆尽，点滴桐花春不老"，读着读着，我枕着姥爷的膝盖睡着了。那些淡紫色，状如喇叭的花朵儿落了下来，落在我的梦里，清香悠远。

坐在校园茂密的梧桐树下，读着姥爷教的诗，我便不再那样强烈地想念妈妈，常望着两行伸向校门口的梧桐树，想象它春天开花的模样。遗憾的是，柴爷爷这几天回村里收秋去了，校园里多了一丝冷清。

那天，柴爷爷从村里回来了，我兴冲冲跑去告诉他："我姥爷来啦！"说完便拉着他的衣角往我家拽。柴爷爷正忙着鼓捣那些瓶瓶罐罐，朝我摆摆手说："别捣乱，正忙着呢！"我噘着嘴离开了。

乡村的夜，静谧、温暖，有风吹过校园。一盏罩子灯下，姥爷正给我检查作业，门被急促地推开了，柴爷爷一阵风似的进来。看见姥爷，他突然眼睛一亮，紧走几步迎上去，颤声说：“孩子说姥爷来了，我还没留意，后来猛地想起可能是您来啦，真是您啊！”姥爷也激动地说：“闺女调到这里教书，印象中你也是这个村，正打算找你去呢！”两双大手紧紧握在一起。

金风细细，叶叶梧桐坠。窗外，桐叶在风里飘飞、落地，发出“沙沙”的声音。屋内，两个曾在同一个教学区教书的好朋友，细数别后的时光。当年，姥爷和柴爷爷在两个相距不远的村里教学，因志趣相投，常于闲暇时光你来我往，相互走动。姥爷说，那时他常和柴爷爷月下长谈，相约扎根乡村，在三尺讲台上当一辈子“孩儿王”。

柴爷爷喜好生物，代课之余，常蹲在田间地头，琢磨农作物的病虫害防治，风里雨里，为乡亲们解除了许多虫害困扰。

可是，在一次与同事的闲聊中，他不知说错了什么话，被人上报，结果，他被削去公职，遣返原籍。

多少年了，两位好朋友虽彼此思念、牵挂，却并未取得联系。多年后，妈妈调入这所学校，柴爷爷才从别人口中知道她是姥爷的女儿。多年生活的磨砺，已使他习惯于把喜怒哀乐深埋心底，只是默默照顾我们，期盼着有一天，能和姥爷见一面。

一觉睡醒，我看见屋子里油灯还亮着，姥爷和柴爷爷的手还紧紧握在一起。迷糊中，听姥爷说：“多少年了，你还在搞那些研究吗？”柴爷爷说：“我总得有事干啊，要不日子怎么过下去！告诉你，老伙计，我在梧桐叶子上做过多次试验，棉铃虫的克星就快研究成功了！”

我忽然想起那间闪着亮光的屋子，原来那是柴爷爷的宫殿，是柴爷爷以宽厚的胸怀，燃起的一屋亮光。

忽然，我闻到一股焦煳味，迷迷糊糊问姥爷道：“什么烧焦了？”姥爷闻听直奔灶台——原来灶上蒸着一锅馒头，水已熬干了！

第二天清早，桌子上放着一笼烤黄的馒头，柴爷爷和姥爷却不在屋里。

我趿拉着鞋跑出去，两位老人正在菜园里摘菜呢。柴爷爷把衣服撩起来，里面裹满翠绿的黄瓜、鲜嫩的豆角，姥爷正拿一把镰刀，去割绿油油的韭菜。

“夜雨剪春韭，新炊间黄粱。”此情此景，像一幅明朗温润的水墨画，暖暖地融入我记忆深处。

村子里的人都忙着到庄稼地里去了，掰棒子、钎谷穗，或是准备耕牛犁地，浸麦种下田，没有一个人空闲。每天一有闲暇，姥爷和柴爷爷便坐在一起，愉快地聊天，或一起到菜园里忙碌。

傍晚，常有放学的孩子不回家，围绕在两位爷爷身边，或听他们讲故事，或看姥爷画画。姥爷画画有一绝，随便瞄一眼，便能抓住每个孩子的神态，画出一幅活灵活现的乡村学校场景图——或背书、或跳绳、或嬉戏，惟妙惟肖。

姥爷曾把我画成抱着大鲤鱼的胖娃娃，把小伙伴们乐得前仰后合。

姥爷告诉他们，抱着大鲤鱼，是年年有余的意思，表示日子一天比一天好，会过上天天有糖吃、有新衣穿的好日子。

舒心而惬意的日子总是过得那样快，一转眼，妈妈学习归来，姥爷要回去了。

记得那天，我跟在两位老人后面，走了好远好远的路。分别时，初冬的凉意阵阵袭来，经霜的桐叶耷拉着叶子，风吹来，便卷起一大片，向远处飘去。我看见两位老人的手紧紧握在一起，互道珍重，眼里闪烁着泪花。

不久，村里为学生们组织了“向阳院”活动——在课余时间请村里的老贫农为学生们上忆苦思甜课。记得我们班列队去一位老爷爷家，听他讲旧社会的苦，讲到动情处，老师领着同学们高呼口号，情绪十分激动。

也碰巧出事。班里几位男生听柴爷爷讲《水浒传》入迷，竟自封“天魁星”宋江、“天机星”吴用等水浒人物，课余时间拿起棍棍棒棒，把村里的城墙当成了“梁山泊”。村支书的孙子没能“入伙”，哭哭啼啼找他爷爷。于是，追究下来，柴爷爷便成了“罪魁祸首”，成了毒害青少年的“别有用心的人”。

村里不再让他在学校待下去了，限令他结束学校的一切工作，回村务农。

“缺月挂疏桐，漏断人初静。谁见幽人独往来，缥缈孤鸿影。”那个伤感的夜晚，柴爷爷一件一件收拾自己的东西，那些瓶瓶罐罐，也被他仔细收拾好放在了木箱里。

我的柴爷爷，就这样离开了学校，离开了我们。记得那个下着绵绵秋雨的清晨，我和母亲站在檐下，隔着雨帘，看着柴爷爷背起塑料布包裹着的行李卷，慢慢向校门走去，直至消失在梧桐尽头的转弯处。

发黄的梧桐叶子在空中打着卷，被风吹落在他的脚下，浸在一片泥水里。

那是我在童年里，第一次经历离别，它的伤感、惆怅和失落，长久地徘徊在我心里。我再也听不到柴爷爷的声音，再也看不见他后窗亮起的灯光。

傍晚，柴爷爷居住的小屋，死一般的寂静。不再有一个慈祥的爷爷，出出进进，或者招招手说：“丫头，过来，给你讲个故事。”菜地里、树荫下，也觅不到柴爷爷温暖的笑容了。小小的我，第一次感到离别是这样伤感、无奈，原先活泼、欢快性格的我，从此也变得沉默寡言。在校园清冷的气氛里，孤独的我依在妈妈身边，常常一个人掉下泪来。

此后，我和同学们为生产队拾麦穗、摘棉花的时候，会在田地里远远望见柴爷爷，他戴一顶破草帽，背一个藤编的大背篓，在地里薅草、背粪，完全成了一个真正的农夫。

一次我鼓足勇气跑到他身边，还没说话，泪便流了出来。他摸摸我的头说：“傻丫头，爷爷不挺好吗？好好读书，以后出息了，记着来看看爷爷啊！”

回转身，他悄悄拭去眼里的泪水。

一个秋雨绵绵的日子，同学们三三两两聚在一起，小声议论着什么。走近一听，我猛然怔住了——柴爷爷去世了！

姥爷听到这个消息，正在土炕的小方桌旁喝茶。他端起茶杯的手哆嗦着，一杯水便滴滴漏漏全部洒在衣襟上。他默默擦拭着水珠，忧伤地喃喃自语道：“多少年都熬过来了，怎么就熬不过这个冬天呢！”

姥爷牵着我的手，神色凝重，默默向柴爷爷家走去。他特意赶来为他的老朋友送行。

听村里人说，柴爷爷是“中毒”去世的。他的身体本来就不太好，从学校回来后，在简陋的条件下，也不放弃他的研究，整天鼓捣那些瓶瓶罐罐，劳累、抑郁，久而久之，身体便受到了损害。

得知这些消息，姥爷在柴爷爷的灵柩前热泪长流，只有他最明白、最懂他的老朋友。

第二年，一个真正属于柴爷爷的春天到来了——国家落实知识分子政策，为他平反昭雪。而我的柴爷爷，却像天空飘落的一片桐叶，永远消融在了泥土中。他那两道醒目的长寿眉，也没使他长寿百年。

两年后，母亲调往镇中学任教。

离开的时候正是冬天，下着鹅毛大雪，本家爷爷套着毛驴车，来为我们拉送行李。

雪下得好大，一脚踏下去，就是个深深的脚窝。灰色的毛驴，像披了一件毛茸茸的白大衣，不时甩甩尾巴、摇摇头，抖落身上大团大团的雪。本家爷爷说，顺着车辙走，会好走些。于是，我拽紧妈妈的衣角，踩着车印，一步一回头向校门走去。

想到从此就要离开这里，离开我所熟悉的一切，离开我童年的乐园，在校门口回望的那刻，我眼里瞬间溢满泪水。

别了，我的柴爷爷、我的老师、我的同学、我童年美丽的桐花胡同。

多少年了，当故乡的枝头挂满紫色的花蕾，我便会久久徘徊于那片幽香里，仰头看一个个状如喇叭的花朵开放在空中。

经年的梦里，我常常会走在飘溢着乡土气息的桐花下，紫色的花儿在我身边飘飞着，一朵、两朵，如锦、似海。

似水流年里，人生中许多往事已淡忘、走远，梧桐树下的时光，却被一片温馨的浓情守护着、温暖着。榆钱团子的清香，常在那些遥远的春天袅袅飘来。

“莫道春花已殆尽，点滴桐花春不老。”我又听到了梧桐树下姥爷的低吟，看到了园子里菜苗青青、水声潺潺。柴爷爷后窗的灯光，也会穿过重重叠叠的岁月，在我的眼前映出一片温暖的橘黄。

多想循着春风，去找寻我的桐花胡同。不知那里，桐花尚开、童年尚在？

河沿儿

一

早春的风里，姑姥姥挎着细篾条编织的竹篮，腿脚麻利地走过村边淡绿的柳林，拐上了河沿儿。蓄积了一冬雨雪的土地，在煦暖的阳光下变得松软、暄腾。开阔的河床上，冰雪消融的汾河水裹挟着一股寒气，汤汤而来。河水濡湿的岸边，通体金黄的芦苇顶着灰白的芦花，合着柳絮在风里飘舞，在挡风的土坎下，灰灰白白落了厚厚一层。

姑姥姥走到河沿儿一片开阔地方，从竹篮里取出两荤两素四碟菜，摆好红漆筷子和酒盅，又拿出一个做工考究的银质酒壶，然后焚香斟酒，虔诚地朝着河流跪拜下去。

来自管涔山脉的清泉水，汇聚了沿途大大小小的河流，依着村子经年流淌。土坡上，姑姥爷背着闹着要去看河的我，向河沿儿走来。他和善、慈爱，指着正在远处祭拜的姑姥姥说："这是祭河神爷呢！一拜风调雨顺，二拜五谷丰登，三拜家兴人旺。"

春天的河水暖了，河里凫水的水鸟欢快地嬉戏。湿润的滩地上，遍地野花，绿草青青，空气里流淌着泥土醇厚的气息和河水的咸腥味。

母亲什么时候来到姑姥姥家做女儿，我不知道，只听到姥姥时常唠叨，姑姥姥的眼睛贼精，能在一群侄女里挑出一个尖子来。她舍得不舍得又怎么样呢，姑姥姥是外祖父最小的妹妹，俊俏、聪明，娘家的大小事情，她都拿得了主意，是家族里了不得的人物。多年没有子嗣的她，还不是看上哪个是哪个。家族里人都说，姑姥姥打小喜欢母亲、偏爱母亲，母亲刚考入城里的女子师范学校，她就扯了一身羽缎布料，与她的四哥——当家的四姥爷商定，正式确定了和母亲的母女关系。四姥爷曾说，母亲过继去姑姥姥家可是掉进了福窝里。姑姥爷家道殷实，吃白面卷子，穿洋布衣料，把她当作掌上明珠一般疼爱着。

河沿儿上的风总是来得暴烈一些。我总喜欢伏在姑姥爷宽阔的背上，听他讲河神爷的故事。

远古洪荒，河流漫溢，世界成了一片沼泽。一位叫台骀的部落首领，带领沈、姒、蓐、黄四部老百姓，开山凿石，疏通了汾、洮二河，两岸百姓从此在河边安居乐业，过着幸福的生活。因台骀治水有功，当时的帝君把汾河流域赏赐给他作为封地。河水流过两岸，多少年月过去了，这位部落首领，便成为五帝时期的治汾之神，老百姓心中的河神爷。开春了，他们要祭河神，祈求他保佑一年风调雨顺；家里有难事了，要祭河神，到河边哭诉一番，那点儿委屈就随着河水漂远了。祭河神，是河沿儿百姓过日子的心劲儿，是年年月月里对好日子的期盼。

从此，我窥探到一个秘密——汾河，原来是一条有生命的河流。他是一个面目和善的老爷爷，须发皆白，衣袂飘飘，带来春暖花开，也带来雪落长河。

二

春末夏初，校园里的梧桐花儿萎了，扑簌簌在风里飘落。青翠的叶子茸茸冒出一层，覆盖了树冠。母亲和新来为老师们做饭的葭姨手里择着青菜，嘴里闲聊着。葭姨问：“你的娘家在哪里呀？”母亲的声音如蘸了水般的鲜亮、滋润：“河沿儿上呵。”

放学的我看到门上的锁子，一下子慌了神，扭身在校园里四处奔跑、打听。操场里没有母亲，教室里没有母亲，平时母亲出现的地方都不见。我倚在一棵泡桐树上，忽然变得不知所措，不觉淌下泪来。那样的一个下午，在那样一个年纪，对母亲的依恋，是那样真切而铭心。终于，我在灶房前寻到了母亲，心虽然还“咚咚”跳着，世界却变得宁静、安稳。偎着母亲，听着关于河沿儿的对话，想起姑姥姥家土炕上火红的窗花，想起姑姥爷温暖宽厚的背和河沿儿的风，心里霎时像落了一场雨。一条河也在挂着露水的河滩醒来，泛着波光在绿草地上一闪一闪。

少年的欢乐随着梧桐花落在母亲和葭姨的身旁，遍地紫色。宽而展的操场里，夕阳洒下斑驳树影，快要放学的孩子们嬉闹成一片。

那时我不知道，母亲说的“河沿儿上”的娘家，其实已是处于汾河东岸的姥爷家——东邓村。母亲是怎样决然地离开姑姥姥家，回到生养她的姥爷家，我不知道其中的原委，只是伤感地知道，母亲再不带我去姑姥姥家了，姑姥爷也不再背着我去滩里看河了。

母亲教书的村庄虽离河沿儿不远，却难得带我们去一次姥姥家。一来一辆二八大跨，要带我和弟弟，母亲便发怵不好驾驭，怕摔了她的孩子。二来我和舅舅家的表哥同岁，弟弟和二表弟同岁，母亲知道姥姥辛苦，便不愿意拖累娘家，相信靠自己完全可以把两个孩子养得很好。

学校有四五位公派老师，原先在村里派饭，轮到谁家，就把派饭的牌子传给那家的学生娃。于是，村人常可以看见几位老师走在村巷里，然后一起进了某家的门，吃完饭在一群学生的簇拥下，结伴回学校。

高考制度恢复后，学校办了两个高考复习班，公派教师增加至近二十位，于是校领导专门在村里找来一个做饭的大姨，为老师们做饭。这位大姨善良、热心，又干净利落，做得一手好饭菜，和母亲很投缘。母亲让我和弟弟按乡村最高的礼数，叫她葭姨。学校里没接水管，吃水要靠葭姨的老公从村里一担一担地挑。母亲带着我和弟弟也入了灶，每月按人头出三块钱的吃水费。

母亲教着复习班的数学课，很尽力，每天高高两摞作业本，常常批改到深夜。由于好多学生都是放下书本多少年，从各行各业汇集在一起的，底子差，需要补的缺口多，母亲整天待在教室里，一个接一个辅导学生。虽然忙碌，但她自信、快乐、充实。一年后，她所教的复习班有近一半的学生考上了大专、大学。那天，学生们簇拥着母亲照相，她在中间开心地笑着。我发现，身着红开衫的母亲那么漂亮、那么美！我们的乡村生活因为母亲而阳光灿烂。

母亲虽然代课忙碌，但她手巧，掏空儿就会给我们织漂亮的毛衣，做暖和轻巧的棉鞋。在乡村小学，我和弟弟总是穿得最漂亮、最整齐的，在孩子们中很是耀眼。堂舅娶亲的前一天，母亲为我们穿上灯芯绒外罩，一起挤在自行车后车座儿上，她骑着二八大跨，竟学会了在前面上梁。

河沿儿上的禾苗绿油油的，村子里更是光鲜葳蕤。村旁路口，长着许多粗壮繁茂的槐树、椿树。井台边儿有一棵槐树，据说长了上百年，中间已成空洞，能容纳一个站立的大人。母亲说槐树有灵性，小孩子到它跟前不敢乱说话。经过那里时，我紧紧抿着嘴巴，感觉有一丝丝鬼魅、神秘的气息，正从树洞飘出。

终于来到村里，远远望见姥姥家大门口一对威风的大狮子。表哥、表弟一个骑在狮子身上，一个搂着狮子的头正在玩耍。

一座古朴典雅的四合院里，北房里住着姥姥、姥爷，以及姥爷的胞弟四姥爷、四姥姥；舅舅和三个堂舅则分住在东、西厢房里。古式的方砖铺满院落，两棵石榴树在北房的廊前茂盛地长着，年年枝繁叶茂，春华秋实。树下摆放石凳、石桌，春夏季节，一大家子人坐在石桌周围，孩子闹着、大人聊着，一个锅里搅稀稠，好不热闹。此时，院子里张灯结彩、人声喧嚷，正在准备明天的婚宴。

姥爷家因为成分不好，除了四姥爷家的大舅早年考上了大学，成为一名工程师，舅舅和两个堂舅都没有被推荐上学，错过了上学的最好年华，只能在村里干农活儿。几年过去了，最小的堂舅二十好几了连媳妇也说不上。看着侄子在人前抬不起头来，姑姥姥四下打点，托村里一位临县媳妇回了一次老家，把她的表妹说给了堂舅。

正和表弟们玩儿，忽然听到熟悉的声音，我一抬头，姑姥姥和姑姥爷相跟着进了门。他们把我拉到一边，惊喜地问道："你咋来的，和谁？"我指指堂屋里的母亲，他们望一眼，往我口袋塞了一把糖，讪讪走开了。我跑去拉住姑姥姥的手不放，一扭头看见母亲走过来，赶紧松开了。

此时院子里人来人往，热闹极了。舅舅们说，要放铁炮，煞煞这几年的晦气。放铁炮是河沿儿农村在婚丧嫁娶时的礼炮，炮筒用铁铸成，有三响、五响甚至更多，原理类似于古代的土炮，只是装火药而已。铁炮声音震耳欲聋，方圆几公里都能听见，因危险性大，平时姥爷、四姥爷坚决不让放。

舅舅们推说，是姑姥姥让放的。姥爷和四姥爷就蔫了声，算是默许了。我在人群里偷偷寻找，看见姑姥姥坐在窗前，悄悄抹眼泪。

舅舅举起铁炮对向天空，像电影里的英雄一样威武。随着一声惊天动地的巨响，硝烟火光飞出院落，向河沿儿飞去。

西厢房的土炕上，不知谁家的月子娃被炮声震醒，哭声震天。

三

垂柳拂堤，芦苇青青。

当年的汾河水清澈、天然、野性，宽阔的河床上、草甸间、树林里，都有河水流过的足迹。每到礼拜天，在城里上师范的母亲就会沿着河沿儿，左右蹦着绕过水洼，回到姑姥姥家。母亲年轻、俊秀，书念得又好，很得姑姥姥、姑姥爷欢喜。每次回来，姑姥姥总是挑着花样为母亲做好吃的。母亲也把两位老人看作自己的亲生父母一样。

姑姥姥有一位要好的姐妹，常来姑姥姥家串门，一来二去，看上了母亲，和姑姥姥成了亲家。

当我在姑姥姥家炕上玩耍时，不知道外面的世界突然发生一场变化，因为姥姥家的成分问题，母亲忍痛结束了自己的婚姻。

白头相守、儿女绕膝，房前良田、屋后桑麻，曾是母亲的生活理想，转眼间，却成了河沿儿上空的一片云。清高、骄傲如母亲者，不能看着自己和家族在婚姻里受到偏见与歧视。

曾对这场婚姻抱有无限期望的姑姥姥，对生活的构想随之破灭。相比母亲，她更想维持这场婚姻，维护自己的颜面和老有所依的梦想。

她又来到河边，搬好酒菜，虔诚地祭拜河神爷。

母亲带着两个孩子，要教书，还种着自留地，日子难免窘迫。秋季，母亲种的玉米成熟了，却无暇去收。姑姥姥帮着去收，一边掰玉米一边唠叨道："这死女子，这是要把我累死。"

姑姥姥的抱怨里多是爱的成分，也有恨铁不成钢的怨气，抱怨多了，母亲却看成泥淖中的一盆水。同样的倔强和要强，使她与姑姥姥在性格的对立中互不相让。终于有一天，她在姑姥姥家炕上抱起我往外走，并撂下了狠话："以后我的日子不会过得差。即使我最终去要饭，也会绕过你家门！"

姑姥爷在炕角沉默地抽旱烟。

我仰起头，发现母亲一直流着泪。

河沿儿上，姑姥爷教我的童谣从遥远的天际响起：

黑黑的天空低垂，
亮亮的繁星相随。
虫儿飞，虫儿飞，
你在思念谁？

清脆的童声干净、透明，在河边飘远。

四

一场大雪，将汾河变成了一条静止的银河。

我与母亲深一脚浅一脚走在河边，去看病中的姥姥。路过姑姥姥村庄时，母亲忽然停住了脚步，指着埝根下一处坟茔说："那是姑姥爷的坟。"两行清泪，从母亲不再年轻的脸庞上淌下。

记得几年前在村边遇到姑姥爷，我忽然盯着他问："您的背怎么驼了？"姑姥爷望着我满是惊诧的眼神，笑眯眯说道："忘了吗，小时候背你去看河，压弯了呀！"如今，那曾用满心慈爱呵护过我、深爱着我的老人，就躺在脚下的这片泥土里。他曾向往的天伦之乐，成为心中永远的暗痛。

我想，他会化为春天里的一棵树，在我们路经的时刻，婆娑地摇曳，用纷落的露珠，表达心中永恒的期待和思念。

芦苇丛里，觅食的小鸟跳跃、低徊，叫声婉转地呼唤同伴。飞来的那只，可是它的兄弟、姐妹，抑或恋人？它们的世界里，一定也是有情有爱的温馨王国。

曾给我们做饭的葭姨劝说母亲："人这一辈子啊，一眨眼就过去了，争啊吵啊，就像一蓬烟，唯有念想能留下。"葭姨说的"念想"，是不是就是爱呢？有爱，才会消融积怨，涌入暖流。母亲是时代的受伤者，却像刺猬一样，保护自己的同时，伤了亲人的心。

终于，姑姥姥过七十大寿时，母亲带我前去祝寿。多少年了，我们又踏进那座熟悉的院子，只是姑姥姥已进入垂暮之年。我拜寿时，执事喊道："给姑姥姥拜寿喽——"坐在台上的姑姥姥立即纠正道："不，她叫我姥姥！"

和母亲离开时，姑姥姥忽然捧了一大把压好的面条追出门来，风吹起她的满头白发，眼里噙着经年岁月里蓄积的泪水。这个饱经沧桑的老人，只是想用满腔的爱，拥有一个女儿，让我叫一声"姥姥"。

浮世千重变。

母亲竟走在了姑姥姥前面。

弥留之际，割舍不下的儿女亲情，使母亲痛彻心扉，口不能言，只是嗫嚅地嘱咐我道："以后在城里安了家，接姑姥姥去住，替我尽孝送终。"

漫天纸钱在河沿儿飞起，凄婉的唢呐声，诉尽人生的悲凉。

风里，传来汉武帝写的千古绝调《秋风辞》："秋风起兮白云飞，草木黄落兮雁南归。兰有秀兮菊有芳，怀佳人兮不能忘。泛楼船兮济汾河，横中流兮扬素波。萧鼓鸣兮发棹歌，欢乐极兮哀情多。少壮几时兮奈老何！"

五

多年后，我落脚的这个美丽城市，是帝尧故里、九州肇始之地。闲暇时，我时常漫步汾河公园，鲜花盛开，绿草如茵，步入九州广场，在"尧天舜日"的牌坊下，追忆先贤帝尧在此地“宾服四夷，划定九州”的丰功伟绩，感受唐尧故都的文化底蕴和文明气息。

乘坐楼船泛舟汾河，极目远望，“一川清水，两岸锦绣”的美景尽收眼底。祥云桥、萱楼、软索桥、尧井园、水车等景点，扮靓了一个城市，带给人们美好的遐想。

节假日，与好友坐在河沿儿，喝茶聊天、品书论道，已成为生活常态。

多年前，姑姥姥虔诚地祭拜河神爷时，她能想象到如今的幸福生活吗？

坐在高速行驶的动车上，河沿儿大大小小的村庄一闪而过。那些深爱着我的亲人们，已不在这片土地劳作、生活、憧憬，只留下了许多念想。

有了这些念想，河沿儿上一定会青山不老，绿水长流。

崇山行记

天光映照在麻纸窗上的时候，村子便在鸡鸣声中醒来。东边逶迤的山峰，形成三面合围的态势，把起伏的丘陵、广袤的田野揽入怀中。山的名字叫“崇山”，“崇”者山之宗也，寓意高大巍峨，至高无上。晋南大大小小的村庄静落在山的环抱中，绿树成荫、炊烟袅袅，成为褐色土地上生动的点缀。居住在村庄的人们，一出门，便能看到火红的大太阳从东面主山峰的塔顶升起来。晨光里的崇山先祖总会扯起嗓子高喊一声：“下地干活了！”多少年多少代，崇山人在日升月落、季节变换中，使种族瓜瓞延绵，星火不息。

一、节气

春种一粒粟，秋收万颗子。

一粒种子的轮回里，记录着日月运行，时序更替。春播秋收，夏耘冬藏，这样一个简单的季节时令，不知经过多少次驻足田间，遍访黎民，苦苦求索。

种子落地，吐露绿芽，一派丰收在望。奈何一夜北风，冰封大地。撒入泥土的种子，颗粒无收。先贤体恤民之疾苦，忧民之忧，褐衣疏食，探索着自然与生命的奥秘。《尚书·尧典》记载：乃命羲和，钦若昊天，历象日月星辰，敬授民时。

羲和栉风沐雨，经历了怎样艰辛地观察、探索，在时日的循环里，密切关注着季节里的点滴变化，测定日月星辰的运行规律，为天下苍生寻求、制定了计算时间的历法。

“春雨惊春清谷天，夏满芒夏暑相连，秋处露秋寒霜降，冬雪雪冬小大寒。”

暮雨晨风里，这回荡在东山脚下的二十四节气童谣，蕴藏着人与天地宇宙对话的密码。季节的轮回里，裹挟着风雨、耕耘、播种、收获、繁衍、爱恋，演绎着仓廪实而知礼节，衣食足而知荣辱……

那位宵衣旰食的先贤，看到子民们顺应自然万物之规律，尊时劳作，“五谷蕃熟，穰穰满家”，该有多么欢欣鼓舞。

“我田既臧，农夫之庆”。在东山的月光下，在丰收的谷囤旁，一场天地狂欢盛大启幕。“鼍鼓逢逢，矇瞍奏公”。鼍鼓、石磬、土鼓奏出大地深处浑厚、古朴的乐章，崇山深处也一定传来悠长回响。“乐者，天地之和也；礼者，天地之序也。”礼序人伦，乐以移风易俗。在欢庆的人群里，先贤一定载歌载舞，与民同乐。

“其仁如天，其知如神。就之如日，望之如云。富而不骄，贵而不舒。”他的身旁，可有一位翩翩起舞的妙龄女子，向他投去钦羡的目光？月光融融，遍地清辉。月光下，可曾演绎一段地动山摇的倾世之恋？他们一定被这山里的清风明月滋润过，满山的草木，因此有了生命的灵性，在无涯的时空里摇曳生姿、脉脉含情。

清夜无尘，月色如银。崇山的黄土在岁月里漫过，沧海桑田，积沙成丘。生于斯，长于斯的吾乡吾民，尊时而作，从容不迫，并不知道脚下这片土地浸含着多少关于文明与爱的密码。

吃着崇山里的五谷，在每个节气里汲取着大山里的草木气息。立春了，吾乡人叫“打春”，有赶着耕牛下地干活的汉子，挥起皮鞭当空一甩，清脆悦耳的声音便在空气里缭绕。鞭打耕牛，开启了春播秋收的又一个轮回。山绿了，雨水多起来，田里一片水汪汪的禾苗，蛙鸣声此起彼伏。

“清明前后，种瓜点豆”。随着农事活动来临的，还有一个重大节日——上坟祭祖清明节。清明和其他的节气不同，按照二十四节气的平气计算结果，是唯一按照阳历定日子的节气。

清明前五天，是吾乡上坟的日子。经冬的麦田里，麦苗返青挺立，老家的说法，叫麦子“起身”。一想起这个词就偷着乐，吾乡有多么沾着地气的语言啊！“起身”一词，形象地说出麦子拔节生长的节点。

上坟那天，一个家族大大小小几十口人，从天南海北赶回来，在青青的麦田里，站成肃穆的风景。

每到这个时节，回乡祭奠时看到沿途这样的情景，内心都生发出莫名的感动——枯荣之间，生命自有轮回，春风又绿，生生不息。

清晨的崇山脚下，初日照高林。大清早，本家祖先的坟前，摆满了菜肴、花馍、酒、水果、糕点、纸钱、元宝、旌幡等供品。菜肴则以红、黄、绿、白颜色为主，讲求色彩对比鲜艳，食材以鸡蛋、菠菜、藕、五花肉为主要原料。

菜肴皆不放盐，贵在色形而不在味。白生生的藕产自水中，中空多眼，意喻后代子孙多出生有心眼之聪明伶俐者；煮熟的鸡蛋、菠菜、五花肉皆为陆产，鸡蛋拿细棉线割开，便露出里面黄灿灿的蛋黄，意喻后代飞黄腾达；翠绿的菠菜意喻后代多出博学多才之人；五花肉带着肉膘子，意喻后代彪悍、强壮，有一副健康的体格。

清明时节，院子里的桃花、杏花开得正烈，榆钱也在枝头一嘟噜一嘟噜鲜嫩着，飘着淡淡的清甜气息。祖母在蒸汽氤氲的灶间准备上坟的菜肴，做好了就放在竹篮子里，用家织的粗布手巾盖好，牵着我的手，随家族人向坟地里走去。在蒲公英、荠菜吐露花香的乡间土路上，这种祭奠的形式，被吾乡川流的人群一代一代传承着。

最吸引孩童的，是上坟用的“蛇馒头”“刺鱼”等面食祭品。揉得光光堂堂的馒头上盘着一条面塑小蛇，称为“蛇馒头”，小蛇的嘴里还吐着信子，献祭完毕后供男性食用。鱼型面塑者称为“刺鱼”，上供完毕后供女性食用。身上长满面刺、憨态可掬的刺猬称为“驹娃儿”，祭祀祖先用。另一种称为“甜瓜”的花馍供走亲戚上供用。

当沉寂数千年的漠漠黄土，层层叠叠，掀开远古时期的绚烂文明，陶寺龙盘惊艳了世界。龙盘上，嘴里衔着麦穗的“龙”造型，是否就是早期王族的祖先神像抑或图腾族徽？“蛇馒头”和“刺鱼”是否就是襄汾一带的先民从陶寺龙盘图案的传承中演化出来的呢？

住在胡同那头的玩伴梨儿有五个姑姑，清明时节，每个姑姑给她蒸一个“刺鱼”，“刺鱼”的大小，根据这一年的收成及姑姑家的贫富而定。这一年的收成好，姑姑们的“刺鱼”又白又暄，惹人眼热。如果姑姑日子拮据，无论怎样心疼侄女，蒸出的“刺鱼”也会逊色许多。

梨儿高兴坏了！加上奶奶、姥姥蒸的，每年收到的“刺鱼”有六七个，一时吃不了挂在墙上，风干了能吃好长时间。玩耍时，时不时掰下一块来，分给同伴们，嚼得“嘎巴”响。经年的奔波后，那淡淡的麦香味，依然会带着节气的气息和暖暖的亲情，从长长的胡同里、从一群玩伴中间飘来。

“四时行焉，百物生焉。”人误地一时，地误人一年。对自然的敬畏、对节气的把握、对土地的热爱、对五谷的珍惜，在吾乡久远的时空里源远流长。

同乡好友婷儿与我同在一个城市工作，闲暇时多有往来。结伴回乡，与家乡师友谈谈古老的民俗、悠久的人文，是我们最为倾心的事情。午后，街上风轻云淡，一杯香茗，几位挚友，闲话家常，也是难得的惬意。

二十多年前，在陶寺乡东坡沟青翠无际的麦田里，中国考古人员有了一个惊人的发现——在陶寺遗址复原中，古观象台石破天惊、横空出世。它由十三根夯土柱组成，呈半圆形，从观测点通过 土柱狭缝望去，崇山苍茫，云遮雾罩。先贤们就从这些缝隙观测日出方位，确定季节、节气，安排农耕。

我能想象到考古队当时的激动心情。在原址复制模型进行模拟实测，从第二个狭缝看到日出为冬至日，第十二个狭缝看到日出为夏至日，第七个狭缝看到日出为春、秋分。“两分两至”，划分了四季，指导了农耕。

陶寺古观象台就发现于婷儿家的麦田里。这个古观象台距今约4700年，陶寺遗址考古中重大的发现，证实了《尚书·尧典》上所说的“历象日月星辰，敬授民时”的真实历史背景与社会现实。我们惊讶婷儿家的麦田里竟能发现上古时期国宝级的建筑，进一步奠定了陶寺作为“帝尧古都”的地位，比世界上公认的英国巨石阵观测台还要早近500年。

第一次和婷儿去观象台，是个美丽的秋天。观象台边的柿子树上，一树火红的柿子。婷儿说，她们是吃着这棵树上的柿子长大的，当时哪里会知道，自家地里，竟蕴藏着古老的秘密与惊天的文明。秋风从崇山的梯田里一层一层漫下来，碧空如濯，万里湛蓝。我们沐在一片清爽中。

婷儿跑过去摘发软的柿子给我吃，蜜一样流淌的汁液，直抵心扉。

节气不饶人，这是吾乡老辈人总结出的生活经验。尊时而作，什么节气安排什么农事，是吾乡人的生活智慧。坐在村口大榆树下的瘸腿爷爷，总爱念叨“头伏萝卜末伏菜”“秋分早，霜降迟，寒露种麦正当时”等农谚。从小到大，来来回回地听，和节气的亲密联系，渐渐熟记于心。

节气里蕴含着太多的秘密、太多的过往，已融入吾乡的血脉基因当中。我在芒种时节的酷暑骄阳下拾过麦穗，秋风流云中摘过棉花，大雪时节的热炕头上喝过浓稠的热粥，除夕夜“一夜连双岁，五更分二年”的守望中迎接过新春的太阳。在季节的运行里，体会二十四节气的美丽与多彩、耕耘与收获。

从崇山脚下走出求学、打工的同乡们，天南海北，散居各地，无论他们从事什么职业，身居何方，都怀着一份对四季的热爱和对故乡的眷恋。

在自己的人生里辛勤耕耘，不负年华。回望故乡，崇山脚下有一份永远的情怀与底气。

岁月忽已晚。

少年、青年一路走过，一脚踏进中年里，算是感受到人生浓浓的霜意。前路漫漫，生活无语，唯有顺应天时，在二十四节气的每一轮变换中，感受天地浩渺，沧海一粟。静心安然，默默耕耘。

二、居舍

晨光熹微，鸟雀出巢。

吾乡陶寺，也在这个当儿苏醒过来。村前屋后，鸟语草香。阡陌小路上，下地干活、上学、赶集的乡邻们匆匆忙忙。

下地归来，抑或赶集串亲，遇上了总会在路边寒暄，聊聊节气、收成或当下日子，以及尚未婚嫁的子女，末了，总会加一句："闲了来居舍坐坐啊！"然后道别，各赶各的路。

居舍，就是居住的屋舍，家的意思。是啊，若没有居舍这个安家的地方，哪有家的依附。

邀请来"居舍"坐坐，是乡邻间最饱满、最见真纯的邀约，"居舍"之间来来往往，乡邻之情一下子春水般漾起来。

20世纪六七十年代，吾乡居舍，大多是土坯房。村外一块平地上，常见贵叔在打土坯。贵叔家里穷，一家人挤在一间破草屋里，因为没有像样的居舍，快三十了还没娶到媳妇。贵叔一刻也不停歇，很有节奏地搭模具、培土、打压、摞放。一上午的时间，便打了两大溜，长方形的土坯一块块摞起来，远远望去，整齐划一，像当时的一种方型饼干。

土坯打好了，然后准备翻盖新居舍的材料。一根一根的椽、檩条，从山间、河畔运回来，一片片瓦，从砖瓦窑滚烫的炉膛运出来，贵叔怀着期待，一样一样地归置到位。这些料备齐整的过程，有时候需要几年、几十年，甚至漫漫一生的时间。农人心中只要有个念想，就一天天、一年年奔它而去。

屋舍，在人类漫长的进化过程中，大致经过了三个阶段：深山穴居，依山舍居，倚山安居。构木为舍，标志着先民们狩猎采集向农耕生存方式的转变，砖瓦房承载着一种美好的生活理想。记得贵叔到底住进了新居舍，只不过是几年后了，虽茅檐低小，但麻纸窗里，饭菜馨香，炕头传来孩童的呢喃和一家人的欢笑。

世世代代吃着东山脚下的玉米、红薯长大的乡亲，血脉里流淌着一份永远的家园情怀。炊烟袅袅的古朴村庄，秋日小院的丰收情景，粗瓷大碗的家常饭菜，家人团坐的亲切可触，是心底里对家园的最初认同。先贤最初构造的生活理想，不就是这样一幅住有所居，安居乐业的生活图景吗？

“居舍”是许许多多东山女子一辈子的活动场地，在这里生，在这里死，在这里倾其一生，又星辰寥落，归于沉寂。

冬夜的灯光下，捧读乔忠延先生的《晋南土话》：

> “居舍”就是居住的屋舍……
>
> 也有把“居舍”唤作居厦的……
>
> 女娃长大，要嫁人。咱村里人说要改了……改了的女人居舍成了两面：婆舍、娘舍。
>
> 婆舍，是男人家里，顶头上司是婆婆。
>
> 娘舍，是原来的自家，那里有最疼爱自家的亲娘。
>
> 不管是婆舍，还是娘舍，都是居舍。

每每看到乔先生书中这段文字，带着乡土暖意的气息就扑面而来。从小听到大，熟悉又亲切的乡土语言，在心里激起层层涟漪。

是啊，东山女子，嫁到婆舍，哪里会有自己的姓名，娘家是哪个村儿的，就叫她哪儿的。奶奶一辈子在居舍忙碌，居舍就是她全部的人生舞台。一家人的四季三餐、冬棉夏单，占据了奶奶一生的日月。奶奶娘家是东侯村的，同辈奶奶就叫她“东侯的”，直至终老，我们才在填写神龛时，知道她的名字叫“芳惠”。透过字面，想奶奶当年也是沾着露水、带着花香的青春女子，她生命的全部年华，都奉献在了居舍里。

居舍里，隐藏着丝丝缕缕、欲说还休的本土气场、地域烙印。离家日久，一句乡音，便可勾起遥远的乡愁；一声老乡，便可拉近彼此的心灵。

君家何处住，妾住在横塘。
停船暂借问，或恐是同乡。

唐代崔颢的《长干曲·君家何处住》，传递出一种暖暖的同乡情怀。水波浩渺的江面，一叶小舟，在风波里出没。天际间又驶来另一条小船，远远看着，两船相遇时停下来问一声：“不知你家住在哪里？我家是横塘的，或许我们是同乡呢？”看似简单俏皮的问话，却蕴含着一种大情怀，有着田园、山水、居舍的大底色。苍茫人生里，失意、孤独常常占据我们的内心，同乡是一种召唤，居舍是一种纯朴的回归，让我们于滚滚红尘中，忽然心底温热，想起生命最初的来处，想起家园的温暖，培植人生的底气。

山脚下一处处普通的居舍里，多少崇山儿女从这里走出，无论为文、为商、为官，都沾染着泥土和五谷的气息，带着崇山赋予的黄土般厚重、朴实的生命基因，处江湖之远、居庙堂之高，都有一方水土培育出的居舍情结。

有的少小离家，千里之外，崇山的一草一木却魂牵梦萦。及至归来，一脚踏上山下这片土地，抬头望见山顶的宝塔，才觉得回到了家园。“不见塔儿山，双眼泪不干；见了塔儿山，始知到家园”，久违的归属感便会在乡土乡音的弥漫中渐渐深浓。

孩子曾远渡重洋，出国留学。在独自求学的日子里，微信上发来一句话：“离家这么远，才更好地理解了家的含义。”

一下触到我痛处。是啊，在居舍时，有熟悉的风物，亲人的关爱，及至离开了，一下隔开了遥远的距离，生活中所有的一切，都要靠自己去打理，这时候才想到原来家里的温暖，却已是山长水迢，遥不可及。就在这样的离别与感悟中，一代代孩子成长着，走出居舍，走出家园，却走不出父母浓浓的牵挂。

多年奔波，无非在城市一隅购一处居舍，让漂泊的心灵有一个安放的地方。而忙碌的现代人，却又向往在乡下有一处房子，种花种菜，贴近自然。有了居舍，便有了一处安身之所，可以“纵一苇之所如，凌万顷之茫然。”

深秋时节，几位好友约回乡一叙。吾乡陶寺，作为苍黄上古的帝王之都，崇山高耸、汾水映带，万壑含岚，呈现出一派煌煌气象。陶寺经历了春的萌发、夏的热烈，才蓄积了这满目的山明水秀，秋色无边。

在陶寺博物馆里，出土文物板瓦的出现，不由让人眼前一亮。心头闪出的一束光里，浮现出远古岁月里居舍俨然、男耕女织、芳草鲜美的生活图景——先贤古人，在远古时期就已经制造出了“目前中国最早的屋顶装饰材料”板瓦，并用它建造家园。一片小小的板瓦，将中国人用瓦的历史提前了一千多年，在这千年的岁月里，为吾乡吾民遮风避雨，居家安舍。

在居舍间穿行，如穿行在历史的时空里。站在山上望去，山脚下一座座村庄、一处处居舍，在秋光下明净恬淡、素朴自然，如千年岁月的一个个音符，弹奏出古老、辽远的回响。

三、土陶

山脚下土墙内的农家院里，窗台上大多放着几个“灰头土脸”的家伙——陶罐。罐子里盛放着五谷杂粮，也盛放着腌菜、草药等庄户人家琐碎而平常的日月所需之物。陶罐，盛着崇山人家一日三餐的温馨记忆，留有一个民族、一个家庭一路走来的漫长印迹。

吾乡陶寺，上古便是制陶的地方。回乡时，村头繁茂的大槐树下，常围坐一群人，听村里的老先生讲古：“陶寺的陶，当然与制陶有关；寺，在汉代以前，是官署之称。”站在一边入神听着，老先生的口中，吾乡陶寺在上古时期就是管理制陶的官署。

风从田野掠过树下，吹进巷子里，又从巷子里带着柴火草木的味道吹出来，弥漫着神秘而迷人的气息。讲古老人早已化为崇山脚下的一捧“蒿草”，听故事的人也已风流云散，各处谋生。遥望巍巍崇山，历经千万年时光的洗礼，依然散发出圣洁的光彩。

漫漫岁月里，陶和崇山的先民们息息相关，成为代代相传的生活物件和精神图腾。

冬天的风冷冷地刮过村巷，清淡的阳光里，驾着两头大牲口的老农从东山里下来，车上，拉的全是陶。装粮食的老瓮、装面的面瓮、装水的水瓮，还有米罐、盐罐等等，居家过日子的家伙什儿一应俱全。车进了村巷，甫一停稳，“呼啦”就围了一圈人，挑挑拣拣，寻东问西。有的寻个腌咸菜的小瓮，有的寻个细致一些的，装面。车的另一头儿，还有两摞砂锅，也引来大伙儿关注。乡里人家，熬药、炖菜，全凭这个土头土脸的物件。不一会儿，一车陶器抢售一空。

寒风呼呼地在村巷里刮过，裹挟着漫漫沙尘。胡同里小爷家的院子里，炭火炉子上的砂锅“咕嘟咕嘟”冒着热气，飘着奇异的清香。掀开砂锅盖，自家腌的酸菜翻滚着，炖着卤水点制的豆腐。豆腐白嫩、瓷实，吸足了菜里的酸香味，以及砂锅里的泥土气息，滋味绵长。下地或赶集回来，舀一碗出来，就着刚蒸的二面馍，唏里呼噜下肚，浑身都冒热汗。那滋味，真是爽啊！

陶是朴素的、粗砺的，放在居舍的某个角落，灰头土脸、其貌不扬。用最朴实的黏土，抟成盛物的器皿，经烈火焚烧，便涅槃般脱胎换骨，坚固为盛东西的陶器。一口缸，盛水，便是水缸；盛米，便是米缸；盛菜，便是菜缸。

求学的日子里，母亲把芥菜炒成辣鼻子的细丝，配上煮好的黄豆，装在陶罐里，放在不生火的冷房里存着。回家时搛上一碟，便是佐餐的开胃小菜。离家时装上一罐，整个冬天，都有这样的辣菜丝陪着。身体偶感风寒，一碟辣菜丝下肚，五脏六腑都腾腾地冒热气，感冒也好了一大半。

陶制品来自吾乡陶寺厚实的泥土，保留了山川河流的基因，和四周氤氲的地气一脉贯通。米、面、豆子放在里面，仿佛还躺在大地母亲的怀抱里，吐纳之间，接收着源源不断的地气滋养。

老屋的八仙桌下，摆放着大大小小的陶罐，存放着农家散发着土地馨香的五谷杂粮。称奇的是，这些陶罐里存放的物品，经年不坏。有一个陶罐其貌不扬，多年前的秋日，艳艳秋阳下，放上了从田里采摘、晾干的绿豆。农事忙碌，春播秋收。岁月的推移中，这罐绿豆从此淡忘在角落里，经年的风雨里，静默一隅。及至多年后，我忽然想起这罐绿豆，打开来看，色泽碧绿，饱满如初，掬一把出来，甚至还能嗅出当年阳光的味道。

春天，崇山的暖阳温煦地照在草木之间，桃李绽放，满山含翠。走在村巷里的我，忽然怔怔呆立那里——井台上，一个身着白衣蓝裤的少年，正摇着辘轳往上打水，抬头的那刻，眼里满是暖暖的笑意。牛羊缓缓从身边走过，风轻拂披肩的长发，一时醒悟，原来于时间的无涯中，没有早一步也没有晚一步，就在这一刻，我们相遇。

此后的人生，被这土陶一样的爱滋润着，温暖、厚重，像巍巍崇山一样，即使相顾无语，也满含如海深情。

四季的轮回里，陶吸纳着光阴，保护着光阴，也储存着光阴。上古的阳光下，制陶业如火如荼。崇山的先民们抟土造型，烈火焚烧，将泥土制作成了乐器、陶盘等各色物件，这些物件承载着上古年月的印记，穿越千年时光，于晨钟暮鼓里逶迤而来。

麦收时节，我与祖父在田里捡麦穗，骄阳似火，干渴难忍。想要喝水，却咽一下嗓子不敢张口。捱到地头，终于捡了满满一布兜麦穗。此时夕阳西下，背着麦穗，我与祖父在夕阳余晖里踏上回家的路。习习晚风中，我感到了劳动的艰辛与喜悦。那时不知道，祖祖辈辈辛勤劳作的田野之下，埋藏着四千多年前瑰丽的文明遗骸——宫城、观象台、贵族居住区、仓储区、手工业作坊区、祭祀区等，那是上古文明之火在漫漫岁月的起源，是一个民族的光华与荣耀。

绵绵秋雨中，与外地友人回乡参观。沿着搭建起来的栈道，撑起伞徐徐而行。博物馆的朋友引领着一路讲解。陶寺旷野里规模空前的城址、与之相匹配的王墓等，使这里呈现着上古帝国的辉煌景象。一件陶制扁壶上面的两个朱色文字——尧、文，将中国文字祖根又向上追溯了千年以上，成为比甲骨文还要早的文字。

每每此时，心里总会漾起十足的自豪感——九曲黄河，蜿蜒而过。吾乡肥沃的土地上，华夏族先民建造的龙山文化陶寺遗址，可追溯为华夏文明源头之一。

被陶罐“养育”的我们，心中装有崇山草木，更被崇山的乡音乡情浸润着。

秋风渐起，背阴的南墙根儿下，邻家婶子埋下几个陶罐。把刚刨出的各种萝卜切去根部，码放一边。新摘的红果、苹果、梨子，一样一样，小心翼翼放进陶罐里，上面盖上厚厚的石叶，再培上一层厚厚的黄土。经冬的雪霜里，陶罐保护着他们吐纳自如，酣然入睡。

夏日繁茂，绿树成荫。回老家时，婶子总会刨出这些果蔬，给我们带一些回城。窗外艳阳高照，摆放在餐桌上的果蔬是怎样的鲜嫩啊！冬天的风霜雪剑，没有在它们身上留下任何痕迹，它们依然水灵润泽、本色天然，保留着对这个世界最初的模样。品尝着这些果蔬，我常常会想，在历经了人生的种种之后，还能持有一份对生活的初心吗？还能有那份少年时期的热情、鲜活与感动吗？

“惆怅东栏一株雪，人生看得几清明。”曾经土陶般原汁原味的生活，终究是一去不复返了；曾经深爱的人，也已随着时光渐行渐远。一路走来，看惯了春花秋月，潮起潮落，终于学会了自在随缘，风轻云淡。

在亘古的时光面前，陶皿器具以最原始纯朴的状态，留存着璀璨的文明、流逝的光阴、人世的温馨。夜阑人静的时刻，遥望浩瀚的夜空，深感苍茫而辽远。人世间所有的欢乐与苦痛，能否收纳于一罐陶器之中，吐纳之间，化为耳旁的一缕清风，抑或崇山之上一轮朗朗的明月？

那些饱含阳光、风雨、憧憬，以及人世冷暖的日子，在年年月月的轮回里储存、发酵，会酿成陶罐里时光的老酒吗？

四、味道

霜降后，风落霜紧，万物萧条。

该是储存冬葱、红薯、白菜、萝卜的季节了。

走在山间洒满落叶的小道上，能看到田野里翠绿的白菜，以及霜打后耷拉着脑袋的红薯蔓。各种菜蔬，由于品类特性的不同，在田野里呈现不同的状态。它们被运回村子里，晾晒、下窖，成为漫漫寒冬和来年春天餐桌上的当家菜。家家户户的庭院里，主妇带着孩子们忙碌着，头上飘零的树叶落在他们的衣服上、头发间，四周充斥着藤蔓与菜叶的味道。

整个冬天，这本土菜蔬便氤氲在崇山人家的灶头，散发出特有的气息。以至于多年后，我以为最本色、最接地气的饭菜，就是这新鲜的、含着泥土气息的菜品味道。

日子平淡，便想调出些滋味。最原始的味道，便是酸。酸来自崇山里土生土长的五谷杂粮，是生活自然生发的味道。

有一种“水饭”，便是把大麦泡在水里让其发酵，然后旺火热油，放葱姜蒜，随着“滋啦”的声响，把发酵的水倒入炝锅，调和汤粥，饭菜里便有了一种特殊的酸香味。春夏时节若有人食欲不好，不用吃药，喝一碗这样的汤饭，便会浑身冒汗，身子通透，胃口也随之大开。“水饭”是漫长、枯燥日月里的一种调剂，能品出生活里特有的滋味。只是经过岁月演变，这种“水饭”现在已绝迹了，偶尔从老一辈妇女的口中听到一些，也是很久以前的山村小吃了。倒是一种和“水饭”很相似的“油粉饭”，在家乡很火——把绿豆磨成浆让其发酵，然后下海带、白萝卜等菜蔬，煮上刚擀好的面条，配上米醋调制的凉菜，便散发出一种诱人的、独具特色的风味。下班后，我常与同事好友开车去吃，兴冲冲来回奔波几十里，就为这一口酸爽。

酸味派生出的，是一种叫“醋豆”的零食。自家酿的高粱醋，分“头沥”“二沥”“三沥”，“头沥”醋是第一次沥出的醋，待贵客时，才会拿出来当调味品。“擀薄切宽，陈醋调酸”，说得就是这种醋调出的面条，很诱惑人的肠胃。“二沥”醋逢年过节拿出来享用，也具一定的仪式感。平时吃饭调菜用的，便是“三沥”醋了，味道有些寡淡，口味倒也纯正。“三沥”之后的醋，便没了什么味道，家人们倒掉可惜，便把黄豆泡在里面，加些花椒、辣椒、食盐，煮上几滚，成为佐餐小菜。在物资匮乏的年代，这些“醋豆”略微晾干放在口袋里，也是孩子们难得的零食。

初中时的一群同学，多年后在同一个城市谋生。闲暇时刻，多有相聚。说起小时候的吃食，大家不约而同想起了醋豆，那是贫瘠的年少岁月里难得的点缀，是共同的家乡记忆。就是这些看似不起眼的味道，联起了同学间的情谊，也唤起了漫长岁月里的缕缕乡情。

所谓乡情、所谓乡愁，其实便是味道的记忆罢了。

崇山人好客，有客人来，留饭是基本的礼节，还常常“设酒杀鸡作食”。那年表姐生了孩子，我跟着母亲前去探望，坐在人家的厅屋里，听主人在灶间忙活。刚在后窑里割的豆腐，弥漫着豆香气，火炉上蓝色的火苗正旺。烧好一锅水，把刚杀好的鸡褪毛，然后在铁锅里炖煮，满院子都飘满了香味。

多年后的深秋，和同事到表姐的村里采访，说起当年吃的那锅鸡，还口齿生香。表姐见到我们，忙到旁边的田里采摘，回来一通洗涮，生起柴火炉做饭。那真是难忘的美好时光。她在园子里拔回长着青翠叶子的罐儿萝卜，这种萝卜水气大，鲜脆爽口，一刀切下去，两面儿都是水津津的，简单凉拌，便是一道乡村美味。灶上锅里煮着鲜嫩的玉米，蒸着刚从田里挖出的红薯，满院子飘满了久违的草木烟火气息。揭开笼盖那一刻，热腾腾的蒸汽裹着香甜的气息弥漫。

多年以后，我在梦里还能嗅到岁月里一路飘来的柴火味道。这些味道萦绕在记忆里，汇成了丰盈的生命之河。上中学时，学校组织去山里植树。春三月，崇山上已是春意萌动，桃红杏白。植完树下山，我已日高人渴，此时多想喝一碗水解解乏啊。同学说，前面村子里，有她一家亲戚，可以去歇歇脚、喝口水。走进亲戚家大门，一个年轻的媳妇正抱着婴孩，在院子里晒太阳，看到我们进门，她忙把孩子放在炕上，麻利地招呼我们进屋，洗手和面。当时的农村，粮食金贵，也没有什么菜。为不给人家添麻烦，我们喝完水便执意要走，年轻媳妇却拦住不让，说哪有亲戚进门不吃饭的道理。只听见灶间一阵叮当响，不一会儿，两碗鸡蛋葱炒面就做好了。

人生中能记得住的饭菜，可能就那么几顿吧，每每想起来，都饱含着亲切温润。吾乡吾民，用粗瓷大碗，把食物的本色本味奉献给你，也呈现出朴实温暖的情怀。每念于此，在我心里就“汪”出了一泓秋水，漾着乡风乡情，也映着草木古塔、长天白云。

陶寺出土的蒸食器皿——甗，可以追溯到漫漫4300多年前。也就是说，上古时期，吾乡人民就早已使用上了蒸食器皿。蒸者，气之上达也，食者，日之所需也，我们与先祖的心灵，透过这升腾的蒸汽，达成了千年的传承。

四时更替中，山下劳作、生活的人们，一抬头，便会看到崇山之上的千年古塔。相传隋代曾有人看到一条千尺大蛇卧于山顶之上，乡民便在此地建造了卧龙祠。岁月的风云变幻中，世代乡民在这里祭祀神灵，祈求风调雨顺、五谷丰登。穿越千年的炊烟，萦绕在家家户户的餐桌，寄托着他们居有所、衣食足的生活理想。

2019年清明前夕，我和婷儿赶个大早，回乡参加中国社会科学院考古研究所组织的缅怀先祖活动。在古观象台前，我们等待太阳穿破晨雾，在第八号缝闪起一道亮光，升起在塔儿山巅。古老的仪式感和神圣感，在我们心中油然升起。

襄汾作协几位朋友在活动结束便邀我们去县城一家早餐店共进早餐，吃老豆腐、葱花烙饼。

春林初盛。路边青青的榆树上，长出青青的榆钱，松软湿润的土地，各种野菜正在吐露芳翠，一片青润。多年前云丘山笔会，和几位文友历经千难万险，却被一处悬崖拦住了去路。是作协的朋友，历尽艰险，把我们拉上了悬崖。此后经年，很少联系，却有一份亲人般的亲切与信赖。人与人之间，最可贵的便是这份真挚无言的感情。

群山环抱，炊烟缭绕，屋舍俨然。许多个早晨，一直以为所有的黎明都是从东山开始的。所有的日出，都升起在崇山之巅。每次走在散发着泥土芳香的乡间小道上，总有一种特殊的味道，从远古、从居舍氤氲而来。

熹微的晨光照在街巷里，三三两两的孩童揉着将醒未醒的眼睛，前后呼应着走出家门，挎个篮子走下坡田拔猪草，或者提个水罐，扑踏扑踏跟在赶着耕牛、推着犁铧的父亲后面，往村外更远处的田里走去，间或传来一声响亮的鞭哨，在村旁树影婆娑的空气里久久回响。此时，村子便在各种声音中活泛开来，如水墨画一般舒展开来，小路、屋舍、牛羊、青草罩在一片和暖的红光中。

这是少年时期的崇山脚下。

人至中年，经历了人生的霜落风紧，走在这一程山水里，更觉出了一份薄凉。品尝着人生的千般滋味，惟有自渡心灵，方能达到彼岸。

犹喜柳宗元的《渔翁》："烟销日出不见人，欸乃一声山水绿。"一声"欸乃"，把人心中的一池水搅活了。吾乡的山水，却是什么唤醒的呢？

仔细想想，是清晨下地的一声鞭哨？抑或是丰收季节的阵阵鼓声？每年秋分，瓜熟蒂落，五谷丰登，品类之盛，目不暇接，被誉为"丰收节"。去年这天，我曾和同事下乡采访，在丰收的谷堆旁，在无边的稻田里，感受丰收的喜悦。

那些古朴的、悠然的生活场景，以及天然、本色的味道，长久地珍存于记忆一隅，以至于在思想深处濡出一片鲜美湿地，生长着四季庄稼，也运行着长河落日、鸟雀归林。在某个夜阑人静的时刻，能听到汩汩的流水声，以及弥漫的青草气息。

这便是人之初生命的印记啊！是吾乡水土滋养出的基因密码。也许生命，便是崇山上穿越千年的一棵小草，历经风雨轮回，依然眷恋故土。在崇山之巅迎日出，送夕阳，扎根脚下泥土，兀自生长摇曳。

第二卷

你收藏了我的年龄

送君十里，莺声渐远。千回百转中，体悟超越生死的爱恋，在生命的更高维度审视离别，启悟珍惜。

十里送君莺声远

初夏，家乡的田野麦浪起伏，莺声燕语。长长的树荫下，我们骑着自行车，回龟山脚下的西社村。真是“夹路桑麻行不尽”，一路都是成熟麦子的气息，清甜、芬芳，弥漫着丰收的喜悦。我们穿行在金色的麦海里，听着布谷声声，满眼流溢着如画的美景。你不时回过头来看我，一路上笑语欢声，暗香盈袖。

多年后，常常忆起你回头看我的情景，忆起你眉宇间纯净而温暖的笑容。“只缘感君一回顾，使我思君朝与暮。”感谢命运，在生命最美的年华，我遇见了你。

新婚不久，生活清苦，常常体味“叮咚书案数余钱”的窘迫，但我们却欢畅而喜悦。

在一起时，总有说不完的话，更有许多美好的憧憬。

我们喜欢舒婷的《致橡树》：

根，紧握在地下；叶，相触在云里。每一阵风过，我们都互相致意，但没有人，听懂我们的言语。

人常说，好的婚姻是一所学校，能让人不断成长。和你在一起，我渐渐不再那么任性，变得温和而包容。在你的影响下，我不断充实自己，读书学习，让自己的视野更辽阔、美丽。我们的家充满向上的朝气，我们把每一天普通的日子，过得生动而多彩。我深深沉浸在我们的婚姻和爱情里。

我们一起孝敬老人，培养我们的孩子，走过艰辛，走过春夏，近三十年的日子倏忽而过。孩子大了，远赴澳洲留学，许多憧憬也变成了现实，日子平实、美好、富足。闲暇时光，我们和好朋友一起郊游、赏花、品茶，一起“柳荫堤畔闲行”，体味着生活的闲适和美好。

那个寒冷的冬天，你在体检中发现身体有问题，这个消息对于我们家无疑是晴天霹雳，你不忍告诉我，却告诉了从未担过事的儿子。儿子从国外回来，陪着你一次次复查，我都被蒙在鼓里。事后，你说看着我整天那么高兴，不忍告诉我，哪怕让我多高兴一分钟，也是好的，听后我瞬间泪奔。那一刻，我才发现，我所有的欢乐、所有的骄傲、所有的不屑，都源于深爱一个人，都源于这个人深爱着我。

那是一段痛苦不堪的日子，也是一段不堪回首的岁月，每走一步，都浸满着伤痛，浸满对生命的痛惜。我们曾经共享雾霭、流岚、虹霓，此刻，一起分担着寒潮、风霜和霹雳。

在此期间，我们双方的父亲身患重病，需要我们去分身照顾。面对如此坍塌的生活，你鼓励我一定要挺住，在生活的风雨面前，一定要有强大的力量，去应对这一切。

我迎着风、迎着雨，每一步都走得刻骨铭心，艰辛无比。余秋雨曾说：“能深知人性和深知生命的人，不会为一种成功而感动，为一时的辉煌而感动，也不会为一种挫败或者名望而感动。最难得的生命的初始的感动，是一种为生命自然形态中所能承载的那些曲折，那些记忆，那些生命的每个日子中坚强面对的点点滴滴，而付出的心血和汗水的感动，为这样一种胸怀，宽容、智慧、粗犷、豁达，乃至不死不屈、不折不挠的精神的感动。”

在那些必须坚守的日子里，我们送走了两位父亲。公公病逝后，你身体已较虚弱，看我忙前忙后，你心疼地说：“辛苦你了！”我说：“你坐在那里，什么也不用管，我回头能望见你，就好。”

整个冬天，你都在住院。

亲朋好友不时到医院看你。大哥和弟妹们轮流送饭，大哥变着花样给你做各种好吃的，每天都要到病房看你、陪伴你。每天早上，辉与君总要在家里烧一壶矿泉水，送到病房。从不爱麻烦朋友的你，总有些许歉意，常和我说：“多么好的亲人和朋友，给他们添麻烦了！”老邓打电话说要看你，你眼中忽然噙满了泪水。你们一起留校，一起走过了最美的青春岁月，真挚的友谊，已融在骨子里，融在彼此的生命里。你说，多久不见，见了就是亲的。亲人和朋友的爱，温暖着你，温暖着我们寒冷的日子。

终于，盼到了立春。

通向阳台的门开着，会有和暖的风吹进来。阳光晴好的日子，我们也会到阳台上晒太阳、散步。走到西边的玻璃前，能望见新修的秦蜀路，你常常站在那里，望着车水马龙的马路出神。

有一天，你感慨地说："开着车来来往往，以前对于我们是多么普通的事情，如今却很奢侈了。"

我瞬间泪如泉涌，说道："你要去哪里，儿子开车带你去！"

你笑着摇摇头说："好好珍惜好时光吧！"

那晚，你与我坐在客厅里，彻夜长谈。你就像一个即将远行的兄长，放心不下家中的小妹。

你说："一定要从大人生、大宇宙的角度，去观照我们的人生。来过、爱过、奋斗过，没有虚度人生，就无遗憾。"

千般叮咛之后，你忽然轻叹一口气，说道："只是许多未尽的责任，没有尽到。一直想着，让你过好日子，以后，你要受苦了。我相信，你有能力，担起这份担子——"你的语气里满是痛惜、无奈与不舍。

愚钝如我，深深沉浸在我们的世界里，从不相信你会离开，更不去想这便是你与我的诀别。我紧握着你的手，连声说："我什么都不要，只要有你在身边，每天就都是好日子！"

那天是惊蛰，农历上属于春季第三个节气。《月令七十二候集解》写道："二月节……万物出乎震，震为雷，故曰惊蛰。"

惊蛰，是蛰虫惊而出走矣。此时天气转暖，渐有春雷，冬眠的动物开始苏醒，春雪终止，榆树开花。

在这样一个即将春暖花开的日子里，你却离我而去。那晚，除了彻骨的寒冷，我脑子里已是一片空白。

以往，我常想着，等我们老了，去一个山清水秀的地方，种一片菜地，养几树梅花，闲云野鹤，过最简单朴素的生活。如今，我哪里去寻你，哪里去过这样的生活？

多年前，春节时和一群朋友嗨歌，你曾深情唱道："没有你的日子里，我会更加珍惜自己。没有我的岁月里，你要保重你自己。"没想到，从今往后，真的成了没有你的岁月，点点滴滴的思念和伤痛，渗透在一天天日子里，汇成岁月之河。

一个人，可以温暖一座城市，一个人，也可以使这座城市，处处成为伤心地。

我们一起生活了近三十年的这座城市，留下了我们青春欢乐、奋斗的足迹，也留下了我们爱的温暖。曾经，你常常去单位接我下班，给我许多惊喜。我去超市买东西，因为不方便停车，你总在教育宾馆路口等我。而今，我常常路过那些地方，常常回头四顾，却哪里找你的影子？心亦流泪，人亦彷徨。

二月二，是龙抬头的日子，也是你的生日和你的同学波的生日。每年，红玉都会早早订好鲜花，满心欢喜地惦记着。波的爱人彩头几天前便会打来电话，兴高采烈商量过生日的事情。今年，却成了我们的伤心日。你知不知道，我为你泪流成河，我盼望着，你会沿着我的河流，泛舟而归。我会做好你最爱吃的饭菜，等你归来。

生如夏花之绚烂，死如秋叶之静美。你在世的每一天，都灿烂、奔放，像夏天盛开的花那样绚烂旺盛；面临死亡，凄美、安静、恬然地让生命逝去，向着自然返归。阳光、草坪、河流，山川、大地，都有你的影子，都有你对人世、事业、亲朋的深情。

> 杨柳丝丝弄轻柔，烟缕织成愁。海棠未雨，梨花先雪，一半春休。而今往事难重省，归梦绕秦楼。相思只在：丁香枝上，豆蔻梢头。

你喜欢丁香的气息，去年丁香花开的季节，我们曾在花下喝茶，如今却是“往事难重省”。明知道生死两茫茫，明知道来生不可期，我还是期盼，你会站在来世的丁香树下，等我，四周都是丁香的芬芳，丁香的绚烂。

相思相望不相亲，天为谁春，花为谁开？

我的娘家与你家相隔十里，那时我们还是少男少女，大年初二，你来我家拜节，满身喜气，我们约好第二天去你家。第二天，天气阴了，我骑车去你家，天上飘起了雪花。下午回家时，雪下大了。你说：“我去送你。”风一程，雪一程。我说：“下一个路口，你就停下不要送了。”你说：“好。”看着我走远了，你忽然说：“你等一下。”然后骑车在漫天雪花里飞奔而来。你看着我，然后把我的围巾又在脖子上围紧，说："好了，回吧！"我刚走几步，你又骑车追上，说："刚才有几句话，忘了说。"就这样，你送了一程又一程，一直把我送到村口。

分别的那一刻，我哭了。我知道，此后的人生，一定要和你在一起，分分秒秒不分离。

如今，春风十里，却没有了你。

若有一天，当我穿过春秋冬夏，风尘仆仆去找你，你是否还是那样衣袂飘然，儒雅恬静？你是在竹林行吟，还是在案前读书？望见你的那刻，你是否看见我"尘满面，鬓如霜"，你是否还像以前那样，疼惜地为我拂去满脸的泪水？你是否会看见我被一路的雨雪打湿的衣衫？是否知道，我经过了怎样的千山万水、沧海桑田？

曾经沧海难为水，除却巫山不是云。
取次花丛懒回顾，半缘修道半缘君。

在我们曾经走过的路上，我依然昂首前行，有儿子、亲人和友人的相伴，我依然花香拂袖。我静静地看着世间，用文字对世道人心和人间冷暖做深长体恤，进入一片光明的境界。

有记忆的地方，便是有温度的地方。因为，记忆能暖热生活。

客厅里的摇椅，依然静静地待在那里。原本想着，等到年老，我们坐着摇椅，共享岁月静好。如今，你的手机，静静放在摇椅上，不再有此起彼伏的铃声，打扰你的远行。但手机一直开通着，就好像我们之间，依然有一根线，维系着，我们依然心息相通。每天早上，我都会像许多年那样，为你发去清晨的问候。有什么心里话，我也会发给你。

出门的时候，我听见你手机响了。

我知道，你收到了我的祝福，听到了我想说的话。

送君十里，莺声渐远。

终有一天，我会带着对你所有的思念，带着生命的欢乐和伤痛，带着温暖过我的人和事，千里万里去寻找你。在三月摇曳的柳梢头，在春花烂漫的花丛中，一定都有你的影子。我们依然可以约三五好友，在茅屋纸窗下喝茶，在竹林深处清谈，依然可以“雨后登楼看山，柳荫堤畔闲行”。然后，走进飘逸着墨香的千年兰亭，在徐徐铺陈的宣纸上，留下满纸云烟。

河水静静从身旁流过，风轻拂我们的衣衫。

举头望去，一定是天心月圆，花枝春满。

我突然想喊你

记不起有几个春天，已不去那条河边的小路了。

春光正好的时候，我在那条小路上来来回回走着，路旁的草坪透着新鲜的翠绿，海棠左一株右一株，艳艳烈烈开着。一株一株认过去，我便记住了许多不同种类的海棠花的名字。

再往春深里走，河边的槐花也开了，清香若有若无飘来，衣服上都沾满淡淡的花香。举起一个梢头有杈的树枝，能钩到一串一串的槐花，回家洒上油、盐、花椒面，拌上面粉，就是一顿春天的美餐。

阳光晴好的周末，与几个好友带上茶具，摆开茶桌、凳子，来这里读书、品茶，酒精炉上的水一壶一壶开着，茶一杯一杯喝着，花在身旁一朵一朵开着，我们坐着静静看书，一切安好。

梦里，突然想喊你。

忘情地呼唤——那个镌刻在生命深处的名字。

终于醒悟，即使夜半啼血，又如何能唤回远去的一帘幽梦！

惊蛰那天，朋友发来微信，说这天要吃梨，润心润肺，也是和寒冬作别。我在街上走着，遇见一个烧烤摊位，忽然想起朋友这句话，走过去，说买个烤梨。此时发现摊主是个聋哑人，手比划着，很快明白了我的意思，从炉膛里拿出一个烤梨来。捧着热乎乎的烤梨，我发现，原来人生简单到语言也可以省略了。

吃着这个梨，忽然有想流泪的感觉，纵有千般不舍，万般缱绻，终是东风唤不回了。

又能喊谁的名字呢？

那饱含着惊喜、深情的呼唤。

春来了。

无所谓悲，也无所谓喜。

随意而已。

春天突然冰凉如水

一直觉得，春天初始于河岸。

春天，“七九”刚开了头儿，河床忽然像加温似的，融开了厚厚的冰层，冰层之下，静静流淌的河水像宅家久了的孩子，一股脑儿从裂开的罅隙里涌出来，覆盖了大片的河面。

雨水节气，地气回暖，河岸氤氲着一层雨意。湿漉漉的空气，薅一把在手中，能嗅到春风杨柳的气息。

城春草木深，漫步河岸，迎春吐蕊，芦苇青青。双飞的燕子，不时掠过身旁，透过轻柔的柳丝向对岸望去，桃花灿灿地开着，蘸着水一般鲜润。

这才是真正的春天啊！春风一路有你，眼里有诗，心中有光。远方，有烟火一般的绚烂，烟火一般的期待。

那个寒冷的冬天，你紧握着我的手，一直带我往前走，任天寒地冻、北风朔雪，你也紧紧牵着，绝不松开。一步一步地走啊、走啊，穿越寒冬，来到春天，终于来到一个开满鲜花的山坡，你说：“看这里多美啊，绿草成茵，鲜花盛开，是你一直喜欢的地方。”我欢喜地在草坪上奔跑，一扭头，却不见了你。

你把我带到了春天，却消失在绿杨烟外、红杏枝头。

你知道吗？从此的春天，变得如此寒冷，冰凉如水，那是一生的冰川期啊！

任多少个春去春来，还能挽回曾经那一缕温暖吗？

殆尽冬寒，天将化雨。

如海的春色里，开遍一山桃杏花，拈一朵在手中，不知你是否能感受到这里的春天。

“醉后不知天在水，满船清梦压星河。”

岁寒笔记

窗外，紫藤的叶子渐渐变黄，一阵风来，萧萧而下，紧接着又飘起了雨。倚栏而立，寒气弥漫，又是一年深秋季。

“细雨生寒未有霜，庭前木叶半青黄”。春末，我与小董相约背诵古诗，从此生活便多了些丰盈与色彩。长长的回家路，小董陪在我身边，用隽永优美的古诗词唤起我对生活的热情。如今，在季节变化里，触景吟诵悠远的诗句，清气氤氲，盎然成趣。

生活的状态变了，但质地不变，每天，依然恬淡从容，过最简单的生活，处最真诚的朋友，无须逢迎，从不留恋，与过往挥袖作别。

身旁总有友情萦绕，两位闺蜜，一南一北，有一天，同时坐在动车上，向我居住的城市风驰而来。此时，她们电话互通，才知彼此牵念系一人。

有友若此，温润一生，即使相隔万里，也天涯咫尺，花香拂袖。

几家好友，以前常于闲时相聚，此时却面对着不忍直视的亏空，小心翼翼，不敢触及任何伤感的话题。每个时间的节点，她们都陪我一起度过。清明节，我们围炉而坐，一起拂去了所有伪装，任泪水肆意流淌。那一刻，我才知道，大家心里，有着同样的伤痛。

年初，大姐放下家中一应事务，来到我家照顾我的日常。每天夜里，大姐都要熬一锅小米粥，一溜小跑端至我床前。郊外，姐夫种有一片菜地，周末，我便和大姐去采摘，碧绿的青菜、鲜嫩的黄瓜，摘下来简单一做，便清香可口。

本色生活，便应是这样不加修饰的状态。大姐说："好日子过得，苦日子也要过得。什么日子来了，就过什么日子。"

大雪时节，与友人围坐龟山脚下的一间农舍里，谈论着稼穑桑麻之事，自然而然地，也谈论着生死话题。令我诧异的是，之前如此沉重的话题，此刻竟这样自然、平常地被谈起。

沧桑过后，如潮汐退去。静静坐在沙滩，想着生与死，原本就是生命里不可回避的两个极，向死而生，才能活得超脱而坦荡。

在诸位友人的提议下，明年春暖花开时，我的丈夫，便可以"回到"龟山脚下的故土，沐清风明月，看春满故园。忽而便咏叹，原来生命里的至爱亲人，也可以"渐行渐远渐无书，水阔鱼沉何处问"。那缠绵悱恻的离去，需要多少风云流转，才可以抚慰心头之殇？而今，在友人的相助下，他终于可以魂归故里，长眠龟山。

这是一年里的极寒天气。多年居住在城里，我被温暖和爱包围着，过着“被酒莫惊春睡重，赌书消得泼茶香”的美好生活。寻常日子，羽翼之下，已经好久没有感受过这乡村的寒冬了。

多年前，公婆居住在村里时，我们也于这样的冬日前去探望。夜色笼罩的乡村里，静谧、安然。许是我们的脚步声打破了这份宁静，巷子里远远传来狗吠声，一派“柴门闻犬吠，风雪夜归人”的寥廓与苍远。

好在进屋便是暖的，土炕上的灯光下，家人团聚一起，畅聊过去以及未来。“家人闲坐，灯火可亲”，其景融融，清晰如昨。

如今，那样的冬夜已于岁月深处隐去。窗外寒气袭人、花雪随风，“愁人正在书窗下，一片飞来一片寒”。怀揣着对春天的渴望，走进风雪中，我为他探访回家的路。

霁月清风，故土学子。谁记昔年，翰墨风流？

“醉看墨花月白，恍疑雪满前村”。天地间，常常大处落墨，挥就山水连绵，岁月苍茫。

辽阔江天中，便是风雪中一剪寒梅，抑或冻土之下一棵小草，凌寒绽放、绿满天涯，便是岁月的嘱托与希冀。

人在难处，心在暖处。

龟山脚下，依然有淳朴高古的友谊，于冰封千里燃起篝火，温暖人生之冬。

罗曼·罗兰说：“世界上只有一种真正的英雄主义，那就是认清生活的真相后依然热爱生活。”读到这句时，我不由一笑，除了热爱生活，哪里还有其他路可走？

热爱生活，不仅是一种态度，一种境界，还是一种能力。好友秀红说："好好生活，从好好做饭、吃饭做起，一粥一饭，蕴含着岁月深情。"

大清早，小卫便会骑电动车过来，载着我在大街小巷寻一个个特色小吃。一次寻到了小时候吃过的一种油茶，便如同穿越岁月，欢喜无比。兴致所起，我也会呼朋唤友，驱车去县城里吃一碗油粉饭，乘兴而去，尽兴而返，保其天真，成其自然。

其实偶有闲暇，我常常会牵挂着几位老师，那是丈夫所嘱"要像父亲一样尊敬"的几位先生，却因不想触碰往日记忆，一直惦念，一直未去探望。樊习一老师、柴建国老师、冯彦山老师，曾给予我们点点滴滴的关爱与教导，师生深情，永存心底。期盼老师、师母们冬日安康！

汪曾祺写卖果子的叶三，"他还卖佛手，香橼。人家买去，配架装盘，书斋清供，闻香观赏。"

去探问，我们这里的水果店，却没有香橼。于是，买来柑橘之类，洗净装盘，供奉于岁寒时节。

愿与师长、友人，共享这岁月清芬。

秋去冬来

清晨的风里，几片扇形的银杏叶子飘飘洒洒，落至肩头。

一叶知秋。

轻轻捡起一枚，小巧的叶子像飞落而至的使者，传递着季节的讯息。

已是暮秋，上班的这条街上，迎来一年中最美的时节。两旁的银杏树，经历了春的生发，夏的进取，如今已是通体金黄，以静默的姿态，延伸至街的那头，成为季节里最美的一道风景。人行道上的五角枫，经历了霜华浸染，红艳似火，在蓝天下呈现着生命最热烈的色彩。

周末，我与好友萍子去城郊的公园赏秋，下着雨，秋色静美迷人。沿河边散步，芦苇如雪，摇曳风中。

眼前风物又残秋，芦絮浑如柳絮稠。

才记得春天柳絮飘扬，转眼已是暮秋时节。季节的变换，不以人的意志为转移，物换星移，四季轮回，原是自然常态。

春华、夏雨、秋实、冬雪，蕴含着季节赋予的特性，万事万物在这样的运行中，才能得以休养生息，一元复始，万象更新。

暮秋，其实已是严冬的前奏。银烛秋光冷画屏，毕竟要被北风朔雪所取代。

行走冬天，清极不知寒。忽然在某一个落雨的时刻，泪水恣意流淌，脆弱到不堪一击。

总有友人，不辞天寒路远，相聚在冬天的寒庐。温热一壶美酒，三五好友对酌，氤氲人间难得的暖意。朋友这种关系，最美在于锦上添花；最可贵在雪中送炭。好朋友如好茶，淡而不涩，清香但不扑鼻，缓缓飘来，似水长流。

感恩生活中，我能有如此好友萦绕，天高水长，携手同行。

海明威说：“生活总是让我们遍体鳞伤，可是后来，那些受过的伤终将长成我们最强壮的地方。”每个人的一生，或多或少，或早或晚，都会经历艰苦而又迷茫的时刻。也许，一个人必将走过一段生命的严冬，去承受艰辛，在风雪中挺住，才有勇气仰望天空，在北风里拂去满身的寒冷，走向通往春天的小路。

雪霜自兹始，草木当更新。
严冬不肃杀，何以见阳春。

怀揣一份单纯和热烈，质朴向善，宁静开阔，在人生的寒冬里，等一树春暖花开。

社火

女孩住在乡下的老屋里，有一个大大的院子，一条铺满石子的路通向大门。

雪花无声地落在院子里，覆盖了树木、小路，白茫茫一片。叩门声就在一片寂静中传来，一声、两声，坚定而执着。

女孩的母亲在院子里扫雪，听见叩门声，她打开院门，惊讶地张大了嘴巴——门口站着一身风雪的少年。

屋子里炭火正旺，暖融融的，在暖和中酣睡的女孩，早已忘记了原有的约定。

睡梦中，她看到了如海的雪原，看到了银装素裹的山峦，听到了雪中追逐的笑声。就在此刻，隐约传来了叩门声，天籁般遥远、清越。

这世上，真有人为她一诺成行，踏雪而来！

她在慌乱中起了床，房门已被推开，抬起头，遇上了那道含笑而略带责备的目光。

她一时懵懂，面有赧色，像做错事的孩子，大雪纷纷里，已是无路可逃。少年牵起女孩的手，去看社火，奔向集市上热闹的人流。

高跷、抬阁、跑旱船等，令他们目不暇接。最绝的是“狮子上板凳”，层层叠叠的板凳摞起来，一位舞狮人拿着绣球，逗引着两只活泼可爱、摇头晃脑的狮子向“塔顶”攀去。腾挪跳跃间，尽显惊、险、奇、绝，这个节目是社火上的保留节目。

他们陶醉在热闹的人流中，流连忘返。从小到大，社火是他们家乡最隆重的生活仪式，寄托着人们对风调雨顺的期盼，是乡亲们一年到头最大的欢乐。

“月上柳梢头，人约黄昏后。”远处的焰火已腾空而起，映红了半边天。白茫茫的雪地上，他们仰头看着，禁不住感叹：“真美啊！”

感谢那场雪，留下了爱情的动人瞬间，留下了青春岁月里最美的一句话。村头的榆树下，他们依依惜别。一条烟红色的围巾，轻轻围在少年的脖子上，为他抵御一路的风寒。

日子清贫，但他们总能乐呵呵地在一起，体味“叮咚书案数余钱”的乐趣，每一个平凡的日子，因为他们变得盎然生趣。此后每年正月里，他们还是牵着手去看社火，让欢快的鼓声，点亮他们心中对生活的热爱和憧憬。

不知是第几个年头了。

步入中年的女孩早已不再看社火。

她已收起了曾经的欢乐，静心度日。川流不息的岁月里，她习惯了没人等待和陪伴的日子，习惯了在加班的日子里，独自驱车走过寂静的夜，走过无人的街。

偶尔，社火欢快的鼓点会从某个遥远的地方传来，成为她心头不能触碰的疼。腾空的烟火也会璀璨她的世界，成为一个生命对另一个生命的生死慰藉。

又下雪了。

年年岁岁，社火依然在远处喧闹，成为生活欢快的仪式。

正月的花灯下，她在等当年那个雪中跋涉的少年。

他还会披一身风雪，为她踏雪而来吗？

你收藏了我的年龄

我曾是柳沟边浣衣的女子，你是山里挑担的樵夫。你说："好像在哪里，我们见过？"

我懵懵懂懂，依稀记得，前世，紫丁花前曾有一份约定。你穿云穿雨穿长风，只为这一世践约而来。

相遇，是我们的宿命。

你燃起篝火，我长袖善舞。

冬天，漫天雪花，叩响门窗。你拉起我的手说："我带你穿过冬天，龟山上，有万里春光。和你一起，在原野奔跑。"山上，真的有春天吗？

柳枝吐翠，枝头喧闹那一刻，你携万里春光，掠过我的枝头。

从此我沦陷在你的似海深情里。

今生，原有如此醉心的相遇。你收藏了我的年龄，我的年华，我的快乐。

此生缱绻，思念成河。

看你在河中泛舟，带走了如花笑靥，似水流年。

没有一粒尘埃，不见一丝春风。

我的年龄在你那里，你要收藏多久？

河边飘来歌声。

今生之诺，来世必践！

何时共此灯烛光

许多年了。

大年初一的晚上，我们几家好友都要齐聚“体院”老邓家中，迎接新春的第一天。

大家很放松地在客厅里喝茶聊天，孩子们从头到脚穿戴一新，欢天喜地地追逐、玩耍，从这间屋子窜到那间屋子。

老邓和萍子年前就买好了肉和蔬菜，准备了各种酒水，此刻，厨房里一片忙碌，洗的、切的、蒸的、炒的，大家各显身手，共同准备丰盛的晚餐。

那时的快乐真美好！温暖的灯光下，大家举杯贺岁，共迎新年！年轻的岁月里，心里满怀对生活的憧憬与喜悦，年年“共此灯烛光”，无忧无虑，单纯美好。

后来，大年初一聚会，成了我们几家的约定。每年的这一天，我们都要齐聚这里，仿佛不聚在一起，年就过得不完整，不尽兴。

兴萍一家在几年后定居太原，每年这一天，他们都要冒着严寒，驱车从太原赶回来，奔赴这场好友聚会。

这里是我们友谊的起点，是我们共同的青春记忆。在这一年一度的聚会中，孩子们渐渐长大，奔赴自己的远方。我们的友谊，在年年岁岁中越发醇厚。我们约定，就这样开心到老，一生相随。

今年大年初一的晚上，是先生离去后的第一个春节，君把一群孩子打发过来陪我。从小看大的睿和楠已结婚，带着各自的郎君。他们一进门，果然提振起我的精神。我忙拭去泪水，下厨为孩子们准备晚餐。

烟火中，原是可以忘却一切的痛。

大年初二，老邓与萍子约我去公园散步。一年来，一有闲暇，他们夫妇就和我一起来这里赏春花夏荷，秋雨冬雪，一起走过最艰难的日子。

刚过年，依然是草木凋零，天寒地冻。说起往事，我们禁不住一起落泪。结识三十余年，老邓总一副兄长般的沉稳，从没见他那样伤心过，更没见他掉过泪，此刻，却一起痛哭失声。我们都在怀念那些年温馨、美好的相聚，以及我们珍贵的青春和友谊。

那些年的快乐，竟如此短暂。

岁月磨砺，沉淀生命最真的友谊。一起走过青春的美丽，又一起面对残酷的生死。历经最深的痛，一回头，他们都在！多年好友成亲人，他们一直在我身边，不离不弃。

那些年里，天冷的时候，君常邀请我们去她家吃饭。一桌家常的饭菜，却吃得舒心畅快。偶有闲暇，我也会给大家做一桌家乡的臊子面，看着大家吃得快乐、吃得可口，我也满心欢喜。

“明日隔山岳，世事两茫茫。”所有美好的相聚，只能是梦中追忆。

何时，还能共此灯烛光?

无论生活如何对待我们，我们也为曾经的相聚而感恩命运，感恩生命里美好的遇见和一路相伴。

在长长的一生里，磨难会来，也会过去；热泪会流下，也会收起。

为了嘱托与未来，愿灯光温暖，希望常在。

砚池花开淡墨痕

一轮明月，几枝垂柳，勾勒出夜色的静美。一扇亮灯的窗前，一张素绢，在宽大的书桌上铺陈开来，手握竹管的一介书生，静静地凝神走笔。沉醉于逶迤疏朗的笔墨线条，仿佛来到水墨乡间，古朴、诗意、淡雅。空旷悠远中，聆听穿越无限时空的古音，品啜一份心底的幽静与安然。

一、乡土乡情的滋养

供职于山西师范大学的张忠民，受其父亲影响，自幼痴情翰墨。他的家乡襄汾县大邓乡东张村，位于县城东北崇山西麓的龟山一带，相传是汉留侯张良故里。

一条小河，自东张村穿村而过，河上架一座小桥，将东张村分为桥东和桥西两部分，这座小桥被当地人称作张良桥。幼时的张忠民，常穿过张良桥，去桥东的姥姥家。春天，柳絮飞扬，站在桥上向东眺望，朗朗春光下，龟山上飘飘洒洒，白茫一片，像下着一场春雪，这就是有名的景观“龟山晴雪”。龟山上的张良洞，隐在云遮雾罩中。相传当年，张良功成归隐，筑土为舍，架草作屋，在这片山林采食山野果蔬，自得其乐。

这块浸染着历史沧桑和丰厚人文的土地，是哺育张忠民成长的文化摇篮，悠远的古风，淳朴的乡情，使他的童稚岁月浸润在古朴的乡村文明中。

儿时的阳光，缓缓从龟山升起，山脚下的东张村从一夜沉睡中醒来，牛羊出圈、农人下田，在晨雾笼罩下的田野延续着祖祖辈辈的农耕图。村东的小学校里，传来琅琅读书声。坐在教室里的张忠民，正和同学们吟诵元代名士孙仁的诗：“隐隐龟山最上头，佳城云是汉留侯。当时辅佐兴王业，帷幄从容任运筹。”

自岁月深处而来的古风古韵，弥漫在乡村的风里。转眼到了腊月，在外村教学的父亲放假归来，总有乡亲们送来对联让其书写。夜晚，父亲把小饭桌放在炕上，借着灯光为左邻右舍挥毫泼墨，桌上、炕上、案板上，屋里到处摆满了墨迹未干的对联。有时，父亲忙不过来，母亲就鼓励儿子道：“雄儿（乳名），你去写吧，先给最近的邻居写，他们不会嫌你！”于是，十几岁的张忠民拿起笔，在一笔一画中体验笔墨情趣。邻居们拿到对联，总会喜笑颜开地夸一句：“呵，写得不错！”

大年初一，村里的孩子穿新衣、放鞭炮，乐得满街跑，张忠民却一户一户驻足于人家的门前，仰头陶醉于对联的墨趣中。一群一群的孩子，从他身边笑着远去，他痴迷地穿行在村庄的巷陌里，徜徉于乡土艺术的海洋。那时，他们村还有一位在山西师范大学教书的张昌河老师，为邻居们写的春联隽秀雅致，十分耐看。每到这些人家的门前，张忠民总要痴迷许久，这些张贴于乡间的对联，给予他最初的艺术启蒙。

美丽的家乡，丰厚的人文，使张忠民如一粒撒在沃土上的种子，汲取阳光雨露，努力发芽吐翠。

二、梧桐树下的相遇

对于农村的孩子，求学路上有着太多的艰难和曲折。父亲在外教书，家里的一应农活落在母亲肩上，收秋打夏，浇地施肥，全由母亲起早贪黑，一脚水一脚泥地忙碌。放假回家，张忠民常常半道上就扎进自家的田里，聊以减轻母亲的劳累。无论日子有多苦，父母反复给他说的一句话就是："好好学，不要为家里的事分心。"

后来，他辗转各地，艰难求学，几年寒窗，嚼得菜根香，读书滋味长。

然而，即使学业繁重，他对书法萌发的由衷喜爱还是会时时流露出来。看到父亲放置一旁的毛笔，他总是情不自禁拿起来，像模像样地写几个字。有位同学去外地当兵，他用毛笔洋洋洒洒写了一封信，跟其交流思想，抒发志向。

那年暑假，他无意中发现父亲放在柜顶上的一摞古旧字帖，顿时爱不释手。

庭院的梧桐树，洒下斑驳的光影。树下，永和九年的春天，透过字帖，穿越苍茫时空，在一个少年心中荡起悠远回声。那是春天的兰亭，那是溪边的一次名士雅聚。曲水流觞，美酒飘香，名流雅士，观景赋诗。最后，大家公推风流倜傥、才思敏捷的王羲之为诗集作序。由此，永字号天下第一帖《兰亭序》诞生。

“是日也，天朗气清，惠风和畅。仰观宇宙之大，俯察品类之盛，所以游目骋怀，足以极视听之娱，信可乐也。”一千多年后的梧桐树下，气韵漂流、萧然不羁的《兰亭序》，在张忠民的眼前展开一个翰墨怡情、心驰而神往的世界。他从此知道，笔墨神韵，可以承载千年的春光。

那次相遇，是一次碰撞、一次启悟。从此，求学的日子，胸中常氤氲起满纸云烟。虽然前途飘渺，可是，书法这个充满着艺术魅力、闪耀着智慧之光的字眼，在他心中腾起一次又一次热望。他知道，无论在哪里，无论做什么，此后的人生，他都会虔诚地走在那条翰墨飘香的路上，循着前贤足迹，追寻心中梦想。

三、师生书缘

人生中总有一些人和事，在前方的某个路口，与有缘者相遇，结一份情谊，悟一点人生，留一段佳话。

张忠民的学书道路上，有两位师长，对他影响深远。

那年，张忠民怀揣着大学老师冯彦山先生的一张便笺，叩开了时任山西师范大学图书馆馆长柴建国先生的大门。这次拜访，结下一段美丽的师生情缘。记得那次，柴老师对他说了一句："要认真临帖啊！"

末了，柴老师顺手拿了一支小楷笔，写下了《颜勤礼碑》《颜真卿自书告身帖》《麻姑仙坛记》等帖名。从此，在柴老师的鼓励和指导下，张忠民正式开始了书法学习的历程。

柴建国先生学识渊博，国学功底深厚，加之丰富的人生体验，随手拈来便成佳文。和他在一起，张忠民不仅能得到书法上的指点，更能沐浴智慧，使心灵得以润泽。多年后，已加入中国书法家协会的张忠民，依然对那段日子充满深情，对老师的教诲满怀感激。他说："柴建国先生引领我步入书法艺术之门，对我无私教诲、点拨的一幕幕情景，深印脑际，情暖心田。"

1997年，张忠民等八名学子投师于樊习一先生门下，开始了长达八年的艺术学习和实践。在每月一次的集中学习中，樊习一先生牺牲节假日和休息时间，冒着严寒酷暑，亲临现场，悉心指导。学习伊始，樊先生就对学子们说："书法是艺术，也是学问。必须不骛虚名，脚踏实地，日有所进，方能渐臻佳境。"

樊习一先生还经常强调，在提高书艺水平的同时，还要多读书、重人品，努力提高综合修养和全面素质，使自身书法的发展有较深厚的文化底蕴和良好的人格修养作为支撑。

张忠民每次都认真记录着老师的每一句点评、每一点建议，甚至每一次批评，几年下来，竟汇成三万余字的学书笔记，收获一笔宝贵的精神财富。

在樊习一先生的指导下，张忠民和师兄弟深入传统、植根经典、强化训练、加强交流、相互促进，书法艺术的整体水平不断提高，在省市乃至全国的重要比赛中屡获佳绩，受到书道同仁和社会各界的关注。2005年6月，“樊习一与二届学子书法观摩展”在临汾市影剧院如期展出，在临汾市书画界引起了不小的轰动。

那天，面对如潮的观展人流，张忠民感慨万千。几年来樊先生耳提面命、诲人不倦的情景一起涌上心头，冬天的围炉夜话，酷暑的挥汗点评，点点滴滴，谁解其中味？张忠民代表学子对老师表达深藏心中的情感：“樊先生对我们的要求近乎苛刻，对我们的问题直言不讳，帮助我们及时纠正和摒弃了学习当中的一些不良习气。对于技法和学养、艺术和做人等方面，先生也颇多心解，令我们受益匪浅。先生对书法与人生的深刻理解和孜孜追求之精神，无时无刻不在感染着我们，激励着我们。”

张忠民的书房里，悬挂着樊习一先生为其书写的条幅：“以书当歌。”那是老师对他的鼓励，更是老师对他的期待。

樊习一、柴建国两位老师，是张忠民心中永远的恩师。老师的教诲，他时时铭记在心。多年来，他痴情翰墨，临池不辍，在翰墨天地孜孜以求，并入展首届“中国书法兰亭奖”等重要书法大展，这些成绩的取得，与两位老师的培养密不可分。

四、胸中蓄有一份静气

张忠民常说：“心无杂碍，才能坐得下来，静静地体悟笔墨线条里的妙趣。”

为此，他常常沉潜到一份静谧和安然中，夜晚的书房，是他精神世界的栖息之所。灯下，他静静地翻读古代名家的经典墨迹和碑刻，体味隐含在岁月深处的韵致，兴之所至之时，便在纸上挥洒出行走的风景。

他认为，人一生的时间、精力、经历都是有限的，博览群书，就会弥补个人认知的不足，拓宽眼界，了解前贤先哲经历、思考、总结的经典名句，并形成自己的认知。如此假以时日，则一定会变换气质，增进修养，改变人生。因而，他把读书作为生活之必需，作为精神营养的补充。闲时，一册在手，自得其乐。

在长期的书法学习中，张忠民领悟到，创新是一种自然而然水到渠成的结果，是在深厚的传统积淀基础上的一种顿悟和创造，是在艺术殿堂千锤百炼后的一种升华。走进传统，了解传统，感悟传统，并以自己的修养学识融而化之，才有可能产生真正意义上的创新。

他对艺术精益求精的态度及在传统文化中的浸润，使他的精神世界得以丰盈。他的书法作品，也自有一些清新如水、清澈宜人的亲和力，那古韵悠然的魏晋风度，永远是他心摹手追的精神引领。

翰墨天地的熏染，使他踏实、稳当、真诚、本色地对待生命中的人和事。每有同事、朋友求字，他总是真心相对、真诚相待。一幅字，往往要写几遍乃至十几遍，方可挑选一幅。他说：“只有对艺术始终抱有敬畏和虔诚之心，才能走得更稳、更远。”

闲暇时刻，他与师兄李寅生、樊金平等相约而聚，谈书论道，品评佳作。人生知己，莫过于如此坦诚的同道中人，莫过于如此真挚的手足之情。

清晨，张忠民漫步汾河东岸的林中小路，在蒙蒙的雨丝中，身旁的花草因为雨水的滋润，显得格外青翠、娇艳。此时，青草的气息弥漫，心灵融入自然。他常常用心灵与大自然对话，将自然物象和自己对人生的感悟融合在一起，从中领略自然造化的美丽和生活的永恒。

一张素宣，一砚乌墨，昭示了张忠民自然朴素的生活态度。他喜欢王冕的《墨梅》：“我家洗砚池边树，朵朵花开淡墨痕。不要人夸颜色好，只留清气满乾坤。”

他也希望自家的洗砚池边，墨梅盛开，香远益清。

（注：张忠民，山西襄汾人，中国书法家协会会员，曾任山西师范大学书法学院党委书记兼副院长、山西师范大学党委宣传部副部长兼新闻中心主任。其作品曾入展由中国文联、中国书协举办的首届“中国书法兰亭奖”书法大展，全国第八届中青年书法篆刻家作品展等书法大展。）

第三卷

陪你走过这一程

微雨幽窗，柳荫堤畔。三五好友，素净的陶瓷杯，茶香袅袅。轻轻浅浅的语言，远远近近的人生，片刻之闲，可抵十年尘梦。

记得当时年纪小

那是一栋白色的小楼。

在冬天灰暗的天空下，小楼雅致而靓丽。单薄、小巧的楼体，因承载着每天主流舆论的发布功能，无形中显得厚重了许多。上三楼往右拐，就是当时的《临汾日报》副刊科。

通过父亲的朋友介绍，安排我在副刊科实习一年。副刊科的编辑老师都是经常出现在报纸上耳熟能详的名字——田福林、韩斌、姚建红、刘吉玲、来祥生、黄俊英等，这些名字无异于当时的“大腕儿”，令我有种可望不可及的仰视。第一次上楼梯的时候，我想到即刻要见到“真腕儿”，不觉心中忐忑，心脏怦怦乱跳。

谁知见到他们，都是和蔼可亲的几个人，全然没有一点架子。每天，我早早来到办公室，打扫完毕，认认真真坐在办公桌旁，拆封来稿，听老师们逐字逐句悉心指导，如何谋篇布局，如何选取角度，如何切入，如何表述等等。春去秋来，每天沉浸在文字里，编辑稿件、画版样、校对等，点点滴滴，润物无声，时时有新的收获。

老师们偶尔外出采访，也会带我一起去。那时，腼腆、羞涩，走路都是轻手轻脚，恨不得贴着墙角。我第一次跟在来祥生老师后面采访戏剧艺术家崔凤鸣先生，听着他胸有成竹地提问、采访、侃侃而谈，我却怯怯坐在角落里，低着头，吓得一句话也不敢说。

下班后，看着老师们一个个下楼回家，我便会长舒一口气，小鸟般奓起胳膊跑回宿舍，瞬间放松。那时，同学的姐姐为照顾我，特地把床铺让给我，自己回家去住。于是，我便和萍姐、思怡共处一室，成为室友。

萍姐长我四岁，梳两条辫子，圆圆的脸上，一双美丽的大眼睛总是洋溢着笑意望着我，生活上也非常关照我，她有一种天然的亲和力。原以为她就是这样一个温和亲切的人，其实不然，一次，看见她不知和什么人发火，很厉害的样子，才恍然，她并不是对每个人都这么好。

思怡长我一两岁，我们属同龄人，正是烂漫的少女时期，下班后我俩常一起逛街、买零食，嬉戏无忧。

那时，我们都在日报社灶上吃饭，时间久了，便会生出腻烦。萍姐却是一个很会生活的人，宿舍里处处洋溢着居家的温暖。因当时条件有限，单身宿舍也设在办公楼里，常常是下班后还没回到宿舍，萍姐新熬的玉米糊已咕嘟咕嘟冒着热气，楼道里飘来诱人的清香。如果在办公室再磨蹭一会儿，便会传来萍姐唤我吃饭的声音。

谁又能抵挡得了这烟火里的诱惑呢！像小时候在傍晚的村巷里，听到姐姐悠长的呼唤一样，我飞快地放下手头的稿子，跑回宿舍，奔赴萍姐营造的那份温暖。刚开始还生疏着，后来相熟了，我便会端起碗喝得稀里呼噜，全然不顾什么斯文。喝完粥，心是暖的，全身都是暖的，简单的饭菜，因为开心，在一起吃得格外香甜。

周末，萍姐有一位朋友从太原回来，带了好多的鱼皮花生给她吃，她便与我和思怡一起分享。夜晚，一人拿一包坐在床上，宿舍里一片“嘎嘣”声，香脆爽口的鱼皮花生，给我们带来许多欢乐，以至多年后，我还一直记得萍姐爱吃这个好吃的零食。

飘散的饭香，也会引来单身朋友前来蹭饭，来祥生老师就是其中一位。蹭饭的来老师，全然没有了外出采访时的正襟危坐，呈现出家常、温暖，甚至可爱的一面。为了蹭得有理一些，他从老家回来后，还给萍姐拿来一些新鲜小米、玉米面等食材。那时懵懂，哪知这一粥一饭里，原来蕴含着一份别样深情。

傍晚，结束了一天的工作，迎来一段惬意轻松的时光。夕阳的余晖洒在小院里，一片炫目的金黄。在附近市委党校工作的石耀辉老师，常会过来串门。石老师是来祥生老师非常要好的襄汾同乡，又先后毕业于山西大学，所以来往非常密切。

那时的石耀辉老师西装革履，正值青春，在霞光的映照下，一派儒雅俊逸之风。两位老师在一起，谈一些天、地、人之类的高深话题，远非我等疏浅之辈所能领悟。于是，老师们有海阔天空的话题，我们姐妹却乐得在素常日子里逍遥。

不过，相遇在青春年华里，又有萍姐的烟火萦绕，还是会留下一段烂漫的欢乐时光。

过了一段时间，萍姐悄悄告诉我，石老师好像和我们身边一位女孩比较要好，还相约着一起去龙祠游玩。我们便一起满怀欣喜和期待，像盼着春天里的一粒种子生根发芽、开花结果。只是，这件事后来不再有下文，春梦一样了无痕迹。

不过，生活中总有一些美好的事物值得期待。我的萍姐，甘当热心的红娘，为他们牵线搭桥，只是姻缘自有缘分和定数，为谁钟情，为谁停留，自有天意。

不久，听闻石老师迷上了民俗，频繁参观一家民俗博物馆。后来才得知，原来“有位佳人，在水一方”。溯流而上的石老师，正在演绎一段走向彼岸的故事。当然，这是实习之外的闲话。

实习结束后，我要回原单位——位于东城的临汾纺织厂宣传部工作。望着这栋白色小楼，竟生出几分留恋。一年来，副刊科的几位老师在编辑业务上谆谆指导，他们的和善鼓励，以及言传身教，培养了我一种严谨、敬业、尽责的工作习惯，让我克服羞怯，迈出了采编生涯的第一步。

更珍贵的是，一年的实习期间，结识了几位良师益友，留下一段青春里的难忘时光。

最是好友难分离。告别那天，萍姐、来老师、姚国平老师、思怡等几位师友骑着自行车，送我回东城。当时东城的路颠簸难行，且拉煤的车不时驶过，灰尘漫天。几位师友就这样蹬着自行车，陪我穿行在东城的尘雾中。

站在刺骨的北风中，目送他们远去的身影，我心底像潮水一样漫上了一层暖意。一生中，又能得到多少这样真挚的情意呢？

听萍姐说，回去的路上，他们还因为交通问题，差点和一名司机起了冲突。

就在那天，临汾市发生了一件震惊世人的大事——一架满载游客的城市观光飞机突然失事，四十八名机组人员和乘客仅有4人生还。

往往在一些大的灾难面前，才会生发出对人生的顿悟，对生活的珍惜。据萍姐说，就在那天，石老师遇见了一个贤淑女子，并决定“执子之手，与子偕老”。

结束实习的那年冬天，我遇到了我的先生，从此眼里心里，皆为彼此。衔草垒燕巢，洗手做羹汤，在庸常忙碌的生活里，精心抚养我们的幼儿，多年潜心家务，不问世事，更疏于和朋友联系。

时光匆匆，霁月清风。

我和老师、朋友们各自走在自己的人生里，尽着自己的责任，走过一年年春花秋月。偶尔听到他们的消息，总是倍感亲切，像是从纯真的年代，捎来的一枚书签，别在岁月的枝头，摇曳生姿。

巧的是，来祥生老师后来执掌《临汾晚报》，留下一段报业佳话。石耀辉老师多年主编《山西党校报·临汾版》，并成长为研究尧文化、法显文化等本土文化的专家学者，经常可以听到他的文化讲座。我后来考入临汾广播电视台，从编辑、记者，成长为总编辑，也和《山西广播电视报·临汾周刊》结下了不解之缘。

回望岁月，在《临汾日报》社实习那年，我刚满十八岁。那栋白色的小楼，以及小楼里青涩的实习时光，成为我和来祥生老师、石耀辉老师职业缘分的起点，也是我采编生涯的原点。

此后，我行走在山水之间、城市乡村，风里雨里，砥砺不息，采访过多少行业翘楚、业界精英、文化名人、普通百姓，那一篇篇专访文稿，如雪花，似落叶，伴随我走过多少春秋四季。然而，忆起第一次来老师带我采访的情景，那份局促与不安，依然清晰如昨。

岁月的小河，流走多少沧桑，留下多少美好。

2021年夏末，著名作家、旅京文化学者李琳之老师回临汾，石老师为其接风洗尘，市作协几位老师以及几位襄汾同乡也赶来作陪。忆起当年往事，席间一片笑声。

说起当年与那家民俗博物馆的往事，石老师即兴咏出前不久写的一首小诗《又见丁村》：

又见丁村，
山与河依旧。

花红柳绿间，
可藏着几缕乡愁。
十万年的星火，
五百岁的守候，
三十载的芳华，
都为这一刻停留。

再上绣楼，
窗格花空透。
女儿墙结满蛛丝，
不见了小姐梳头。
大花轿已然来过，
却不见我的郎。
是谁拨了无情弦，
抛弃了那颗红豆？

笑声里，有一种对青春的怀恋，对人生的释怀。岁月，让我们走在更高的层面上，去回望、关照我们的人生与际遇。谁的青春里，没有那些心动的时刻；谁的岁月里，又没有留下情怀和遗憾呢？

“盈盈一水间，脉脉不得语。”山水间，传来一声美丽的轻叹。

韶华刹那，满树繁花。

我和先生在汾河边住的那几年，常去岸边的小路散步。万物萌动的季节，处处草长莺飞，游人如织。风从河边吹来，柔软和暖，掠过处，长发飞扬。

欣赏着这如画的春色，偶尔抬头，便会遇见石老师夫妇从对面小路上款款而来。他们走过的地方，桃花盛开，灿如朝霞。我们的身边，亦是汾水荡漾，杨柳依依。我们站在春天里，微笑着互致问候，恬淡而美好。

岁月的潮汐涨涨落落，行走其间的我们，永怀对生活的热爱，对友情的珍惜，对时光的眷恋，那是在自己的人生里，对另一份人生的遥遥观望、安静欣赏，以及深深祝福。

生活总会给我们一份惊喜。令人开怀的是，萍姐与来老师喜结伉俪，育有一双可爱的女儿，他们像童话故事的结局那样，王子与公主从此过上了幸福生活。想起当年来老师蹭饭的情景，不觉哑然。原来人生中的许多事情，好多年前已打好了伏笔。

2021年春天，家乡襄汾县举办首届民间祭尧活动，石耀辉老师通知我回乡参加。在龟山脚下的尧京酒庄，在熙攘的人群里，忽然听到有人在唤我的名字。

循声望去，萍姐站在春天的葡萄园里，笑意盈盈地望着我。一瞬间，岁月漫过三十年的光阴，所有的沧桑和苦涩，都不存在了，仿佛我们昨天才刚刚见过。

我不由得想起了村上春树那句话：每个人都有属于自己的一片森林，迷失的人迷失了，相逢的人会再相逢。

紫藤流年

立春过后，紧接着便是雨水。《月令七十二候集解》写道："春始属木，然生木者必水也，故立春后继之雨水。"

雨，果真来了。清早醒来，便听到了细微的雨声。推窗望去，真是"飒飒东风细雨来"，丝丝柔情，含着春的气息，把天地间织成了大写意的水墨风景。迎春花枝头爆出黄灿灿的三两朵，柳枝上一抹淡淡的绿，更添几分春意萌动。伸出手去，触摸到的都是潮湿的空气，暖暖的、润润的。风也是温和的，有"吹面不寒杨柳风"的感觉。

这时节，蛰伏了一冬的心灵便跃动起来，与家人、好友走在河边小巷，舒展身心，赏春看柳，整个身心都滋润着。冬日的萧瑟、沉闷，在这样的朗朗春日一扫而光。

办公室在闹市，整日里耳边车水马龙，热闹嘈杂。好在窗外有两株紫藤，年年报知春的消息，也能感知季节变化。雨中留意看它，虬劲的枝条盘旋在空中，在雨水滋润下泛起了绿色。我与同事们便期待着，缓缓长日，晴暖的天气里，串串紫色的花苞垂下来，一场盛大的花事如约而至，留下一季繁华。

与紫藤的缘分，源于多年前的一个春日。因单位整合搬迁，电视报社从原先的东院搬到了西院。当我们抱着自己的书本资料来到西院，一座外围带拐角楼梯的古旧小楼映入眼帘。可喜的是，一楼的花池处，不知谁种了两颗紫藤，挂着紫藤、吐着绿叶的枝干正以半月形的造型向上盘旋，把楼梯扶手也装点得春色盎然、情趣横生。

人与人相遇是缘分，人与植物的相遇又何尝不是一段佳缘。来年春天，紫藤抽出许多新的枝条，在空中挥舞着、探寻着，如孩童嬉戏闹春。同事们找来绳子，往三楼拉了好几道空中轨道。紫藤仿佛因此有了默契，沿着绳子努力地向上攀缘，不几日，就搭起了绿色的凉棚。

花开时节，串串花穗垂挂于绿叶藤蔓之间，紫中带蓝，灿若云霞。李白有诗云："紫藤挂云木，花蔓宜阳春。密叶隐歌鸟，香风留美人。"晨风里，蜂飞蝶绕，阴凉匝地。与姐妹们在花下做操、编稿、校对，枯燥的工作顿时有了许多乐趣。谁有了心事、委屈，也尽可在紫藤架下诉说。时而泪落如雨，时而破涕为笑，懂得了宽容与释然，一切不快随风而去。

节假日最熬人，加班加点赶几期版面，才能空出几天休息时间。夜已深，办公室依然灯火通明，一派繁忙。抬头望去，一张张年轻、热情的脸庞，投入在版面的校对、设计、调整中，专注、忘我，令人难忘。那时，小卫的女儿宁宁才几个月大，妈妈加班，便把她抱来放在办公室的长沙发上，小家伙可能知道阿姨、叔叔们忙，一个人安安静静躺在那里，伸出自己的小手翻来覆去地玩儿。望着幼小的孩子，姐妹们无不动容。

一起走过的日子，镌刻着同样的真情和感动，能一起相遇在紫藤花下，为着每期报纸、每块版面“共此灯烛光”，该是何等幸运！当散发着墨香的一张张版面定稿，已是喧嚣渐消、人迹寥寥的时分。一阵微风细雨，紫藤架下，繁花飞舞，我们踩着遍地的落花，带着工作的愉悦，走在春风沉醉的回家路上。

也是紫藤映窗的季节，我正埋头编稿，一扭头看到了穿一袭长裙的小董，那时她还算苗条，脸上挂着纯净、恬淡的笑，一看就是个淳朴的女子。从此，下乡采访，身边多了个爱说爱笑、快快乐乐的她。几年下来，我们情同手足，以至于同别人出游，张口就把身边人喊成她的名字。

每次下乡，我都会走进不同的人生，在别人的人生故事里，品味生活的艰辛和快乐。一路颠簸，寒暑不辍，几年来，我们竟采写了上百篇人物通讯，每篇通讯背后，都浸透着一份情怀，留下我们奔波的身影和探寻的脚步。因为晕车，遇到上山的路，我们便弃车徒步前行，欣赏山里四时佳境的不同。那年夏末，在塔儿山的山洼里采访种蘑菇的小两口，院子里有一棵核桃树，我们便坐在树下聊天。傍晚的阳光斜照过来，树下一片金黄。向山下望去，千山万壑，尽收眼底。那一刻，我忽然悟到，人生只有不懈向上，才能有沃野千里、一望无际的辽阔和境界。

流年似水，花开花落间，多少年的青春年华，留在紫藤的花香里。小董已脱去青涩，成长为一个成熟的新闻工作者。好笑的是，她由当初的苗条女子，变得珠圆玉润，我笑说是“事业养人”。以前的同事、姐妹们云散各处，难得一聚，许多花儿一样绽放的少男少女又相聚在紫藤花下。紫藤年年盛开，却是“年年岁岁花相似，岁岁年年人不同”。

仲春时节，“紫藤缘木而上，条蔓纤结，与树连理，瞻彼屈曲蜿蜒之伏，有若蛟龙出没于波涛间。”一场盛大的紫藤花雨，即将润湿一个季节。循着紫藤搭起的时光长廊，捡拾曾经的珍贵记忆，挟着花香、纯情、友爱，走进生命里又一片似海繁花。

发小

七八岁光景，他随母亲去外婆家。拐进村口，走过一条缓缓的长坡，他第一次见到了峰，一个和他年纪相仿的少年。胡同口的树荫里，峰看见他就冲他笑着，稚气而纯净。

峰的家就住在胡同里，胡同的前方是一大片泊池，泊池边长着一棵泡桐树，由于能汲取到源源不断的水分，这树长得高大繁茂，开满紫色的花。以后他想起峰，脑子里就留有这样一幅画面：树荫里，几个妇女在捶洗衣服，他和峰与一群孩子在泊池边捉蝌蚪、嬉戏，一派温润的北方农村风情。

人和人的缘分就是这么奇妙，相遇的那一刻，便会惊醒所有的感觉，产生心灵相通的友好情愫。他与峰，就这样成了亲密的发小。

他们这一带，素有“张良故里”之称，传说张良辅助汉高祖刘邦夺得天下后，被封为留侯。他不留恋权位，晚年隐居在这里的龟山一带。

龟山脚下有一条小溪叫柳沟，春天，柳沟旁的柳絮飞扬，被誉为古襄陵十大美景之一“龟山晴雪”。

他与峰虽然在这样淳朴美丽、底蕴丰厚的乡村长大，但是他们的文化生活却非常贫瘠。一般在农忙过后或年节里，村里才会放一场电影。这对于他们来说，不啻一场狂欢。一个村里放电影，方圆村里的孩子们便会蜂拥而至。

峰的村庄文化气息浓一些，放电影次数也会多一些。每到这天，峰便会搬出家里所有的板凳，一趟一趟往庙里跑，圈地、占座，一切安置停当，便会跑到村口，踮起脚尖等他来。远远看见他与一群男孩子朝村口走来，峰便会拉起他的手飞快向庙里跑去，全然不顾周围伙伴诧异甚至嫉妒的日光。

在他俩小学四年级时，两个村庄的小学合并，他们便坐在同一间教室里，成了名副其实的同学。小学设在他的村庄，峰每天都要出村走好远的路来上学。他的家，便成了峰经常光顾的地方。家里有什么好吃好玩儿的，他也会毫不吝啬地拿出来与峰分享。

有一年春节，他们竟学会了喝酒，峰在他家喝得酩酊大醉，真有酒逢知己千杯少的感觉。

时间一晃，他们上了高中。每个星期，他们背着馍馍袋子，步行十几里去邓庄镇上学。

几年求学岁月，朝夕相处，艰辛与共，更加深了他们的友谊。高中毕业后，他考取了市里一所大学，峰落榜了。分别的时候，他们坐在校园的泡桐树下，忽然对这段时光充满眷恋。从小到大，他们一直在一起，忽然要分别了，未免有些伤感，各自沉默不语。不知在谁的提议下，他们和另一位同学桃园结义，拜为兄弟。

真应了电视剧《三国演义》里“桃园三结义”那一回的歌词：“这一拜，春风得意遇知音，桃花也含笑映祭台……这一拜，忠肝义胆，患难相随誓不分开……”

一个飘着雪花的冬日，峰蹬着三轮车，拉着妻子和女儿，来到他就读的这座城市谋生。凭着精明和勤劳，几年下来，峰打拼出了自己的一片天地，并在城里买房安家，成为这座城市的一员。他常常与妻子念起峰的艰辛与不易。

他毕业留校后，与妻子拿着微薄的工资，抚养儿子，支应人情礼往，日子过得捉襟见肘。他和峰在各自的生活里忙碌着，偶尔相见，总是亲切如故。

他抱着幼小的儿子，对着峰说：“叫大爸！”峰便乐呵呵地笑着，一副满足的样子。

后来，他的事业渐渐有了起色，每次有他的书展，峰便会前去，一幅一幅地欣赏，很陶醉的样子。偶尔得到他的一幅作品，峰便如获至宝，珍爱不已。

他搬进新居后，家里偶有下水道不通等琐事，峰便会及时处理，使他的生活得以顺畅进行。他们家墙皮起皮后，峰时时惦记着。他与妻子有事外出，峰便叫来自己的一帮弟兄，铲墙皮、抹腻子、刷墙，收拾停当后，把家里的晾衣架和吸顶灯也换了。他与妻子回来后，家里焕然一新，且峰分文不取。

不管他的生活遇到多大的困难，峰都会默默在他身后，为他分担，替他解忧。他的父亲患老年痴呆后又摔伤了腿，他琐事烦身，峰与妻子便常常过去探望。为防止老人翻身掉床，峰在病床边加焊了栏杆。他家里的门、窗户、水管有不合适的地方，峰也及时修理，使他的老母亲使用起来更顺手、方便。不知不觉中，峰成了他们家不可或缺的一分子。

端午节，峰在自己家包好粽子，送至他家楼下。他外出归来，远远看见峰提着粽子等在家门口，一时间心头发热，眼睛湿润。

许多年的岁月在他和峰之间飘忽来去，流云般浮起又淡远，他只想起了许多年前，那个七八岁的少年，站在老家胡同口的泡桐树下，乐呵呵地冲他笑。

这一世，不辜负

炎热季节，于树下浓荫读《这一生关于你的风景》。书中，“90后”作家李梦霁用独特的视角和语言，解读了十一位独立女性的绚丽人生。

李梦霁，代表作《一生欠安》《这一生关于你的风景》，“当当网”年度影响力作家，各种荣誉加身。小小年纪，所过之处已是茂林修竹，一片旖旎。

她对十一位独立女性的解读，既温情脉脉，又冷峻犀利，不纠结、不矫揉，更不煽情，把十一位女性所有的悲喜人生，放在辽阔宏大、千姿百态的生命层面去观照，回味隽永，波光闪烁。梦露、杜拉斯、赫本……这些被世人铭记的女性，明艳得不可方物，历经悲欢离合，她们的故事，或温暖，或励志，或凄然，梦霁行走于她们的人生中，探寻着、感悟着、讲述着，痴迷而热忱。

她笔下的香奈儿，时光愈老，人愈通透。“作为女性，为无数男子倾慕，只因本能和肤浅。而学会拒绝，才是真正由内而外的高雅。”她的笔下，香奈儿从容、清冷、不屈，头上闪耀的皇冠，映照着一些人的蹉跎与平庸。她的锋利与高傲，留下了永远的时尚与传奇。

李梦霁翻译勃朗宁写给费雯·丽的诗："我用尽灵魂的深邃、宽广与高远，抵达爱你的彼岸。如沐神思，生有尽，爱无涯。"在她笔下，《乱世佳人》女主演费雯·丽打碎现实的安稳，去追随爱，以终生的声息，离泪与笑颜，祈愿来世，爱你如初。她的笔下，有心碎的无奈，也有着爱情的凄美。

梦霁总能用柔美而飒爽的笔调，给予爱情独到的见解。《傲慢与偏见》的作者简·奥斯汀因为一次牵手，终生未婚。梦霁写道："不只有被爱的人生才值得一过。嫁给雪山和田野，嫁给风里的诗句，嫁给温暖的炉火和一望无际的麦浪，也是一种洒脱的人生。"

梦霁不会为了博人眼球，去过度渲染她们的私生活，而是把这些放在特定生命背景下的一个点，去审视、去陈述、去带过，温情体恤，又观点鲜明，令人读后，人生的界面缓缓打开，辽阔、诗意，生长沉醉于其中的勇气和力量。

我们只有一生一世，随着梦霁走进许多女性的世界，便体验了更多的人生。那些绚丽与多彩，那些不屈与抗争，使我们对人生有了更多解读与思考，启迪我们更加热爱生命，懂人、知世、勤勉，富有激情，全力以赴。

掩卷而思，我想，如果时空可以穿越，我一定会背起背包，去进行一场追寻之旅。

在翠竹延绵的林间小路，在雾气飘逸的水墨乡村，在异域风情的陌生街巷，去寻找她，遇见她。擦肩而过的时候，也许一眼就会认出她，这个婉约爽利、特立独行的“90后”姑娘。然后，邀请她在亭子间小憩片刻，用素净的陶瓷杯，请她细品一杯香茗，看风在林间穿过，谈笑间，用轻轻浅浅的语言，和她聊远远近近的人生。

离开的时候，听她说，人生匆促，记得，许自己一世好前程与不辜负。

山间风来，一片清凉。

陪你走过这一程

公公原是一名乡村教师，一辈子辗转于家乡的几个村庄教书，兢兢业业，培养了许多乡村学子。十多年前公公退休后，我和丈夫把他和婆婆一起接到城里，安度晚年。那时我们还没有自己的车，寅生兄开着自己的新车陪我们踏上回家的路一起去接老人。

正是春和景明的时节，路旁开满紫色的泡桐花，芬芳飘满田野。老家的胡同里，已聚集了老老少少的街坊邻居。这家送一把新割的韭菜，那家送几颗自家攒的鸡蛋，一幅幅依依惜别的情景。有的婶子拉着婆婆的手叙旧情，久久不放下，还不时悄悄地抹眼泪。公公不善言谈，只是和大家一一用力地握手，眉里眼里都是对生活的知足和幸福。

市郊有我们新买的一套单元楼，当时，孩子在市区上学，我们住进城里后，单元楼就空了下来。我们把二老接来后，就让他们住在这里。这是一所体育学院的宿舍楼，楼下有宽大的操场，四周绿树成荫，很适合养老。公婆很快适应了新环境，并结识了许多新朋友。每到周末，他们就倚在阳台的窗口，盼着我们回家，远远看见我们的身影，便高兴地招手。

公公闲不住，春天到来时，便去野地里挖野菜，蒲公英、车前子、茵陈等野菜挖回来后，仔细摘去老叶，洗得干干净净晾晒在阳台上。每次我们回到家中，都能闻到淡淡的青草味，我笑说公公在“晒春”，把春天晾晒在自家阳台上了。

秋天的时候，公公把这些宝贝剪短，分装在不同的袋子里，贴上标签，分给几个儿女泡水喝，并一一介绍他们的功效。谁要上火了，他便抓一把蒲公英，拿滚烫的开水泡上，然后说，蒲公英能清热解毒，下火消肿。还真管事，我们喝上几杯公公泡的蒲公英，口干咽痛的毛病便有了明显缓解。

几年前，公公的记忆力忽然明显减退，很熟悉的人、很熟悉的事，常常记不起来。东西放在眼前，转眼就忘了，满屋子去找。一个下雪天，公公忽然找不到回家的路，在校园里茫然无措，不知身在何处。我们领着他去医院检查，结果无情地摆在我们面前——公公患上了阿尔茨海默病。

从此，公公渐渐和熟悉的世界渐行渐远。一次我坐在他身边，不甘心地问道：“你还记得老家的李琴姐吗？”公公一脸茫然地摇摇头。那一刻，我忽然感到无比心痛，一个人，最大的悲哀不是衣食堪忧，而是失去了感知幸福的能力，忘记了生命中许多美好的人和事。

公公变得烦躁易怒、寒暑不分，天气热了，还紧紧护着他的帽子手套，一会儿不见，便丢了魂儿似的到处乱找。半夜醒来，面对着无边的黑暗，他狂躁地吵醒婆婆，质问天为何不亮。原先那个爱家爱女、和蔼可亲的老人变得暴戾而不可理喻。

情绪好的时候，公公对着墙上的全家照，一个一个辨认，叫着孩子们的名字。

那一刻，令人温暖而酸楚，公公，无论什么时候，你一定不要忘了家人，不要忘了爱你的孩子们！

公公是个普通人，一辈子做得都是普普通通的小事。高考制度恢复后，在社会上工作几年的学生找上家门，请公公辅导语文，他二话不说，撂下自家的责任田，逐字逐句为学生讲解语法，划分句子成分，终于使学生顺利考上大学。

由于少时家境贫寒，公公患上了严重的胃病，有时竟晕倒在课堂，乡亲们推着平车把公公送回家中，本想让他好好休息几天，谁知第二天公公就返回学校。他还感慨说："老百姓的娃娃学点文化不容易，耽误不起呀！"

丈夫高考那年，临近考试却下起了瓢泼大雨，公公骑着二八大杠，冒着风雨在泥泞的黄土路上走了十多里路，终于把丈夫送上柏油路，按期参加了高考。

公公一直在平凡与平淡中，尽着自己的本分，关爱着自己的儿女。

去年秋天，公公曾经教书的村庄盖了新门楼，邀请公公回去看看。下班后，我们开车陪公公回去。到了村口，几位两鬓斑白的中年人"忽"地围住了公公，这个问："张老师，还记得吗？我是彦春，您的学生。"那个问："张老师，多年不见，您好吗？"公公茫然地看着这个，又看着那个，终于从遥远的时光深处，捕捉到一丝记忆，他握着学生们的手，开心地笑了。

陪着公公，走过生命里的这一程。在公公的生命里，许多记忆都远去了。但他的爱，他的青春和热情，都晾晒在故乡的春天里，历经寒暑，芬芳如故。

留得清气满乾坤

2021年冬，冒着纷纷扬扬的雪花，我来到襄汾县丁陶大酒店，参加“邱文选先生诞辰一百周年暨先生和夫人孟文慧女士合著的《春韵集》”首发仪式。

邱文选先生是襄汾县晋国史专家，他为人谦和、治学严谨，在襄汾学界享有很高声望。2008年冬天，适逢先生著述的一套三册《史坛耕耘集》出版之际，我作为临汾电视台一名记者，曾和两位同事一起采访过先生，也因此和先生结下一段珍贵友谊。

记得那天一大早，我们即从临汾驱车前往襄汾，在先生新搬进不久的寓所——丁村路祥光福苑，采访了先生。先生的家整洁有序，他和夫人孟文慧，热情接待了我们。

先生的家乡在赵城镇阜平村，是一个坐落在九原山上的美丽村庄。赵康镇东一里多的地方，有一座古城的废墟，当地人都叫晋城园子，传说是春秋时期晋文公的都城，古时叫“故绛”。从小，先生受当地古老文化的影响，对晋国史产生了浓厚的兴趣，并立志研究家乡这片土地上所承载的历史。

先生在求学、工作的日子里，少年时立下的志向，如一簇火苗，始终在他心中跳跃着、燃烧着，不息不灭。

1957年，先生夫妇先后被遣返原籍，从此，九原山上，多了一位身穿破旧干部服的牧羊人。风华正茂的岁月，就这样在手持羊铲中一再蹉跎。

在生活的磨难和艰辛中，先生一直没有放弃对晋国史的研究，他常把羊赶到离村十余里的晋城园子放牧，羊在吃草，他却查看石碑，考察夯土层，收集考证民间典故。牧羊归来，他的挎包里还常常装着一片瓦、一块砖、一抔土，宝贝似的收藏起来，留做研究晋国史的第一手资料。风雪漫途，陪伴先生的除了一堆牧羊时收集来的砖瓦陶片，就是无望的等待。

谈及过往，先生坦然面对经历的一切，不温不火，淡淡叙述。那些穿林打叶、一蓑烟雨的日子，都化成了遥远的风景，不风不雨，平静如水。

1978年，先生与夫人的问题先后得到解决，不久，先生光荣离休。先生认为，大好的时光都已遗落于牧羊途中，六十岁，应是人生新的起点。他一次次前往晋城园子的废墟之中，从民间野史中寻求正史，又查阅资料，用正史证明野史，争分夺秒，反复论证，取得了令世人瞩目的学术成就。

考古，是艰辛的探索之路，虽然先生的学术观点在学界也引起了争论，但先生虚怀若谷，坦然面对不同的声音，希望在学术争论中不断将学术研究推向深入。

先生的身上，始终闪烁着中国知识分子的良知、责任和风骨，没有自怨自艾，只有超越历史变迁、超越时空变换的视域，荣辱得失，一笑挥之。

这次采访过去了好多年，却对我产生了深远影响。

此后的人生中，先生的精神品质，潜移默化在了我的生活中。无论是阳光坦途，还是风雪漫天，想起先生面对事业、面对生活、面对逆境的超然境界，我心中便会滋生出无穷的力量。

采访文章《一位丁陶老人的文化苦旅》完稿后，已是冬尽春来，山河明媚。

《春韵集》记录了先生的生活、研究方面的点点滴滴，字里行间，充满着先生对襄汾这片文化热土的深深热爱和执着情怀。展卷捧读，仿佛与先生再次交谈，感触到一颗滚烫的赤子之心。

先生一百周年诞辰那天，窗外飘洒的片片雪花，像先生从天国捎来的洁白信笺。先生的心里，一定深深祝福着晋国史的研究再结硕果，祝福家乡的文化事业日益繁荣。

怀着深深的景仰与怀念之情，我写下这篇文字。

先生已去，精神永存。

留得清气满乾坤。

夏日访樊习一先生

初夏，《艺藏导报》为樊习一先生做了专访，收录了先生多年来的书学散论。张忠民作为先生的学生，曾与师兄弟追随先生左右，聆听教诲，学书悟道，并随堂记录了先生三万余言的授课内容。这些课堂笔录，凝聚着先生多年来对艺术的理解与思考，是此次专访的重要内容。

先生在其中精选整理，终成定稿，并交由张忠民精心校对。几日后，我们来到先生两年前入住的中骏寓所，为先生奉送校稿。

先生患有眼疾，却依然精神矍铄，热情地为我们沏茶。师生多年，先生与学生之间建立了一种自然的亲情，他关切地询问我们的工作、生活近况，叮嘱我们人到中年，一定要注意爱护身体，劳逸结合。先生还问起我家患病的公公，得知老人身边已不能离人，需昼夜照护，先生唏嘘父母一生，到了年迈体衰，有儿女侍奉左右，便是福气，一家人能在一起，便是好的。我们像家人一样交谈着，茶壶里冒着袅袅茶香，阳光从窗口照进来，屋子里一片温馨。

先生接过校稿，拿起放大镜，埋头逐字逐句查看，对标出改动的地方反复推敲，直至满意。这些校稿里，留着先生辛勤课徒的足迹。在长达四五年的时间里，先生与八位弟子每月相聚一次，对每个弟子的作业认真查看，逐幅点评，指出缺点与不足，更为他们的点滴进步而高兴。他常在上课时说，练字的同时要多读书，作为一名书法家，读书和写字应视为鸟之两翼，不可分割，不可偏废。读书可以陶冶性灵，开阔视野，提高学养。同时，实践也是十分重要的，写字不下点苦功夫，没有大量持之以恒的训练，要想取得成就，是不可能的。先生倡导学生们平时多动手，多动脑，写点小文章，记点日记，必然对学习书法大有补益。

先生常说，王羲之的《兰亭序》，就是文书双绝之作。卫俊秀先生一生没有中断记日记，这些日记都是宝贵的精神财富，许多大家的往来书信也是很好的书法珍品。他希望学生们熟读四书五经、诸子百家著作等国学经典，丰富自己的修养学识，提升人文精神和书卷气。

先生与忠民翻看厚厚一摞校稿，不时忆起当年的学习场景，对那段岁月充满眷恋，字里行间，沉淀着一份珍贵的师生之情。忠民忆起冬天下着大雪，先生依然准时前来，与学生们围炉而谈，其乐融融。炎夏暑热，学习的地方没有空调，先生汗流如雨，依然认真点评，毫不敷衍。先生也是性情中人，谈起这些，总是难掩激动。时至今日，学生们取得了各种成绩，依然难忘师恩，常去探望。这几年充实而美好的时光，对学子们的引领作用是不言而喻的，先生的点滴付出，也因此留下难忘回忆，促使学子们在学书道路上更加精进。

听着他们的谈话，我随手在茶几上拿起几个核桃夹开吃。想起那年夏天，我和孩子正在家中，先生打来电话，激动得有些语无伦次道：“兰亭那个奖啊，忠民入展了！”那是首届中国书法兰亭奖，分量很重，忠民经过多年的努力，终于实现荣入重要国展的夙愿。那一刻，我也眼含热泪，哽咽无语。这其中的艰辛，五味杂陈。我更知道，这成绩的获得，饱含着先生多少教导与心血。

多年来，我们的生活因为先生和师母的关照与付出变得温暖而多彩。先生喜欢大自然，热爱大自然，常提醒我们要多走进大自然，从自然物象上受到借鉴和启发，开阔视野，开拓胸襟。偶有闲暇，先生与师母带我们去游泳、爬山，留下许多美好的回忆。某年重阳节，先生、师母和我们同游龙澍峪。我们沐浴着明朗的秋阳，登高望远，心旷神怡。前段时日，先生与师母专程来家看望我们，嘱咐我们面对困难，快乐生活。那种发自内心的关爱之情，溢于言表，给我们以温暖和力量。

听着我夹核桃的声音，先生在校稿中抬起头来，忽然想起什么，起身到厨房去了。先生出来时，手里举着两个水灵灵、红彤彤的大苹果，笑着说：“给你找到水果了！”略顿了一下，他又说道：“太凉，热水温一温再吃。”

人生中，除了亲情，还有那么多美好的情愫，与先生的师生之情，如细雨和风，润湿心灵，让生命变得丰盈而美好，生活也因此有了纯粹、明净、温暖的质感。

因为艺术、因为缘分，与先生有了交集，留下回忆。而随着时间的流逝，曾经在一起的场景显得那么弥足珍贵，深情绵延，也因此让人生有了更多的延伸，更丰富的内涵和意义。

第四卷

最是难忘烟火香气

最是烟火气，最抚凡人心。故乡炊事，承载四季三餐，浓酽乡愁。烟火，使生命得以延续，心灵得到释怀，是良药，是治愈。

沟南炊事

沟南因村边一条沟而得名，远远望去，小小村庄隐在葱茏的树木和袅袅炊烟里。这条沟，像一个伏笔，不显山不露水，却藏匿在回沟南的必经之路上。像晋南许多村庄一样，沟南景色优美，四季分明，生活在这里的人们世世代代勤事农耕，安然度日。

再往南，是陶寺遗址，以发现中国最古老观象台和古城墙等史前遗迹而闻名于世，被世人称为“尧都陶寺”。远古的时序更替中，先贤帝尧在这一带巡视子民，观测天象，指导农事。《尚书·尧典》记载：“乃命羲和，钦若昊天，历象日月星辰，敬授民时。”太阳一天天升起在崇山之巅，当考古界在沟南以南发现一个个石破天惊的考古遗迹时，沟南人依然不紧不慢、风尚古朴，在袅袅炊烟里遵时劳作，瓜瓞延绵。

一、竹篮·瓦罐

初夏的沟南，麦香混合在干燥的黄土气息里，忽远忽近，一阵风挟着飘过来，又漾起一阵风飘远了。

干热的气候里，夜里落了一场雨，每家的当家人就有些急躁，天还未亮，便身披一件长袖褂子，头戴一顶草帽来到沟沿上。几人相遇，望望天，又相约着下沟查看麦子的长势。

“再有两三个好日头，就能开镰了！”有人忍不住出声道。

他们小小的心愿维系着一家的生计。当金黄的麦子河流一样流进他们的粮仓，他们便会和家人围坐在灰黄的油灯下，唏里呼噜喝粥，安心细数一年的时光。

太阳像他们期待的那样，渐渐升高了。满沟潮湿的泥土味、青草味和将要成熟的麦子味，纷纷升腾起来，向无垠的辽阔里散发着、蔓延着。

终于，村西的老郑家开镰了！就像是一个期盼已久的仪式，拉开了红火热烈的麦收季节。田野里、打麦场、路上遍地是人，收割的、捆麦个子的、拉车的、拾麦穗的、打场的，人欢马叫，热闹忙乱。

一个陡且带拐弯的长坡，直通沟底，两边望去，满沟都是金色的麦浪，风吹过，沙沙作响。西屋奶奶牵一头大黄牛，正往坡下走，这是责任制后几家分得的一头牲口，正好派上了用场。沟里，堂叔装好满满一平车麦个子，铆足劲要往场里拉，看见西屋奶奶牵着牛进地，他乐了。套好车，驾辕的他竟一路哼着小曲，在辕杆上悠起来。

“稳着点，你这愣头青！”猛地，一个炸雷般的声音传来，堂叔便瞬时收敛住。西屋爷爷正铁青着脸，站在路边树荫下。

堂叔是西屋爷爷奶奶最小的儿子，高中毕业，正赶上村里联产承包，家里就希望他成为一个壮劳力。西屋爷爷一辈子嗜“地”如命，希望堂叔也能在十几亩地里下点功夫，流些汗，把日子过得亮堂起来。堂叔却不安分，总想着外面的世界，庄稼活干得有一搭没一搭。前几天，西屋爷爷奶奶张罗着为他娶了邻村的姑娘，希望拴住他那颗游荡的心，好好在沟南待着。西屋奶奶一路叨叨，堂叔娶了亲，还是浪荡样，新婶婶刚过门，还管不住他。看我扬起头在人群里找，西屋奶奶便说新婶婶在家里照看门户，烧水做饭。

麦田里，我们把割倒的麦子抱起来，放在西屋爷爷面前，由他捆成一个个麦个子。此时，西山顶上起了一阵乌云，向沟南上空蔓延。因急着赶活，西屋爷爷下令把沟里这块麦地割完，才回家吃饭，俗称“放大晌”。

日过正午，人困牛乏。一仰头，家家户户的炊烟，在沟上缓缓升起，盘旋在村庄上空。五谷的馨香，便飘散在炊烟里，引得人们肚子咕咕直叫。

西山飘来的云渐渐散了。就在我们两眼冒星、干咽唾沫的当口，两山崖的豁口处，走出一个红衣女子，穿过山崖间瀑布一样的藤蔓，从长长的陡坡款款走来。

清澈的小溪，在崖下欢快地流淌，隔着起伏的麦浪，甚至能嗅到她轻盈的脚步带着青草的气息，身上弥漫着淡淡的体香。两只彩色的蝴蝶，可能是嗅到了她发际间皂角味的清香，追逐着、飞舞着，不离左右。

田里干活的人一时愣住了，“耕者忘其犁，锄者忘其锄”，痴痴望去。这是堂叔刚过门的新婶婶，她左手挎一只竹篮，右手提一个瓦罐，竹篮中的粗布巾里，包裹着暄腾腾的蒸馍，还有扣在碗碟下的两样炒菜，瓦罐里盛满香气扑鼻的小米粥。因急着赶路，她浸得汗涔涔的脸上，透着明亮、清新的光，甚至有些稚气，有些羞涩。

想必她的娘家，也是勤劳人家。她平时闲不住，做一手好家务。此时的她，就像山崖间的一枝山桃花，明媚、美好，在乡土乡风里绽放着庄户人家朴素的娇艳。

多年后，我依然记得那天的情景，我们坐在麦茬地上，呼吸着麦秆的气息，吃着蒸馍炒菜，头顶是瓦蓝瓦蓝的天，新婶婶脸上盈满浅浅甜甜的笑，不时有布谷鸟从身边飞过，鸣叫声传出老远。土亲、人美，火热的劳动场面，丰收在望的憧憬，飘散着泥土馨香的场景氤氲在经年的沟南梦里。

岁月渐渐走远，沟南在春种秋收中走过一个又一个四季轮回，堂叔终究还是走出去了。他在城里拣过破烂、卖过水果、当过小工，吃了许多苦，依然在五彩的街头踯躅寻梦。堂婶则追随堂叔的脚步，在一间逼仄的出租屋内，透过眼花缭乱的都市，守望心中的幸福。

堂叔、堂婶是在一个春末回到沟南的。当他们站在阔别多年的沟沿上，满沟的金色麦浪已不复存在，一条沟的荒芜，就这样横亘在他们面前，触痛他们的内心，同时荒芜的还有梦里的沟南。

村里的年轻人像他们当年那样，一批批涌进城里，村巷里开始人迹寥寥。

晨曦自崇山上晕染开来，又一次洒满沟南，古老的土地，古老的观象台，在阳光下泛着金色的光。明朗的晨光透过观象台的缝隙传递着古老的时令：又是播种的时候了！当堂叔驾着大型农机开往沟里时，村里的老人在他身后唠叨道："西屋这娃不走了，听说把沟里所有的地承包下来了！"

那时，堂叔已在城里组建了自己的工程队，积攒了几辈子沟南人都没见过的财富，也积攒了多年来浓得化不开的沟南情。

堂叔从此吃住在沟里，机械到不了的地方，他便扛着锄头刨地，一条沟在他的手下，又变得松软、活泛起来，散发着泥土的芬芳。堂叔说，要让这条沟重新流淌金色的河流，让几代沟南人的梦想，在这河流里徜徉。

当年明艳光鲜的堂婶，多了一些岁月磨砺的成熟和风韵。一个艳阳春日，她隆重出任"沟南小杂粮厂"厂长，杂粮厂以生产绿色、无污染的"沟南"牌杂粮而叫响。

冷清的沟南，再次热闹起来。

堂叔干活累了，便会躺在沟边的麦秸堆上休息，和堂婶一起看崖下野花绽放，看蓝天上鸟儿欢快地飞过。他们的旁边，是西屋爷爷奶奶的坟地，地上已开满不知名的紫色小花。

堂叔说还是瓦罐里的米汤香，原汁原味。堂婶听了，便翻出了家里的竹篮、瓦罐，堂叔顾不上回家吃饭时，便提着饭食，从长长的坡上款款向堂叔走来。

二、头道面

这是沟南唯一的磨坊，在村中央十字街口，屋顶开着天窗，从天窗飘出的粉尘覆盖在磨坊上，远远望去像覆了一层雪。

麦收还没结束，就有性急的主妇扛着新碾的麦子去磨面，打算为孩子们做一顿久违的白面条，磨坊也迎来了一年中最忙碌的时节。排队等候的人多了，十字街口便热闹起来，难得聚在一起的沟南人，此时有了群聊的平台。从庄稼收成到男婚女嫁，人们聊着聊着，便有西家的女子说给了东家的男孩，或者，几人相约农闲时节去城里看看，到集上粜自家的黄豆芝麻。

每家磨面时，都不忘收一篮“头道面”，招待客人或亲戚间“行礼”。母亲收的头道面，筋道、雪白，我们平时难得一见。我们日常吃的面条馒头，都是一箩到底的普通粉。

亲戚家“过事”，母亲才会把挂得高高的头道面从篮子里取下来，发面、蒸馍，领着我和弟弟去赴宴。

姑姥姥过寿，母亲用头道面蒸的十二个寿桃暄腾、白嫩，很是打眼。姑姥姥知道母亲带着我们过得也不易，回家时，背着母亲悄悄在布兜里为我们留几个寿桃，并装了几大把黄豆，表示亲戚间要像黄豆滚动那样，常来常往。

回家路上，我听见黄豆在花布兜里滚动的声音，偷偷掰一块寿桃放在嘴里，松酥中带着麦子的香甜，比点心还好吃。

正月里，随处可见穿戴簇新的小夫妻，提着礼品，满脸喜气地穿行在街巷里，去亲戚、邻里家“拜新节”。乡里风俗，不吃饭是不合礼数的，往往是这家刚撂下筷子，那家进门就上饭桌。

平时舍不得吃的头道面，此时蒸成枣糕摆上了桌，寓意生活步步登高。新人哪怕是做做样子，也得吃上几口，不然主人会不高兴，以为看不起他。

“破五”那天，天麻麻亮，母亲便差我去请崔家胡同的一对新人。吃了这顿饭，新人便融入乡村素常的生活。待我气喘吁吁跑进人家家门，新人早已有约了。

回来后，我端起母亲用头道面做的臊子面，穿过长长的胡同，去给新人送去。

一路上，碰见好几个送面的邻居，我远远就含笑打招呼道：“哟，你也送面？好早啊。”

新人的婆婆笑呵呵地站在门口迎接邻里，她家的大瓷盆里，已盛了满满一盆“百家饭”，每碗饭虽然调料不同，口味各异，却都盛满了每家最好的头道面条。

开过春，嫁到西庄的姑姑快生第二个孩子了，母亲用头道面蒸了几个肉包子，去给姑姑“催生”。表妹悄悄告诉我，姑姑把肉包子放在篮子里，挂得老高，她踩着板凳偷偷尝了一个，好香啊！我噘起嘴走开了，因为母亲连看都没让我看一眼。

姑姑的孩子过完满月，就要隆重地回娘家“出满月”了，我又可以整天和表妹玩儿了。姑姑回到沟南那天，同族的东花婶子为她做了一碗“展腰面”，碗里漂浮着黄白相间的蛋花和翠绿的葱花，滴着熬熟的棉籽油，远远闻着就香气扑鼻。

沟南老辈人的传统是吃了这碗面，月子婆就可以舒展腰骨，抱着孩子到户外活动了。正是夏末秋初的季节，体态丰腴的姑姑戴着护士帽，抱着孩子坐在庭院里，与前来串门的邻居闲话家常。阳光暖暖地照着，清风徐徐吹来，我和表妹在大人和婴孩间欢笑着穿梭。姑姑起身进屋从花布包袱里摸出几颗红枣、花生和花花绿绿的水果糖，分给我和表妹，剩下的一把塞进了东花婶子的口袋里。

隔壁素珍婶的儿子小强看到我们手里的水果糖，讨好地说：“明天我妈做下棋子豆，我分给你们吃！”棋子豆是乡村孩子最好的美食，平时难得吃到。村里新娶的媳妇从娘家回来，常带一些棋子豆，豆子很小巧，比麦粒大不了多少，据说吃了牙不疼。我们常随在大人的身后，去讨要新媳妇的棋子豆，得到小小的一把，便漾出久久的喜悦。

正值夏收过后，头道面充足，在小强的央求下，隔壁素珍婶有了闲，用鸡蛋、碱面、花椒粉和好一块面，放案板上醒面。小强此时欢实得像一只跑出窝的兔子，不时跑到灶间问一句：“妈，我帮忙做什么呀？”素珍婶嗔怪着点着他的头，笑道：“馋猫，拾柴去，烧火！”素珍婶生着炉火，取出鏊子放在灶上，到屋里做棋子豆去了。小强使出浑身气力可着劲地烧，巷子里老远就听到“呼嗒——呼嗒——”急促的风箱声。

素珍婶正在案板上忙活，忽听灶间“嘭”的一声——小强竟然把鏊子给烧裂了。

第二天小强见到我们，脸一红低头溜走了，我和表妹在他身后哧哧地笑。

有回放学时，同桌奎娃的小姑提半布兜棋子豆在校门口候着。棋子豆在布兜里散发着油香，路过的同学磨蹭着走不动了，眼巴巴围在那里。没料到的是，奎娃小姑竟给每人都抓了大大一把。

这把棋子豆，在童年里开了一扇窗，让我知道了原来不相干的人之间也可以赠予喷香的棋子豆。

傍晚走进沟南，拉风箱的声音从各家各户的小伙房传来，“呼——嗒”“呼——嗒”，各家有各家的节奏，此起彼伏。沟南人节俭，地里的棉花秆、玉米秆从来舍不得扔，拉回来码在院子里，就是半年烧火做饭的柴火。

大人忙着在炉窝里擀面、蒸馍，孩子们便充当拉风箱的伙夫，炉火在风箱的呼嗒声中越燃越旺。一顿饭下来，大人、小孩浑身冒汗，衣服鞋袜上沾满柴火燃烧的草木气息。

笼屉里蒸着红薯、南瓜、二面馍，粗瓷大碗里盛着小米粥或玉米糊糊，沟南人吃着土地给予的最简单的饭食，却用最好的头道面维系着淳朴温暖的乡情。

多年来，总以为风景在远方，和堂叔一样，怀揣着向往一路寻找，一次次离开，又一次次回归。窗外飘着大朵的雪花，我却在满桌的珍馐面前落下泪来。沟南，原是走不出的草木气场。觥筹交错、蒸汽氤氲中，多想坐在沟南的热炕头上，吃一碗母亲用头道面做的热汤面。

亲人已逝，乡情渐远。吃惯了沟南草木做的饭，还有什么，能熬出五谷的真味呢？

三、半坡枣园

出南门也是个陡长的坡，半坡处往右拐，住了一户人家，因院子里长着几棵合抱粗的枣树，沟南人便称之为“半坡枣园”。

枣园里的男人在县城上班，女人在家操持家务。傍晚，沟里干活的人收工回来，常看见男人骑一辆锃亮的“飞鸽”牌自行车，揿着叮叮铃铃的车铃下班回来。

放学路上的孩子们目光追逐着铃声，直到男人下了坡，还愣着回不过神，扛着铣把锄头的大人便拍一下孩子的脑袋，笑道：“傻小子，看得魂儿都没了！”

女人是个利落、能干的主妇，几孔土窑洞的窗户上糊着雪白的麻纸，贴着色彩鲜艳的窗花，院子里的炭池、鸡窝、柴火垛规整得整整齐齐。下地干活的人们从她家门口路过，院子里总是处处透着洁净、清爽。

他们有一个叫军儿的儿子，虎头虎脑，活泼可爱。田里归来的叔叔、婶子摘个野果子、野山杏，便在刺栅栏门边喊道：“军儿，看看这是什么？”小男孩便会颠颠地跑过来。

女人掀起门帘走到院里，盈盈笑着招呼坐下喝水，并顺手摘一把豆角、辣椒递过去。

秋天，和姑姑下地摘棉花路过枣园，红艳的枣子挂满枝头。女人便热心地留住我们，把围裙兜起来，摘一些红枣给我们吃，还和姑姑在栅栏边家长里短聊半天，才依依话别。

傍晚收工时，带着孩子的女人会和下班归来的男人碰见，男孩便张开双臂，朝着男人奔去，边跑边喊“爸——爸——”男人一把抱起儿子，放在自行车的横梁上，这便是沟南最温馨的一面。收工回来的沟南人含笑看着这家人，目光像蘸了春天的阳光，暖暖的、亮亮的。

过年是沟南人最隆重的节日，老老少少都会穿戴一新，在巷子里串门，互相恭贺新禧。沟南的大姑娘、小媳妇早早聚在枣园，比画着谁的衣服漂亮，谁的鞋子俏皮。女人的衣服鞋袜都是男人在县城里买的，最时兴光鲜，惹得姐妹们投向她的目光里满含着羡慕，甚至有些嫉妒。女人的脸上因此洋溢着遮不住的幸福和滋润。

闪过年，地里的农活又开始忙了。沟南是产棉区，整地、作垄、晒种、播种，一道一道的工序，沟南人开始了繁忙的春播。

细心的人们发现，男人回家的次数渐渐少了，傍晚收工的路上，不再听见他揿着叮叮铃铃的车铃飞驰而过的身影。村里风言风语，传言男人和厂里一个漂亮女工好上了，有人看见他们在县城的街头亲密地手挽着手。还有人说，其实在他们厂里，已是公开的秘密，不遮人耳目了。

棉花苗出土后，更闲不住了。女人每天带着儿子下地补苗、追肥、打脚叶、打杈整枝，见到邻居，依然盈盈浅笑着，平静如常。

一个季节过去了。

男人没有回来过。

棉花该采摘了，隔着地垄，有大婶忍不住问："军儿他爸这段忙啥呢？"

女人淡淡一笑："厂里事情多。"

秋风渐起。从沟沿上望下去，枣园被密不透风的枣树笼罩着，浓绿的叶子中间，点缀着玛瑙似的红枣，路过枣园的人一伸手，就可以从篱笆墙外摘几个。

往年这个时候，男人会麻利地爬到枣树上，站在枝杈间用力一摇，枣子便会像红雨点一样，噼里啪啦落满小院。

女人喜欢仰头看男人此时的样子，觉得像将军一样，威风凛凛。帮忙收枣的乡邻把枣子晾晒在芦秆席上，十几个好日头后，枣子便蓄住了养分，变得浑厚绵甜。女人把这些晾晒好的枣子收在西窑的大瓮里，用大石叶盖严实。

爷爷过寿需要蒸寿桃，母亲领我来到枣园要一些枣子，女人掀开瓮盖让随便拿，便忙活别的去了。这枣园、这口瓮，便是沟南全村人的了。

如今，女人抬头看着满树的枣子，轻轻叹口气。她拉着平车缓缓走下坡，来到棉花地里，把结有棉桃的棉花秆一车车运回院里，然后拎下青棉桃，铺在热炕头上，待它们像熟睡的孩子一样，一个个转醒、爆开。

女人拉着棉花秆回来，尚未进门，远远发现几棵枣树已是光秃秃的了。她以为男人回来了，心里一喜，撂下平车直奔院里，却里里外外没发现男人的人影。

直到看见铺满几张芦秆席的枣子，她明白了是乡亲们在帮她。倚在门栏边，女人两行清泪缓缓淌下。

夜晚，女人和儿子吃完晚饭，坐在炕头上剥棉桃。女人心思烦乱，借着煤油灯轻声念叨着：“小老鼠，上灯台，偷油吃，下不来……”女人念着念着，一阵抽泣便抑制不住地低声响起来。儿子忽闪着大眼睛，疑惑地看着妈妈，伸出胖乎乎的小手替妈妈擦去眼泪。

忽听院里车铃叮当，一愣神，男人掀起门帘进来了。

女人欣喜地擦去眼泪。

男人躲闪着女人的目光，终于在这个夜晚摊牌了。他铁了心，要和女人离婚。

尖尖的棉桃，瞬间刺破了女人的手指，冒出了殷红的血。女人吮着流血的手指，轻轻说道：“太晚了，明天说吧！”

这一晚，女人一夜没睡，她的泪水不停地擦，不停地流。听着男人在炕角发出的轻轻鼾声，想到这个最亲最爱的人即将离她而去，她的心都要碎了。

夜里落了初冬第一场雪。

第二天一大早，男人一觉醒来，炉火正旺，窑里暖融融的，女人却不在屋里。

儿子坐在炕头上，津津有味地玩儿着棉桃。男人心里忽然升起一丝惆怅，怔怔地望着窑顶。

从窗户里望去，雪地上有两行脚印通向坡底。男人心头一紧，女人能去哪里呢？该不会是想不开吧！他正要穿衣去找，女人回来了，手里的瓷盆里放了一块白嫩的豆腐。

女人是一大早跑到沟底的七爷家割豆腐去了。七爷长年在沟底的土窑洞里做豆腐，谁家来了亲戚，便从七爷的窑洞里割块豆腐招待。七爷家门前拴着条大黄狗，胆小的女人很少去割豆腐，要么等男人回来去，要么托下地的人捎一块回来。今天，女人却顾不了这些了。她心疼地发现，多日不见，自己的男人瘦多了！

想必这段时间，男人吃不好饭。她的心痛楚着——男人何尝受过这样的委屈啊！什么时候不是进门就端碗，热饭热汤伺候着。

哪怕明天男人就离她远去，今天她也要为自己的男人好好做一碗面。她来不及擦揩头上、睫毛上的雪花，搭上油锅，麻利地把一块面擀开切成小方块，在油锅里炸成“果子”。然后，切肉丁、豆腐丁，炸蒜末、姜末，炒臊子，炝锅，擀细长均匀的面条。一通忙活下来，一大碗热腾腾、香喷喷的臊子面端在了男人面前。

女人轻声说：“吃吧，吃完这碗面，我们再说事。”

男人端起碗，闻到了咸香的猪肉味。他忽然想起，这是他几个月前回家时买的猪肉，女人一定舍不得吃，炒熟了用盐腌在罐头瓶里，放在背阴通风处，等他回家吃。

男人不像往常一样狼吞虎咽，他吃得很慢很慢。看着水汽氤氲中的妻子，男人的一颗心被一点点濡热，泪水也一滴滴流下来。

沟南人发现，男人这天没走。

当晨曦映红窗棂，下地的沟南人看见女人坐在窑前的晨光里，面色平静、安详，正一针一线缝补男人的衣服。

贴着窗花的土窑里，传来男人香甜的鼾声。

四、热闹乡宴

种上麦子，沟南人迎来最清闲的时节。田地里的秋作物收回来码在院子里，一座座小山似的。秋风一阵紧似一阵，吹走了夏日的燥热，空气变得凉爽起来，一早一晚该穿夹袄了。

闲下来的沟南人，开始为儿女操办婚事，常常是一家有事，全村帮忙。

正午时分，放学的孩子们一窝蜂似的涌进一家院里，那就是过事的主家了。这样的乡宴可以持续到第二年春播前。

住在村西的忠子起床时，天还漆黑一片，他点着一袋烟，披件大衣向村东一户人家走去——这户人家今天要嫁姑娘了。穿着纳得密密匝匝的布底鞋，忠子走得沉稳扎实，用他的话说，走在玻璃上面也不会滑倒。

进院门时，这家的灯还黑着，他把院子里的大火炉子捅开，蓄了一晚的火苗瞬时蹿出老高。坐上一大锅水后，忠子进厨房开始清点菜品。待到“当当”的切菜声响起来，主人的屋里才亮起了灯，案板边的几个大铝盆里，已整整齐齐码好刀工精细的菜蔬。

忠子在沟南名头很响，沟南人儿女婚嫁、婴儿满月、老人寿庆等等，都要请他执掌瓢勺，操办酒席。

忠子所烧的菜肴大多是农家菜，两把菜刀、一块切板、一个炒瓢和一柄自制的长勺，便是他的全部家当，使用起来叮当作响。

家道贫寒的人家，只能宴请亲朋“六六”席，六个盘子、六个碗，就算凑合过去；家道殷实的，会预备“八八”或“十全”席，吃席的乡亲两嘴抹油，打着饱嗝不住地夸赞：“今天的席好，真厚实！”

在乡村当酒宴厨师，忠子对菜品了如指掌，有时主家预备“六六”席，他也会变着法儿置办出“八大碗”，自家地里产的红薯、花生在他的妙手炒制下，也可以堂而皇之入席，让主家在乡邻面前有了面子。尽管没有城里酒店餐馆里丰富的佐料，可凭借自己调制的调料和沟南人的口味，忠子照样把乡村土席烹饪得街巷飘香，碗碗见底。

因为他是沟南掌勺的第一把手，沟南人便叫他忠子老大。凭着厚道的品性和精湛的手艺，忠子深得沟南人敬重。无论是二三十桌，还是四五十桌，忠子掌勺从不收取费用。有过意不去的，从代销店里买两包点心，恭敬地送去；家底薄的，办酒席剩下的炸红薯、酥肉包些给他，他也从不计较什么。

有外客来，忠子老大凭借多年的权威，随时叫起酒桌上的邻里，腾出地方让客人上座。

忠子老大第一次在我家掌勺，是在祖父祖母的八十岁寿宴上。那时他还很年轻，系个白围裙，一出手，炒瓢里的菜肴便翻个漂亮的弧形。那是家道日盛的年月，祖孙三代，红红火火。寿宴的头一天，院子里的炉火旺旺地烧着，映红了半边院子，择菜的、剥葱剥蒜的，说说笑笑聚了一院子人。忠子老大俨然成了指挥千军万马的将领，满院子的人在他的调遣下各干其事，井井有条。乡宴的前奏曲，就这样在忠子老大和乡邻的参与下热热闹闹地拉开了。

后来家生变故，亲人先后离世，每次有事，忠子老大都迈着惯有的沉稳步子进院。他一脸凝重地坐在一边，看着哭泣的我和弟弟，拍拍我们的肩膀说："娃，别熬煎，做席的事有伯伯呢！"此后几天，他不分白天黑夜帮忙料理家人的后事。

最后一次送走母亲，我跪在院里的大火炉子前，朝满院的乡亲和掌勺的忠子老大长跪不起，泪如雨下。

忠子老大的权威是被一个年轻后生打破的，后生是住在沟沿上老石家的二小子，唤作石头。石头初中没毕业就在城里的大饭店当跑堂，别看读书不行，却有股子机灵劲儿，眼里看的、耳朵里听的全记在心中，偷着学了一些菜系的做法。村中苏姓人家娶媳妇时，搁着满院子的人，他问忠子老大道：

“你知道什么是炒、爆、熘、炸、烧吗?”忠子一时愣了。沟南土生土长的掌勺人，一辈子做席，哪里会用这些专用名词。

忠子老大凭借一柄长勺树起的饮食权威，从此开始慢慢瓦解。

沟南的年轻人变了，他们亦农亦商，见多识广，思想新潮，很有经济头脑，与祖辈不可同日而语。

石头开始为沟南人执掌瓢勺，他明码标价，做一桌席十元钱。他不仅能做一手好菜，服务意识和商品意识也极强。为了操办酒席，他先后投资数千元，购置了碗筷、铝盆等厨具，足足有六大筐。走到哪里，他就把这些家当带到哪里，形成一条流水线，为自己赚足了钞票。

西北风一吹，满沟的寒气仿佛都被吹起来，飘散在沟南的巷子里。一冬积存的雪水结了厚厚的冰，爱赶时髦的年轻人穿着皮底鞋通过时，双臂微奓，小心翼翼，生怕一不留神，摔个底朝天。

闲下来的忠子老大落寞地坐在十字街口，看赶集的、娶亲嫁女的人来来往往。偶尔，谁家的媳妇抱着娃娃闲逛，他也会逗逗孩子。

农历新年的气息在城市的大街小巷弥漫，倚在窗前，怀想我的沟南。深冬时节，曼舞的雪花飘飞在天地间，河流、草坪、街道，到处都是层层淤积的雪。楼下一条尚未开发的小路，通向南方，旁边两片小树林里，有觅食的麻雀在积雪间飞出飞进，叫声悠远，从树林和雪下的小路上弥漫出湿润的泥土气息，这些都像极了我梦里的沟南。

“来日绮窗前，寒梅著花未？”此时，小路那边，做豆腐的清香一定飘散在沟南的十字街口。上集置办好新衣新裤的孩子们，还会像我们当年一样，扳着指头盼望新年吗？

落雪的日子，我正裹着毛毯蜷在沙发上看书，敲门声响起，堂叔堂婶捎来几箱“沟南牌”小杂粮，起身沏茶，眼里竟有湿润的东西淌出。堂婶还拿出两袋枣子，说是半坡枣园的婶子捎给我的，枣园里长大的军儿，已是村里的村主任，正谋划着在沟南的沟沟梁梁栽满枣树，期盼着让沟南红枣飘香，美丽富裕。

捏一个枣子放进嘴里，浑厚绵甜，有着沟南特有的味道。

遥望沟南，炊烟里有我温暖而辽阔的故园。

年节厨房烟火香

清晨5点多，我便起了床，到厨房里开始炸各种过年的吃食。

首先是麻叶。昨晚临睡前和好面，面粉上放炒熟的芝麻、焙干碾碎的花椒面、咸盐，热油烘在上面，然后温水和面，揉好剂子，放面盆里饧着。

还有黄米面豆沙油糕。前一晚我已把黄米面用温水和好放在瓷盆里，红豆洗净放高压锅，然后上面放箅子，瓷盆里的黄米面放上面一起蒸。煮红豆的水要掌握好，水太少容易干锅，水太多豆沙太稀不好包。

做麻叶很顺利，像擀面条一样擀成大片，再切长方形小块，两个摞起来对折，改刀切五六刀，然后展开从中间掏一下，就做好了。

此刻掀开高压锅，红豆已煮得绵软，调制熟芝麻、核桃、红枣，再撒上红糖，馅料便已拌好。蒸熟的黄米面搓成长条，切小剂子，擀成饺子皮一样的大小，包馅料，放八成热的油在锅里炸，外皮酥脆，馅料有豆沙的软绵，又融合了芝麻、核桃、红枣的各种醇香，看一眼过去，已是美美的香甜！

老妈还发了面，准备炸枣糕以及襄汾老家传统面食麻头。此麻头不同于洪洞的麻托儿，用料和形状完全不是一回事。我们俗称这种食物叫“麻头”，用温水发面，面发好后，擀一张长方形面皮，对折，外边再包一层面皮裹住，整理好后，一条一条切好，中间捏三下，然后下油锅炸。我们老家的这种吃食，无添加剂，很纯正，含有麦子的清香，以及田野的气息，是过年待客的必备主食。

其实，要炸的食材还有很多，酥肉、丸子、带鱼等等，只是时间紧迫，要赶去上班，还要把炸好的这几样寄往上海，让春节未能回家的孩子品尝到家乡的年味。

我忙着一路去饭店购买一次性饭盒，又联系快递小哥小徐，他有些为难地说：“剩两天了，年前可不敢保证寄到孩子手里。”我说：“别说那么多了，快寄吧！早一分钟寄出，孩子就能早一分钟收到！”过了一会儿，小徐打来电话，告知已赶上当天的航班，顺利寄走。我终于长出一口气，一颗母亲的心，仿佛也随着寄走了。

来到办公室，小董也是满身的烟火气。她喜滋滋地说：“姐，我昨晚可是下厨了，炸了各样好吃的！”小董素来是“写”饭高手，各种饭食到她笔下，必是活色生香。只是她亲自下厨，厨艺便要稍逊一筹。每次聚会，小董总是只做洗菜之类的准备工作，之后识趣抽身一旁看景，不再上厨房前沿主战场。这次为了家人，小董估计也是豁出去了。只是过了一会儿，她又悄悄说道：“姐，红薯块炸糊了，都发苦了，趁家人没看见，悄悄扔了了事！”

一片欢乐笑声。

厨房里有细水长流的日子，有烟火里的生活。为家人洗手做羹汤，挽袖下厨房，原来也是一种很沉浸的生活状态。

不得不说，过年真是个好事情，可以督促你停下忙碌的脚步，把家打扫得干净清爽；可以让你静下心来，在厨房里做各种平时懒得做的美食。过年么，总是要有些仪式感。

专注于烟火，便是专注于当下。既往不恋，未来不迎，对岁月怀有热爱和敬畏，热气蒸腾的烟火里，有抚慰身心的人间之爱，一粥一饭，汇成一天天的日月长河。

热爱厨房的人，一定也是个热爱生活的人。

一路烟火缭绕，一路岁月生香。

大雪

小雪封地，大雪封河。

因了这句话，大雪节气，我专程跑到郊外看河。

真的已结了一层冰，看不出薄厚，只看到一条河已是停滞状态，瘦成亮晶晶的一条带子。

阳光很好。前几天还枝叶婆娑的林子里，已是光秃秃一片，树的影子长长投在地上，枝杈嶙峋。有年轻父母带着孩子，沿河看冰。他们一定在告诉孩子，这就是冬天应有的模样。孩子们衣着艳丽，成为河边最耀眼的色彩。

行走冬天，某一刻，忽然落泪。

忙了，累了，万家灯火闪烁。

在离别，在释怀，在珍惜。

又如何?

多年前的冬天，红英说："蒲县的八宝汤，便是冬天最好的美味。"那时炉火正红，和红英、小代坐在一家小酒馆里，吃着水煮鱼，聊着天。红英忽然冒出的一句话，让我们乐不可支，开怀畅笑。我们遂一起商定，红英为二妹，小代为小妹，时时相聚，永不相弃。红英说："等到年老，走不动了，要让女儿去看我们，延续此生情意。”

前几日，小代说：“好久没吃姐姐做的臊子面了！真的好吃，念念不忘。”忽然想起，我已好久没下厨的兴致了。整天忙忙碌碌，也不知自己在干什么。其实我还是喜欢那样的时刻，有朋自冬天来，忙着下厨，一桌菜肴，凉的热的，了然于胸。摆好菜肴上桌，乐颠颠跑来跑去，温酒，拿别致的酒盅，一桌人围坐一起，吃着家常饭，相谈甚欢，迟迟不散。

绿蚁新醅酒，红泥小火炉。

晚来天欲雪，能饮一杯无？

白居易的《问刘十九》，依然穿越千年的岁月，生动了一个又一个冬天。盼望一身风雪之后，依然有“红泥小火炉”暖暖地旺着，炉上一壶开水冒着热气，灶上坐着一锅乱炖，各种食材在锅里“咕嘟咕嘟”炖着，飘来浓郁香味。一群朋友，依然天南海北聊着，无关风月，无关稼穑，只是闲话家常，却是世上最暖心的话语。人散后，一钩新月天如水。

大雪过后，就是冬至了。

冬至阳生春又来。

又到了吃饺子的时节。

往年冬至这一天，舅妈都要包好饺子叫我们去吃；或者蒸一些馒头，坐在单位门前的台阶上等我下班。几日前，舅妈忽然去世，从此渐行渐远，冬天也少了一份关怀。其实在生活里，能这样关心你的又有几人？

亲人已逝，温暖不再。

默立风中，接纳萧瑟与寒风，让冬天里的一切，成为岁月的一道年轮。

想去东西两山里去看各位朋友，如果他们也在想念，此刻一定会“不辞山路远，踏雪也相过”。

行走大雪时节，愿冰层之下，依然清流湲湲。

对酌

乡村四月，麦黄杏红。

行走于夹路桑麻之中，天朗气清，布谷声声。收完麦子后，乡村土路上常会碰到亲友提着新蒸的花馍，相互走动。客至，院子里绿树浓荫之下，置一小方桌，摆几样家常小菜，当然少不了温一壶老酒。男主人下地归来，沐手拂尘，便招呼客人一起落座，劝酒搛菜、闲话家常，其间免不了聊聊收成年景、当下心事、明日筹谋。夏日清风徐来，又一杯酒下去，酒酣耳热之际，男主人忽然来了兴致，差小儿去邀邻家老伯，一起开怀畅饮。

及至小儿拽着老伯胳膊前来，这场酒会越发情浓意浓。随着话题的展开，情感也越发浓酽。一场乡村院落里的普通聚会，因为酒的缘故，将丰收时节的乡邻情谊，演绎得古朴动人。

崇山脚下，炊烟袅袅。村巷里，流淌着新春的喜气，农家院里的麻纸窗，映着火红的窗花。灶上的大锅里，始终沸着一锅高汤，屋子里水汽蒸腾、香味馥郁。有亲戚带着穿戴簇新的孩童，一身寒气进门，女主人便会热情地招呼客人上炕，然后在炕头小方桌上摆好酒菜。酒过三巡，身子在热炕头上暖过来了，心也暖了。

两人对酌山花开，
一杯一杯复一杯。

新春有酒，盎然生趣。

汗水里讨生活，上有老下有小，日子苦焦难熬，一杯酒下肚，便可以化解生活的苦痛，品味出一丝甘甜。亲戚之间，偶有过节，此时相逢一笑，便冰雪消融。平时不说的话，此时借着酒兴一吐块垒，互诉衷肠。“莫笑农家腊酒浑，丰年留客足鸡豚”。亲戚情分，也在对酌中一年年延续、深浓。

红尘紫陌，青春做伴。

外出求学、打拼，落脚在城里立业、成家，生活翻开新的一页。周末，市郊几间校舍洒扫干净，拼凑起课桌，便是几家好友相聚的场所。窗外蓝天白云，青山妩媚。家常的菜品，配上一杯白酒，日子便风生水起，漾起几多微澜。

父母在堂，幼子绕膝，事业可望，生活的画卷，正在眼前徐徐展开。“人生得意须尽欢，莫使金樽空对月”，举起酒杯，为青春、为生活、为未来，今夜不醉不归！

酒，成就一段荡气回肠的青春岁月，结下此生真挚难忘的友谊。“青春都一饷。忍把浮名，换了浅斟低唱。”人生里的酒，酒里的人生，蓄积几多滋味，流淌几多乡愁！

岁月里行走，历经潮起潮落、悲欢离合，回首时，发现始终陪伴在侧、不离不弃的，还是少年时期一路涉水而来的友谊。纵然因酒成殇、忧思难忘，依然在飘着雪花的冬日，会收到一份邀约："晚来天欲雪，能饮一杯无?"

生活无语，对酒当歌。"醉笑陪公三万场。不用诉离殇。"寒夜漫漫，围炉夜话中，学会与命运言和，学会释怀，学会珍惜。

蜀葵开放的季节，河边一家小酒馆里，同事闺蜜相约而聚。一杯茶，几棵树，一条河，几个人，便是浮世清欢，便是绿水长流。及至他们奉上鲜花，摆上蛋糕，才想起此日竟是我的生日。

家乡的朋友，送来龟山脚下的葡萄酒，举起酒杯那一刻，我禁不住热泪长流!

酒里有真情，酒里有岁月，酒中乾坤大。人间真情，依然会在酒中沐如春风，温暖这一路的旅程。

从明天起，做一个幸福的人
喂马，劈柴，周游世界

挽起袖子，下厨做一桌好菜，留住这苍茫岁月的脉脉温情。如果注定，生命中有一场相遇，在山迢水远的地方，我愿意背起行囊，行走天涯，听高山流水，看云卷云舒。

薄暮时分，走进赤水河畔的黔北古镇，空气中飘来一股淡淡的酒香，深吸一口，渐渐沉醉。朋友说，这里历来是酱酒圣地，漫山遍野生长的红缨子糯高粱便是酒香的源头。置身于这座酒香飘逸的古镇，身边弥漫在空气中的微生物种群，集结、飘游，经年不散，仿佛茅台酒的魂魄，守护着这片钟灵毓秀的大地。

一座古镇，蕴积着千年沧桑；一樽美酒，凝聚着日月精华。与友人走在这座千年古镇，穿流而过的赤水河，集灵泉于一身，汇秀水而东下，在酿酒师的点化之下，完成了从一滴水到琼浆玉液的升华。

历代王公贵族、文人墨客、田野草民，无不将喜怒哀乐倾注于杯酒之中。

曹孟德的“对酒当歌，人生几何”，李白的“花间一壶酒，独酌无相亲”，苏轼的“明月几时有，把酒问青天”，韦应物的“我有一瓢酒，可以慰风尘”，李清照的“昨夜雨疏风骤，浓睡不消残酒”，吟咏出生命的千姿百态，酝酿出醇厚而浓烈的酒文化。

古今多少事，都付笑谈中。

经历过太多的悲欢离合、人世沧桑，我终于醒悟，这一路的山高水长，冷暖人生，不就是岁月酿造的一杯酒吗？欢乐、失意、思念、重逢，汇聚成这酒里的百般滋味。与命运狭路相逢，俯仰之间，甘苦自知。

一杯酒，无论里面是苦是甜，是喜是泪，遇上了，便一饮而尽。

罢了。

终会洗净铅华，素心如简，候一场春暖花开。

天地间，果真有一场相遇，会醉了谁的流年?

春风漫过河边，古镇小屋素雅安然，浊酒一杯喜相逢。眉间心上，原有万千牵念。

如海的春光里，两人对酌山花开，一杯一杯复一杯。

庸常小记

从窗口望去，雨雾从河面上升起来，一条长河便裹挟着雾气，腾涌而去。河边通体金黄的芦苇、默然静立的红叶在雨雾中若隐若现，朦胧淡远。

一盏茶的工夫，雨在窗外滴答起来，接着，便是淅沥声、如注的落地声。

阳台外放了两盆春天栽的韭菜，在雨水滋润下碧绿生翠。几天前，爱民送来几斤小米，说是婆家嫂子在翼城山里买的，为我分出一些尝鲜。此刻，灶上一锅小米粥漫溢出浓甜的香味，几本书散落在沙发上，客厅里满是居家烟火的暖意。

阿民在书房静静地书写小楷，我便不去打扰，慵懒地蜷在沙发一角，读汪曾祺的《葡萄月令》：

> 一月，下大雪。
>
> 雪静静地下着。果园一片白。听不到一点声音。
>
> 葡萄睡在铺着白雪的窖里。
>
> 二月里刮春风。
>
> ……

十二个月看下来，读者被带入一种趣味盎然的生活中。我真佩服汪先生的笃定、闲适，在家常的平淡中，写出了妙趣和辽阔。那样的生活中，沉淀着一种静气，吸引你在施肥、打芽、浇水的琐碎中，体味生活里的快乐和诗意。汪先生在《蒲桥集》自序中，提出“把散文写得平淡一点，自然一点，‘家常’一点”的创作主张。他不知道，多年后的一个秋夜，他的文字依然鲜活地葳蕤着，滋润出一片葱茏。

与市作协签约以来，我常常有意无意对以往的写作进行一种思索，如何才能更天然一些，尽去雕饰，呈现本色。如苏轼所言：“大略如行云流水，初无定质，但常行于所当行，常止于不可不止，文理自然，姿态横生。”读沈从文，读汪曾祺，读身边乔忠延、张行健等老师的文章，常常被一种气韵所吸引，被一种冲和平淡的心态所感染——那是一种境界，岁月历练后不疾不徐、姿态横生的境界，令人神往。

前年冬天，和张行健老师等文友去西王村看望青年作家邓学义，并送去他的签约证书。西王村在城市扩张中已成为典型的城中村，我们穿过长长的胡同，走进一个农家院，很惊讶在喧嚣中竟还有如此安静的小院。

他静静地坐在轮椅上，微笑着，和我们一一握手。那时，刚刚知悉他获得了赵树理文学奖，而他，竟是坐在轮椅上，透过小卖部的一扇窗口，了解了外面的世界，获取了写作素材。

那一刻，我眼睛潮湿，心生感动：文学向来这么美好，它滋润你、唤醒你、引领你，让一个年轻人超越了自身的局限，专注、热情、坚韧地跋涉，通过文字涅槃了自己，留下一段传奇。

日子总是庸常的一日三餐，有爱、有暖，有欢乐，也有忧伤，一天天连起来，便汇成了岁月之河。

秋天里与阿民去运城朋友家，那边的大嫂热情地领我们逛夏县县城、大街上的集市，摆满了琳琅满目的农产品。大嫂为我们购买了玫瑰葡萄、山栗子、软柿子等特产，离开时，她又从自家院子里的树上摘了几个大石榴，撩起衣襟裹着一路小跑塞进我们车里。一路上，我便沉浸在这样一份情谊里。

生活中，有多少这样的情谊，值得我们一生珍藏。

秋已深。草地上落满了红的黄的叶子，与阿民走在河边，感受一条河的四季变化。远望大雁飞过的汾河上空，正是“秋色连波，波上寒烟翠”的时节，却没有萧瑟之感。戴着有檐儿帽子的园丁，正拿着耙子，一堆一堆地归拢落叶。不几天，这里便会白雪纷纷，呈现另一个季节的美丽。

恰有朋友相约前来，我们便乐颠颠地回家，剪一把嫩韭，盛两碗米粥，日子便如三月的春水般润泽起来，有了“夜雨剪春韭，新炊间黄粱”的远唐古意。

汪曾祺先生说：“我们有过各种创伤，但是我们今天应该快乐。”

我想用手中的笔，写出生命里的欢乐和伤痛、平淡与辽远。

第五卷

于苦难中修得平常心

无论遇到什么，脚下的路，以及这条路上所有的一切，即是你的人生。走在自己的人生里，沐浴阳光，也承受苦难，起起伏伏中，修一颗平常心，清欢自如。

何如清欢

转眼已是初秋，夏日的暑热一点点消退。夜晚在操场散步，能听到四野秋虫咕哝的声音，与前几日相比，四周散步的人逐渐少了，显出几分清寂。清早起来，晨风里夹杂着几丝清凉。

从繁华的闹市搬到东城来住，一方面是因为想换个环境，寻一处清静之地；更为倾心的，是这里有几家年少时就处在一起的好朋友，相伴着走了这么多年，闲暇时可以喝茶聊天，相约着去公园里散步、赏景。电闪雷鸣的大雨天，会有闺蜜穿过雨雾，拿着伞，前来接我。其情切切，其乐融融。平淡的每一天，都有许多不经意却暖心的瞬间。

日子就这样缓下来，像激流后一个小小的港湾，避风避雨，阳光清朗。我原想着，若能每天与挚友几人清茗一杯，偶有兴致结伴畅游，流连于林中小溪、大好河山，倒也神仙般清雅自在。

一年多前，我正和朋友在操场散步，忽闻这所大学要搬到省城里去，身边的朋友们也纷纷要举家北迁，我当下心中惶惶。围炉夜话，岁月静好，从来抵不过大的变革与动荡，人的力量更是渺小，如草芥一般，风吹到哪里，就飘向哪里。

有好一段时间，心中落落，甚至不敢去想未来。几家朋友一路走来，开心到老是我们共同的心愿。无奈秋水长天，离别在即，共同的聚集家园也将消散于无。“送君南浦，伤如之何”，夜读江淹的《别赋》，更是将离情别绪渲染得几欲落泪。

校园里漫步，秋色渐浓。回首往昔岁月，青涩的青春缔结了一份珍贵的友谊，成为一生的珍藏。岁月里行走，终将明白，个体生命都有自己的人生轨迹，一次次相聚，一场场别离，都是人生路上的常态。朋友一场，真诚相处过就好，不可能是一桌不散的宴席。聚亦欣然，别亦释然，才是成长的人生。

“天之涯，地之角，知交半零落。”生命，就是不断失去的过程，爱人、亲人、朋友，都会在你的生命中渐行渐远，终究还是要回到自己的生活里，去面对，去工作，去过烟火人生，在荒凉中，独自寻找内心的一树繁花。

汪曾祺说：“人总要待在一种什么东西里，沉溺其中。苟有所得，才能证实自己的存在，切实地掂出自己的价值……人总要把自己生命的精华都调动出来，倾力一搏，像干将、莫邪一样，把自己炼进自己的剑里，这，才叫活着。”

把自己炼进自己的剑里！这需要多么决绝的勇气。苦乐年华，都是命运的馈赠，生命力强大的人，会手持彩练，把所有风霜淬炼成当空的绚烂。

生活不能定义。你永远不知道，它会给你什么。阳光、欢笑、失意、感动、希望，这都是生活。

这一刻的河边漫步、风花雪月，转眼已是下一刻的无尽追忆、山长水远。人生的惨烈，猝不及防。

曾经携手登临山顶，一路欣赏最美的风光。不曾想风急雨骤，山河飘摇。拼尽全力后，缱绻此生挚爱。风停雨住，世界一片平静，仿佛一切都没有发生过。霁月清风，却已是“山盟虽在，锦书难托”。

静静地看着天空，宁静清澈。生活的模样，取决于凝视它的目光。

人生，必得要爱着点什么，才能激起自己对生活的热情。草木钟情光阴，四季成就岁月。人终究要历经一场寒霜苦，才能找到与人生和谐相处的方式。

读汪曾祺的散文和小说，你会发现，他有着看似平淡，却充满乐趣的人生故事和态度。他是作家里的美食家，美食家里的生活哲学家，是真正懂得生活，活得有滋味的人。

拂去寥落，烟火里寻人生，生活处处暗香浮动，生动丰盈。秋天到了，与闺蜜远足摘柿子、摘苹果，或者宅在家里做美食。几天过去，一罐黄花碧绿生脆、酸爽可口，姐妹们一起分享，欢语笑声。生活便由许多的琐碎组成，用心对待这些琐碎，庸常中也可凝结诗与远方。

何为“清欢”？

林清玄先生说过：“当一个人可以品味出野菜的清香胜过

了山珍海味，或者一个人在路边的石头里体会到了比钻石更引人的滋味，或者一个人听林间鸟鸣的声音能感觉比提笼遛鸟更感动，或者甚至于体会出静静品一壶乌龙茶比在喧闹的晚宴中更能清洗心灵……这些就是‘清欢’。”

简单些说，就是一个人看淡欲望得失，把生活里的百般滋味，调制成最为清淡的欢愉，就是清欢。

生活的本质是简简单单，欢喜自在。

大自然所给予的，永远是一种辽阔的大美。

春夏秋冬，寒来暑往。无论遇到什么，脚下的路，以及这条路上所有的一切，即是你的人生。你只能走在自己的人生里，沐浴阳光，也承受苦难，起起伏伏中，修一颗平常心。

“既然无处可躲，不如傻乐。既然无处可逃，不如喜悦。既然没有净土，不如静心。既然没有如愿，不如释然。”丰子恺先生的几句话，像一束光，穿过云层，把犄角旮旯都照亮了。纷扰的世事，一点点通透起来。

苦乐年华，清欢几许。

在冷峻人生里，享受最清淡的欢愉，脚踏实地过好每天的日子，是需要一生面对的课题。不言悲喜，不诉沧桑，在孤独的原野，走出别样的风景，是苦难里的一种修为，更是人生的睿智和生活的底气。

雪沫乳花浮午盏，蓼茸蒿笋试春盘。人间有味是清欢。

阳光在，清风在，生活在。

对自然的热爱，是一个人的清欢。

这排合抱粗的法国梧桐，因为东城修路，被砍去枝杈，挪了地方。起初，我担心它们遭了重创，会伤及元气，从此萎靡。每天上下班路过时，总是心心念念盼着它们成活得好，像以往一样春来吐翠，秋去飘零。

盛夏时节，一天天经过它们时，一片葱茏渐起。新抽的枝条上，茂密的叶子相触在空中，像一道绿色的屏障，尽显生命的蓬勃壮美。原来，此心安处，便可扎根泥土，葳蕤连绵。

“楚天千里清秋，水随天去秋无际。”秋阳下，天空高远。走远的人走远了，相逢的人终究会再相逢。最欢喜的是有朋自远方来。洗好车，满心欢喜地去接站，像出席一场盛大的欢宴。及至离开，总是依依难舍。历经许多的山水、许多的风霜，还是会为生活热泪盈眶。

人海茫茫，许多的擦肩而过，从此陌路。而有的相遇，却千山万水一路奔赴，在你的世界驻足停留，成为温暖的存在。

遍历山河，人间值得。

人间有味是清欢。

倚窗望河

我出生的村庄，在汾河沿上。

那是一个古老的四合院，大门上方的横梁上，有砖雕的“耕读传家”四个大字。初夏燥热的风掠过，巷陌里飘满麦子成熟的气息。东厢房里，随着一声啼哭，我降生在一片五谷的馨香中。村旁，河水涨起来了，传来翻滚的涛声和喧哗的人声。腾起的层层水雾，濡湿了滩里的水草和岸边劳作的乡亲，村里的树木、牛羊也笼罩在雾气的滋润中。

东厢房的山墙背后，是两边望不到头的河滩。姗姗学步时，我常踮起脚尖，趴在土炕上的小窗户旁，看河水逶迤而过，水鸟翩翩飞翔。我甚至能望见，爷爷在滩里犁地，叔叔在后边撒肥。远处有甜美的歌声飘来：一条大河波浪宽，风吹稻花香两岸……

暮色四合，爷爷赶着耕牛，叔叔扛着犁耙回家。两边的晚霞，映红了村旁小路和长长的河岸。

二里外，就是姥姥家。

初春的河滩，渐渐活泛起来、朗润起来。我跟随三姨赶着白云似的羊群，在河边悠闲地放牧。

一脚踏进去，便触到了温软湿润的滩地。小草灌足了地气，如婴孩在母亲怀抱舒展腿脚，一使劲拱出地皮，在岸边洇出一片润泽。

跟在三姨身后，看河水清亮地流过草甸。日过正午，我们就势坐在青草茵茵的滩地上，拿出布兜里的咸菜烙饼，倒出瓦罐里的米汤，沐着煦暖的风，享用自带的午餐。趁三姨赶着羊群走远，我悄悄把脚伸进河水里，挽起裤腿向河里走去。沁心的凉意，自脚底漫溢，不觉打了个激灵。上对岸采一把野花，我又涉着河水回来，看三姨的羊群在远处漂移，像一阵风吹着，一会儿飘向那边，一会飘向这边。

一位背着背篓的年轻男子，来到河边割草。他是村里的读书人，孤儿寡母，家境清贫。放假回家，他常来到河滩上割猪草、开荒地，一刻不闲地操持家务。

三姨的羊群，常围绕在年轻人的周围，三姨，也渐渐走近了年轻人。

羊群把三姨和年轻人簇拥在中间。爱情的甜蜜、劳动的快乐，使河滩上呈现出迷人而温馨的色彩。

后来，这位年轻人成为我的三姨夫。他们在河边男耕女织，繁衍生息，过着平静甜美的生活。

又一年隆冬，叔叔一身戎装，奔赴边疆。

走的那天，叔叔胸前佩戴着大红花，英姿勃发。乡亲们敲锣打鼓，前来欢送。我被妈妈抱在怀里，随乡亲们送了一程又一程。在河滩那棵大槐树下，目送着叔叔沿结冰的河流走向远方。此去经年，音讯杳杳。多年后听说，叔叔的部队参与了“两弹一星”的保卫工作，就连奶奶去世，他都未能回来尽孝。

春天的脚步近了又远，来了又去。河水年年流过我的村庄，稻花香里，村里春播秋收、炊烟袅袅，乡亲们过着宁静简朴的生活。河水滋养着一方水土，滋养着勤劳善良的乡亲，日子一年年富庶，村庄一天天亮丽。

沿着河边我走啊走，走过童年，走向憧憬的远方。终于，在一座河滨城市里安家，我开始了忙碌的生活。

然而，这里也有过让人心悸的失落和无奈。闲暇时，与同事相约河边，在草莽之中，寻找着那条母亲般温暖、宽厚的河流，寻找童年和故乡逶迤而来的芳草地。可是，这是怎样一条河啊！枯瘦、浑浊，泛着白色的泡沫，像受尽委屈的小媳妇，失去了往日的光鲜滋润。我们无语站在河边，看河水在昏蒙蒙的天空下，缓缓流向远方。

终于有一天，几十台大型机械开进了河滩，开始了临汾市汾河城区段生态环境综合治理修复与保护工程。记得那年冬天，天寒地冻，滴水成冰，河滩里却一片热火朝天。这项北起屯里大桥，南至尧庙的浩大工程，将会修复母亲河身上的创伤，使她更加雍容、宽阔、浩荡，呈现给两岸人民一川绿水，两岸锦绣的美好画卷。

无数个晨曦，这里鸟语花香、绿草成茵、河水悠悠、风筝飘飞。晨练的人们沿着河边的小路，跑步、打拳，舒展筋骨。多年未见的朋友，某一天会在河边相遇，闲话家常往事，笑谈风景独好。一片欢声笑语，自儿童沙滩传来。天真的孩童在这里玩耍、嬉戏，开发了智力，留住了童年的欢乐。

夏夜，这里更成了人们休闲纳凉的好去处。三三两两的朋友，结伴在河边漫步，凉风习习、水汽氤氲，不一会儿，燥热的心便安静下来，清清爽爽。远处，七孔桥、彩虹桥灯光闪烁，美景如画。满河的星星闪呀闪，疑是银河落九天。

又是一年秋深，山明水秀，荷花玉立，芦苇摇曳着季节的美丽。与朋友徜徉于滨河西路，如穿越时空，来到《诗经》中水草肥美、诗意融融的美丽河岸。萱楼、画舫、七孔桥、三友园、尧井园、棋阁、祥云湖等景点，仿明清建筑风格，既有中国古典山水园林特色，又贯穿着尧文化主线，厚重、典雅、意蕴深远。泛舟河上，波光潋滟，高楼倒映，风光旖旎。

犹记正月里，千家万户传递着欢乐祥和的气氛，与家人在自家阳台上，看霓虹闪烁，河水泛波，璀璨的烟花绽放在空中，一派盛世美景。

岁月密密麻麻的经纬里交结着一个又一个故事，这些故事里，有赤橙黄绿、甜酸苦辣，蕴含着一代又一代人的梦想、奋斗和追求。“人生代代无穷已，江月年年只相似。”一年一年的岁月老去，一茬一茬的人走远，而河水，依然清澈，悠然地流淌，承载着对生活的憧憬，从古到今，川流不息。

登上萱楼，倚窗而望，山河万里，无限壮丽。

山居小记

大暑天气，白天晚上都酷热难耐。我又不爱开空调，半夜睡醒，头发汗津津的，像洗过一样。

傍晚，爱英嫂子约我出去遛圈。家门口一条新修的马路旁，有绿树成荫的公园，茂林修竹，小路蜿蜒。一圈走下来，还是汗流不止。嫂子说："和我去山里住几天，凉快些，你也能休养几天。"嫂子一直很体谅我，她并不说过多的话，却于生活的点滴中，给我以关爱和照顾。

这天清晨，二娃开着私家车过来，接我向山里驶去。进了山，暑热便一点点退下去，整个人也感觉清爽了许多。

山里弯道多，车子却行进得很自如。我们来到一个叫崔家坡的村庄，提前几天回来的嫂子已在这里等我。这是嫂子的二姐家，院子门口有高大的核桃树和榆树，洒下一片浓荫。院子里有六孔窑洞，青石砌的底座，上面用青砖箍成，看上去有些年头了。二姐一家人热情迎接了我。二姐的儿子、儿媳平时在外工作，二姐与姐夫住在临汾城里照顾孙子上学。这一段儿，孩子们都放假了，一家人便回到老家团聚在一起。

二姐的儿媳丽红是个教师，她去年生了一个小男孩，现在一岁两个多月，胖乎乎的，活泼、欢实，很讨人喜欢。丽红虽然带着孩子，一有空闲，她便洗衣、做饭，很是利落、干脆，把家务做得井井有条。

嫂子住在最东面一孔窑洞，走进去，凉飕飕的，很惬意。土炕上铺着平展展的炕单，放着叠得整整齐齐的被褥。嫂子说，被褥是丽红才洗过的，很干净。

我和嫂子便住在东面这孔窑洞里。

这晚睡得真好，一觉醒来，天已蒙蒙亮，山沟里传来公鸡的打鸣声。嫂子说，我一晚上都睡得很香甜。我知道，自己已许久没有睡过这么好的觉了。

每天早上，勤劳的二姐早早起来做好了早饭，有黄灿灿的煮玉米、豆角炒谷垒、糖包等，米汤是用山里的山泉水熬的，清甜无比。院子里种的西红柿、西葫芦、辣椒、黄瓜等蔬菜，摘下来现炒现吃，新鲜脆嫩。

每顿饭都是一家人围坐在饭桌旁，吃着香甜的饭菜，聊着家常，其乐融融。

嫂子的侄女小女住在邻村，听说我来了，就与她的嫂子彩芳烙好了包着核桃、红糖的糖饼，开车送过来。她遗憾地说，要去城里参加村干部培训，不能好好陪我们，要不，好好给我们做地道的家乡饭。彩芳的小女儿今年刚考上中山大学，多年来，她也一直陪读，照顾孩子，这几天，可以好好地回到家乡歇歇了。她提来半袋子核桃，说："今年核桃受了春寒，许多村庄都没有核桃，这是在南村特意找的。"

午睡起来，二姐拿刀剥出一大碗桃仁，真是香甜可口。

二姐的孙女懂事、可爱，有什么好吃的，懂得和别的小朋友分享，一有闲暇，便去照顾小弟弟，有着家族善良、厚道的品性，很讨人喜欢。

二姐的院子里种着指甲草，夜晚，我们便找来白矾，和指甲草捣碎了，用桑叶绑在指甲上。第二天，大家都一起比一比，看谁的指甲染得更红。

崔家坡像梯田一样，一层一层叠上去，一个山洼上便修几排房屋，住着几户人家。傍晚，几个大妈坐在沟沿儿，乘凉、聊家常。她们说，还是咱山里好，一层一层的，风多，凉快！只是村里的年轻人，一个个都出外打工了，村庄里，更多的只是老人和孩子。

嫂子从小在这个村庄长大，干过农活，熟悉这里的每道山梁与河沟。每天早上或傍晚，她和二姐、小孙女会同我一起在山里转悠。置身于青山翠峰中，遥望连绵的远山上薄如轻纱的雾岚，真有心旷神怡、飘然欲仙之感。我也顿时领悟："只有攀登至高处，才能只见风景不见沟壑。"

嫂子从小过继给姨母，姨母膝下就她一个女儿，她后来出去读书、工作，留在家中的姨母便由二姐一家照顾。嫂子说："前几年，多亏了二姐、姐夫。"

与嫂子在村里走，每个人都亲热地与她打招呼，看得出，嫂子与这里的乡亲们感情深厚，这个村庄，也是一个民风淳朴的地方。

前几年，我们夫妻与兄长、嫂子曾一起同游云丘山和乾坤湾，闲暇时，我们一起切磋书艺、谈天论道，结下了真挚的友谊。如今，世事变迁，物是人非，兄长、嫂子却依然关心着我，在岁月里延续着我们的友谊，每念于此，感怀落泪，潸然不止。

其实快乐，非常简单。在青山绿水中流连，在美好的人性中陶冶，吃最天然的饭菜，处最朴实善良的朋友，如此足矣。

回城后，我给嫂子发去微信：“我会好好上班，好好生活。”嫂子回应：“你好好上班我就放心了，明年咱们还一起去山里住。”

芦芽青，芦花白

春分过后，气温一天天回暖。

“春，曙为最。”清少纳言说，春天，以黎明时分的景色最美。此时，漫步滨河东路，阳光从摇曳的柳枝间照过来，绿草茵茵，河水粼粼，大地澄澈。青青芦芽从河水中冒出来，翠绿、鲜活、水灵，远远望去，给人一种生命初始的喜悦。

一湾河水，被这刚露头的绿芽点缀着，蔓延远方，春意盈盈。

沉醉于曙色中，看着满眼的草木在经过了一个寒冬后，又唤起新一轮春色。

感觉和这春光下的一草一木彼此吐纳，心息相通。无论是思想还是精神，在阳光下变得通透而明朗。

倚河而居，与这条河便有了千丝万缕的联系。一年四季，这里成了与家人、好友闲暇休憩的好去处。

隔些时日，几位要好的姊妹同事，总要相约来这里相聚、畅谈。坐在芦苇边的木凳上，人生种种，万般滋味，此时都涌上心头。伤心动情处，同洒一掬热泪；高兴时，共享一份喜悦。直至夕阳西下，暮色四合、远山苍茫，仍意犹未尽，依依忘归。七孔桥霓虹闪烁，倒映河中，幻如仙境。河水腾起一层水雾，缓缓流走了郁结的心事、琐碎的生活。小路上，晚归的我们舒展心灵，携手而歌。

有这样一些时刻，庸常的日子便有了期盼，多了色彩。

不经意间，青青芦芽已伸出水面一尺多高，此时的芦芽，该叫芦苇了。它们节节生长，渐成气候，不几天便是一片葱茏。清早来这里散步，每片稚嫩的新叶上都挂着晶莹的露珠，闪烁出七彩光芒。那真是芦苇的素年锦时。蓬勃、翠绿、向上，所有的一切，都是生命的最美呈现。

穿行在这样的风景里，看芦苇一天天长高，婷婷立在水中。不时有水鸟从浓密的芦苇荡中飞出，发出悦耳的鸣叫。独坐河边，听沙沙风声穿过，让心灵与芦苇对话，以平静冲和的心态与大自然融为一体。

年轻真好！可以有许多的思想与抱负，有许多的激情挥洒，有许多的开始。邂逅一个人，彼此欣赏，互相吸引，相爱，牵手走过长长的一生。结缘多样的友谊，在岁月里沉淀成金。

素常的几位好友，一朝牵手，终生相伴，有一诺千金的庄重。一如这青青芦苇，横走的根状茎，彼此相连，纵横蔓延，保土固堤，在季节里长成绮丽的风景。

“芦荻花多触处飞，独凭虚槛雨微微。”转眼已是秋天。星期天的午后，细雨如丝，姐妹们打来电话，邀我共赏芦花的美丽。“蒹葭苍苍，白露为霜。”瑟瑟秋风里，通体金黄的芦苇头顶，绽放出一簇簇雪白素净的芦花，毛茸、蓬松，顺从着风力，齐刷刷向一个方向俯去，呈现出令人震惊的秋之美。

沐浴在秋阳中，在芦花飘飞中回忆芦苇走过的一生，充满对生命与自然的敬畏之情。童蒙的单纯、青春的激情，五味杂陈的人生烙印，所有的一切，从青春的凝睇中挣脱出来，留下的，是醇厚的生命蕴藉、深沉的相知和默契。

法国思想家帕斯卡尔说过："人是一根会思想的芦苇。"思想，使人可以超越自己。人是孱弱的，但人又是坚强的，以柔软的韧性，适应每一处安心的地方。

芦芽青，芦花白，岁月的光影在窗前缓慢地移走。伫立河边，看芦花似雪、如云，以飘飞的姿势告诉我：又一个季节过去了，又一年过去了！

时光如水，一个人，无论处于哪个季节，无论在怎样的际遇中，都要展现生命的美丽，都不能失去热爱生活的力量。

让一颗盛满春光、快乐和爱的心灵，随芦苇飞向天涯海角。

暖巷

这个巷子原先于我是陌生的，从未听过名字，更别说涉足这里了。大约十年前，好友君搬进巷子里的一个小区，从此我便与这里熟络起来。

巷子很窄，旁边摆满了卖东西的摊位，针头线脑、棉袜拖鞋，都是些日常生活的小物件，还有炸麻花、打饼子的摊位，让满巷子飘着香味。走在熙熙攘攘的人群里，像乡镇里的集市。

从巷子里走出来，身上就会沾满拂不去的烟火味。

即使这样，我还是渐渐喜欢上了这里。冬天下班后，天已全黑下来。北方的冬天，冷气袭人，有时还飘着雪花。缩着脖子抬头看看路灯，能看到雪花急匆匆飘洒的身影，落在头上、衣服上，凉飕飕的。

在大学图书馆上班的君这个时段若恰好待在家里，她便会熬一锅热腾腾的米粥，邀我们一起共进晚餐。

踩着一地积雪，走在橘色灯光的巷子里，想着有人熬一锅热粥等着我们，心是暖的，巷子也是暖的。

春天的时候，回家的巷子里有菜农拉来一车车春菜，碧绿生鲜。穿行其中，身边弥漫着田野里泥土与暖阳的芳香。每每从这里走过，便感到生活的清新、踏实、温暖。

因外祖母家就在城郊一带，常有某个拉着春菜的中年人会用乡音叫一声我的乳名，抬头一看，定是外祖母家门儿边上的。我欢欢喜喜地叫一声舅舅，问问外祖父、外祖母可好？只是几年后，话到嘴边，却生生咽了回去。外祖父与外祖母，已永远躺在那片河边的土地上。原先有着温暖乡情的巷子，从此多了一份人生的萧瑟。

生活依然在巷子里来回，烟火人生，匆忙脚步，总想在日子里觅出点暖意。

一场春雨过后，两旁的垂柳冒出了嫩芽，不知名的花儿也在稀疏的花池里开放。朋友小聚，咏起陆游的《临安春雨初霁》，“小楼一夜听春雨，深巷明朝卖杏花”。清丽的诗句，从南宋一路氤氲而来，润湿了春天的小巷，那一声清脆悠扬的叫卖，也穿越千年，明艳了整个季节。

由此感到，生活在巷子里，真是诗意的栖居。

儿子说，去一个城市，只有住在巷子里，才能感受到城市的文化与内韵。

今年秋天，儿子出国留学，我与丈夫去成都送他。成都的宽窄巷子久负盛名，从最先的八旗清军，到后来的满族后裔，再到融居于此的成都人，这里有清末民初风格的四合院落，也有兼具艺术与文化底蕴的花园洋楼等建筑群落，在历史的烟雨中细细密密地述说着巷子的旧事和如今。

一家人在巷子里闲逛，高大的儿子紧紧拉着我的手，在四合院里品盖碗茶，吃正宗的川菜，体验老成都的慢生活，感受当地的风土人情和民俗场景。

远行的不舍，离别的伤感，渐渐消融在巷子缓慢的下午时光里。

由此想到，一个毫不相干的巷子，即使再简朴、再偏远，因为有了相亲相爱的人儿，或者因为某种因缘，便会在你心里洇出一片暖来。就像我想起宽窄巷子，便想起一家人坐在四合院里喝茶聊天的温馨时光。

千里之外的巷子，也因此有了温度，变得暖意融融。

秋儿

写下这个名字，眼前一片斑斓秋色。我和秋儿，走在山明水净的秋天里。

九月的东城，合抱粗的法桐洒下一地浓荫，在新生入学的人群中，秋儿顾盼左右，活泼开朗，像浮出水面的水鸟，叫声婉转，个性舒展而张扬。

刚刚留校的邓老师，很快被这个无拘无束、率性天真的女孩子所吸引，开始了浪漫的追求之旅。因我的先生和邓老师同一年毕业留校，是极好的朋友，因此和秋儿渐渐相熟。

那时我和秋儿，其实是两个个性完全不同的人，我静安一隅，秋儿则喜欢畅游于辽阔天地。但是，我们却有着相似的成长经历。当我随教书的母亲在崇山脚下的小学就读时，她正沐着汾河岸边的风，在另一所小学里自由欢快地成长。

她的母亲也是教师，后来又成为一校之长，儒雅谦和的父亲在平阳城一所中师教书。自幼浸染书香的秋儿，无忧无虑，天性流露，浑身散发着泼辣无羁的气息。

因为生长在教师之家，又同在校园长大，我们都有一些小小的优越感，不自觉地怀有一份小资情调——爱穿漂亮的花裙子，口袋里装着小零食散步、逛街等等。在傍晚的微风里，我们一起吟诵舒婷的《致橡树》：“我如果爱你——绝不像攀援的凌霄花，借你的高枝炫耀自己……我必须是你近旁的一株木棉，作为树的形象和你站在一起……”

那时我看秋儿，双眸粲粲如星。我们希望像诗里那样，遇到一个人——“根，紧握在地下；叶，相触在云里，每一阵风过，我们都互相致意，但没有人，听懂我们的言语。”

有时我逗她“山有木兮木有枝，心悦君兮君不知”。其实她怎能不知呢？只是她和邓老师的爱情之路，也是波澜起伏，道阻且长。秋儿一副娇小姐的脾气，她的乖张个性，着实令邓老师吃了不少苦头。但爱情就是这样，爱一个人，她所有的一切，都被接受和宠爱。她的一切，都是心头的欢喜。

“陌上人如玉，公子世无双。”庆幸的是，怀揣美好憧憬的我们，所遇皆良人。人群中的惊鸿一瞥，从此秋儿走进一个人的心里。在云飞雪落的日子里，我们一起在雪中追逐嬉闹，被包容、被呵护，欢笑着，走过温暖的岁月。

秋儿毕业后，分在城乡接合部的中学教书，这显然不如她所愿。她当时志存高远，向往着外边的世界。但为了爱情，她选择了留下，从此以乡村教师自诩。

“青青子衿，悠悠我心。”身为教师的秋儿，有一种鲜活的、全新的教育理念。因为她供职学校的学生多为农村孩子，她更多地关注他们人格的健全与发展，关注学生们成长为自立于社会的人。与秋儿在街边散步，或在菜市场采购，都可以碰到她的学生，亲热而尊敬地和她打招呼。

几年以后，她看到遍布各行各业的学生们，勤奋从业、努力生活，她觉得这也是教育的意义所在。

优秀的人，无论在哪里，都有一种积极向上的品质，都会闪烁独有的光彩。秋儿看似漫不经心的性格里，对自己的人生却经营得有章有节，风生水起。短短几年时间里，她不但收获了美满家庭，育有一个可爱女儿，硕士研究生毕业后，还顺利评上了中学高级教师，人称“三不误”。她以自己的不懈努力，活成了人人羡慕的模样。

日日深杯酒满，朝朝小圃花开。
自歌自舞自开怀，且喜无拘无碍。

生命中最美好的时光，在日升月移中悄然逝去。我们终归要面对人生中的霜飞雪落，山河万里。

那几年时间，曾经岁月静好的我们，突然要面对残酷的离别。一次又一次，送别挚友，送别生命中最重要的人。

人生的无可奈何见多了，我们明白真实的生活是不可能轻快的。那些遮蔽日月，天地无光的日子，秋儿，一直和我不离不弃。

有笑有泪，有阴晴，人来人往，只是日常。面对无常的时候，秋儿一直带我寻找一种力量，走出命运搅散的棋局，走向更开阔的人生，做自身历史的创造者。

我终于明白，生活中有很多不能克服的困难，但人不能长久去凝视那些无望，人所要做的，无非是不要把个人的痛苦放得太大，不要把自己看得太重。

已识乾坤大，犹怜草木青。

于是，秋儿和我，还有几个好朋友走向山水自然，走向广阔的世界。在神农架的原始森林，在黄河岸边的小路上，在三门峡水库开闸放水的惊涛骇浪中，我们感悟自然的浩渺，发现自己的渺小。在旅行途中，了解各种各样的人生，知道了各种各样的活法。我明白了只要有一颗健康通透的心灵，即使山野人家，也有着简单纯粹的快乐。

又到周末。一池湖水，映着湖边的杨树林，以及远处的楼群和太阳。我与秋儿坐在路边的长椅上，任湖水漾起微波，一群寒鸭，嘎嘎叫着摇摆上岸，追逐着自己的光影。

沐浴在阳光里，几朵菊花，在寒冷里绽放着娇艳的美丽。此时，静静坐着，不说话，亦是一份美好。

为寻觅一片麦田，一畦翠竹，抑或践行一份约定，一餐美食，我们曾长途跋涉，不辞辛劳，来到一个小县城里，如水珠融入大海，静静走在街上，体味别样的风情、别样的生活、别样的魅力。

秋儿告诉我，一切美丽的东西都会消失，但也正是因为世事无常，美才格外动人、格外珍贵。字字句句，都是挚友才有的懂得。

顾城有诗：

命运不是风，
来回吹，
命运是大地，
走到哪你都在命运中。

在命运里，我们终将醒悟：不能定义生活，更不知命运会给我们什么。我们能做的，就是把握当下，做好自己。

冬天，树木凋落，站在我家的阳台上，穿过疏朗的枝杈，能看见秋儿在自家厨房里忙碌的身影。

想起当年那个十指不沾阳春水的女子，也如此“落入尘网中”，我不觉莞尔。

生活面前，我们都在成长。生活会改变一个人。有时我认真地对她说：“真没想到，这么多年来，生活会把你变得这么好，会把我们变成最好的朋友。”她听后一脸的桀骜与不屑，斜我一眼，脱口而出：“切！”

我乐了。

生活如海，爱为舟。此岸的我们，泛一叶小舟，渡人亦渡己，驶向辽阔的彼岸。

随着时光的流逝，我们越来越珍惜留在生命里的朋友。因孩子在不同的城市就业，我和秋儿，也各将奔赴不同的远方。

但我们在彼此的生命里，温暖地存在过，也必将一直温暖着我们此后的人生。

对望

许多年里，一抬头就能望见对面的大山。或是冬天背阴处积存的白雪，被一层沙尘覆盖，呈现出幽冷的灰色；或是春夏时节的满山苍翠，望一眼，像一个巨大的绿色藤篮。上弦月升起来的时候，弯弯的月牙儿，如一柄轻巧、唯美的手把，有谁一使劲，便可以把一篮子浓绿提起来带走。山顶有一座塔，当地人因此叫它“塔儿山”。不知何年塔身毁坏了半截儿，晴好的日子里，像个铅笔头杵在山尖。后有襄汾县乡贤集资修缮宝塔，遂重现巍峨。驰名中外的陶寺“观象台”，便坐落在塔儿山脚下。延绵起伏的山峦，呈半合围状，有懂风水的人说，这山像一个圈椅，巍巍罩着这方山水。

一、书香魂

山下的一马平川，有“伯道故里”之称。夏夜里，听着老人们讲述晋人邓伯道“桑园寄子”的故事，远古里传来的道德风尚，被心里的某个角落承接住，日月里浸润，日常中沉思，终于在某一天，润物有形，化为精神的引领，探寻不止。

小学位于赤邓村西，几位公派老师一起在这所小学教书。村民打听到郑家胡同里的郑妈做饭做得好，便辟出一间校舍，请她来为老师们烹制一日三餐，并请她老公打理校园里的一片菜园。

在这里教书的母亲，从此带着我和弟弟上灶吃饭，并和郑妈成了很好的朋友。母亲下课后，总在灶间帮郑妈择菜、揉面，有说不完的家长里短。郑妈怜惜母亲带两个孩子艰辛，也或许是对教书人的敬重，我们的生活里总闪现着她的关照。

春末，小学灶上青黄不接，除了储存一冬的萝卜白菜，还有南墙根的半缸酸菜。

最后一节课，灶间飘逸出各种菜蔬的味道，丝丝缕缕，拨弄着味觉神经。时日长了，我能透过这些味道，揣度出灶间郑妈做的什么饭菜。酸菜豆腐干面，一股酸酸香香的特殊气味；炒萝卜丝，夹杂着萝卜的香辣和清甜。尽管郑妈巧手细作，但日复一日的重复，让我对这些土菜也生出腻歪，没了胃口。

郑妈为调剂生活，发一些绿豆芽，煮面条时撒一把，或在窗台上栽一盆大蒜，绿油油的蒜苗剪几根，碗里便有了不一样的色彩。

这样的时日久了，也会厌倦。春末夏初，随着天气的变热，我对饭菜越发没了兴致。用郑妈的话说，叫“不昵春天”。她对母亲说，有个土方子，很灵验，可以调理一下。朗朗春阳下，她把挂在屋檐下风干的红辣椒摘下来，擦去浮尘，一个个剪开，剥出里面的籽，放进铁锅里用文火慢慢焙干，捣成面儿。然后起锅烧油，放几粒花椒进去，待炸出花椒的香味，在辣椒籽面儿上一转手泼下去，瞬间，一股香辣沁入心脾。炒好后将此拌在饭里，或蘸着馍吃，几口下去我就胃口大开。母亲望着我，啧啧称奇。

母亲的娘家是一个书香世家，祖上几代都是读书人。到了姥爷这一代，姥爷和排行老四的四姥爷都是经纶满腹，文采出众，弟兄俩都在外边做事。四姥爷精明强悍，参加了“牺盟会”，走上了抗日道路。姥爷文弱，做了侯村的教书先生，从中华人民共和国成立前到离休，倾其一生心血，在侯村教了三代人。许多年里，姥爷生日或过年、夏收，母亲带我们去姥姥家，总能见到侯村来的人，或是伛偻着身子，老态呈现；或是青春年少，神采俊逸，都是毕恭毕敬来看望他们的老师。因为姥爷，我们对侯村有了一种天然的亲切感。

母亲自师范学校毕业后，也辗转在这一带教书。家族的基因，使母亲自带一种淡淡的书香气。她也像姥爷一样，一生沉潜乡村，不曾离开。

早读过后上两节课，就到了吃早饭的时间。遇到郑妈蒸馍，她便会拿一个木橛子，橛在前排教室的光影里，影子约摸走一尺长，馍就熟了。有时候放了学，灶上的笼屉里突突冒着蒸汽，郑妈就让我拉着弟弟拿一截绳子，去量木橛子和影子之间的长度。我们兴冲冲地拿着绳子跑回来，说已经有一尺长了，郑妈就会笑眯眯地卸笼，二面馍的香味便会飘出来。

在灶房前的院子里摆一小桌，几位老师便围坐在一起吃饭，顺口说着教学趣事。此时，邮政的摩托声会很准时地在墙外响起。一个操着北京口音的邮政员，从摩托车上卸下报刊、信件，还有母亲为我们订的《少年文艺》杂志。这些书报、杂志会在班里传阅，许多个脑袋挤在一起，瞭望着外边的世界。

邮政员骑着摩托，消失在路的尽头。半袋烟的工夫，看到对面的山腰里冒出一股白烟，呈“之”字状盘旋，我便想象着摩托在山里穿行，邮递员送书送报的情景。

小学校罩在这片山的半围中，上课、下课、出操，我们一抬头便能看见山上的宝塔，以及山间飘带一样绵延的小路。山给了我们向往，也遮挡着我们的视线。摩托车突突的声音，以及送来的书报，在我们单调的生活里注入一股温热，照进一束光亮。由此我知道了山的那一边，还有一个更加新奇的世界。

夜幕降临的时候，校园里的排排教室都亮着灯，我们叫“上夜书”。及至散了“夜书”，同学们都回家了，母亲和老师们尚在罩子灯下，批改着厚厚一摞作业。我和弟弟睡着了，又醒来，母亲还在灯下，厚厚的一摞作业本，已下去一半。

点点灯火、读书声、喧闹声，使整个村庄如一株饱满、沉实的麦子，由内而外沸腾起来、芬芳起来，在田野的风里活泛着、摇曳着。姥爷、母亲以及他们的同事，已和乡村融为一体。从此，田野里不仅有春风夏雨，禾苗青青，更渗进了脉脉书魂。

树叶绿了又黄，田野里的庄稼一茬茬地长。浸润着书香的伙伴们，走在山长水阔的远方，经历着生命中的良辰美景，赏心乐事。

回首经年。

曾经的村庄尚在，村庄里长大的所有的孩子，却不再拥有自己的校园，学生们都被合并到了乡镇的九年一贯制学校。

曾经的书香亦在，跟随一代人的足迹，走南闯北，锦绣年华。

二、团聚年

放寒假了。

母亲打开西厢房的门，一股凉气便从光线暗淡的屋子里冲泄出来。母亲上炕，把贴着方格窗的吊窗拉起来，她踮起脚，将吊窗上的弯钩挂在天花板上。

屋子里亮堂起来。麻纸窗中间一方小小的玻璃，顷刻映出了院子里的枣树、桃树和枝杈间的楼门以及山顶隐约的崇山宝塔。

所有的日子，在高高的宝塔下，像河一样流淌。

吊窗是崇山一带旧式房屋的物件，是窗户里的又一层窗户。平时屋子里不住人，吊窗放下来，屋子里黑黢黢的。主人回来，便吊起来，用来采光，以及防盗。

母亲先是卷起袖子，收拾打扫屋子。奶奶坐在炕头，用昏花的老眼，注视着窗前移动的日头，以及偶尔飞过的叽叽喳喳的麻雀。房檐下，爷爷和村里几个老人家围在小桌旁下象棋，听不见他们说话，但过了好半天，忽就听棋子“啪”的一声落地。

我端一盆水，紧随母亲后面，一格一格，擦方格窗上的尘土。

母亲即使下了讲台，也自带一份威严，在她跟前做事情，总要格外用心，不得马虎。胡同里的丽儿、凤儿等小伙伴，听到我回来，挤挤搡搡躲在大门口，看看母亲，看看我，不时朝我挤挤眼睛，轻唤几声。我擦着窗户，有一眼没一眼看着母亲，心早就飞了。想着和她们在胡同里跳绳、砸沙包，或者什么也不做，再或者口袋里装一把炒黄豆或晒得齁甜的柿子皮，一家一家闲逛，是多么的欢快自由。

母亲一个人，忙完学校的事，回到村里还是忙里忙外，她头顶的毛巾下露出一缕头发，一滴一滴汗水顺着发梢淌下来，在脸颊上流淌。我心里忽然一动，窥见了母亲的辛苦，不落忍，扭过头继续擦着窗户。往往需要一上午，才能把家里家外清扫干净。

唯有弟弟好玩，举着一个风车，跑出跑进，风车在手里呼呼转。

此时，在遥远的南方，父亲带着大我五岁的姐姐，也在做着返乡的准备。他们大包小包准备着年货，即将踏上归途。一家人将在家乡的庭院里，共同迎接新年。

母亲带着我细致地除尘，是准备新年的仪式，也是为了迎接他们的归来。

母亲忙一会儿，便去做中午饭。干了一上午活儿，我发现自己也已是饥肠辘辘。不一会儿，院子里飘满了爆葱花的香味。母亲的葱炒面，是我久吃不厌的最爱。几颗鸡蛋、两苗葱，再添一把白菜叶，便能把一碗面条，炒得满院爆香。炝葱花的味道，可以从十字街口，飘到几条巷子里去。

吃了母亲的葱炒面，浑身又有使不完的劲儿。扯去窗户上遮挡了一年风尘的旧麻纸，用面粉烧糨糊，换上雪白、绵韧的新麻纸，又选几对窗花贴上，家常的喜气就这样洋溢起来。

舒一口气看过去，里里外外透着清爽。母亲说，所有的舒心和干净，都要靠自己的劳动去换得。

趁母亲收拾碗筷的当儿，我麻溜出了门，满心欢天喜地去找伙伴们了。村子里热闹起来了，胡同中家家院子里人气兴旺，上学的、做工的都回家过年，对团聚的向往，对年节的隆重，使整个村庄飘荡着迎春的喜气。

“夜半三更哟盼天明，寒冬腊月哟盼春风，若要盼得哟红军来，岭上开遍哟映山红。”巷子里一曲《映山红》响起，满山的焰火升起来，映红了村庄的周围，村庄像浮在一片花海里。

父亲带着姐姐终于回来了。夜晚，打扫干净的五间大北房里，挂上了父亲带回来的彩灯，五颜六色，映着满院喜庆。

前来串门的人络绎不绝，屋子里坐满了人，与父亲聊着外边的世界，眼睛里映着五颜六色的光。

父亲回来第二天，母亲托人在山里买了一副羊下水，我和姐姐烧一大锅热水，在院子里清洗羊杂。我们认真地洗着，不时相视而笑，洋溢着准备新年的满心欢喜。

大年夜，一家人坐在热炕头上，炒菜烫酒，试穿新衣，聊着家常话，品尝父亲拿回来的各色糕点、糖果，其乐融融。

此后的人生，无论经历怎样的离别，土炕上辞旧迎新的仪式感，都赋予了生命最初的温暖和底气。新年里，一如既往地看重家庭、团聚、喜庆的迎新主题，拥有着一颗向往美好的心。

旧桃换新符，把酒话来年。

三、做活儿

春风挟裹着刚冒出头儿的柳芽，在十字街口逗留，青草的气息若有若无。奶奶挎着竹篮，去小坡底下的水渠边拔草，回来剁碎了拌在糠里喂鸡。每年我过生日时，奶奶都会拿羊肚毛巾裹十几个鸡蛋，让母亲带到学校给我吃。

在家乡的日子里，最欢喜的是从丽儿家上到楼门，东西南北看过去。

往东看是层层叠叠的山，以及山顶的塔，有时隐在云中，有时立在青天。本家姑姑到了婚嫁年龄，刚好山里有个小伙子想下山安家，于是母亲带着姑姑去相亲。那时刚刚开始时兴高跟鞋，姑姑穿了一双上山。走了一天山路，回来时，姑姑后脚踝被鞋帮磨出了血泡。母亲说，走山路还是要穿平跟布鞋，跟脚也得劲儿。

目光穿越沟壑往南看，可以看到不远处的陶寺。那时，还不知道陶寺的考古价值，只知道陶寺是乡政府所在地。我在老家上学时，老师带我们在陶寺的舞台上，演过自编自导的节目。

最深切的印象，是陶寺正月十五闹红火。我们跟在大人后面，去陶寺看李登山的“狮子上板凳”。人们布置一个场子，板凳层层叠叠摞起来，尚是青壮年的舞狮人李登山“腾挪跳跃”，几个身手就上到了“塔”顶。仰起头，看见拿着绣球的舞狮人，在高耸入云的板凳上身手敏捷，逗引雄狮，顿时佩服得不得了。

往西能看到一个个村庄，罩在村庄上空的大树，把村庄裹在一片绿色中。天气晴好的时候，远处的汾河像一弯细细的飘带，蜿蜒而过。我便自豪地说，我姥姥家就住在汾河岸边，我的三姨曾带我们下河捉鱼，在两岸打水仗。

一条宽阔的官道，往北一直通向邓庄集市。那些针头线脑、秋收打夏的寻常家用，以及刚出炉的香喷喷的烧饼、黄澄澄流着糖汁的油糕，都来自集市上。我常守在傍晚的街头，等着赶集的爷爷归来，大大的布兜里会装满集市上带回的好吃的。同事小董爱吃刚出锅的油糕，皮儿奓起来，香脆焦黄，咬一口，糖汁顺着手往下流。她每一念叨，我便想起了家乡的集市，心心念念惦记着回乡买几个，为她解馋。

天渐渐暖和时，村里十四五岁的玩伴儿，有的就拿起了针线做活儿了。她们坐在十字街口的碌碡上，摆出花花绿绿的丝线，穿针引线，纳各种漂亮图案的鞋垫。我坐在一旁边玩边看，无所事事蹦来跳去。

胡同里走出月儿的娘——福荣婶，她手里拿着一个鞋底子，长长的麻绳不时“嗤嗤”上下穿过，留下绵密的针脚。看到我有事没事地闲玩儿着，她皱一下眉头，发愁地问：“女子，学做个活儿，要不长大了可咋办呢?”

正蹦跳的我一下子愣怔住了。

这是我第一次面对这样直接的、现实的问题——一个即将长成的大姑娘，还不会做活儿。

在福荣婶眼里，姑娘长大不会做活儿，该是多么不可思议的事情啊!

她在替我往后的日子发愁。

我一下子变得局促起来。

在那一堆花花绿绿的丝线间，我手足无措，感觉自己羞怯而无用。

从那一天起，我开始认真思索往后的日子，自己是要学会做些活儿的，什么活儿也不会做，该如何去打发吃喝穿戴呢?

院子里有十几棵枣树，夜里，我偎在母亲身旁，躺在土炕上，听院子里“咚咚”的声音。

我知道，那是枝头留存下来熟透的枣子，在风里一个个落下。

开学了。母亲带我走的时候，我终究还是没有学会做那些活儿。母亲看我有心事的样子，淡淡笑着说了一句："好好念书。"

出嫁的时候，丽儿给我纳了一副鞋垫，漂亮的喜鹊登枝图案，精致而喜庆。

我收在樟木箱子里，多少年也没舍得用。

偶尔拿出来看到，想起当年福荣婶的话，心里还是一阵儿抽紧。她对我的担忧，至今也不无道理。人生在世，不会做活儿，要吃多少苦头。

好在不管什么活儿，总得会做一样，才不至于挨冻受饿，或者在无所依托时，可以保证有饭吃、有衣穿。

壬寅之夏，与襄汾同乡师友同登"塔儿山"。多年罩在这片山下，我竟从没有上去过。站在山顶的时候，望着四周的广袤和辽阔，我一时间竟有些百感交集。

透过层层叠叠的岁月，我能在山上隐约望见我的村庄，我的小学，我的岁月。也能望见那方小小的玻璃窗，以及窗户里的土炕岁月。

它们那么小，小到在视野里，是那么微不足道的一个点。

故乡，仅仅是一个方向，一份深情的凝望。

有些日子，如同琥珀一样，凝结在一段岁月中，化为一个种群的骨骼和血气。连同那时的风，那时的雨，那时的人。

我站在山顶，承接着许多年的岁月里望向山顶的目光。久久的，我与这些目光深情对望。

第六卷

能治愈你的只有自己

走进山水，感知天地浩渺。山水之间，陶冶性情，改变气质，让目光变得更加长远。旅途中，看到多姿多样的生活方式，心胸更加辽阔而豁达。

秋水长天

十多年前，我们家搬到了汾河边居住。

清晨或傍晚，我们常去河边散步。

那时的汾河，尚处于治理之初，常看到十几台大型挖掘机，在抽干了水的河床作业，场面壮观。

河边一条小路，两旁种满蜀葵，春末，花开了一人多高，像扎满鲜花的篱笆，又像倾空而下的瀑布。

走在这条小路上，我会说："这里真美，不知未来还会变成什么样?"

先生说："未来，一定会更美!"

于是，我们怀着欣喜，在河边走着。

走过春雨冬雪，走过烟火四季，一起憧憬着那期待中的未来。

生命中总有一些日子，花开般鲜润饱满，有携手同行，有未来可期。回眸一笑间，满是默契与懂得。

汾河城区段建设终于竣工。

周末或节假日，住在远处的朋友也相约前来，或柳荫河堤漫步，或雨后登楼看山。谈笑间，绿草茵茵，花木吐翠，悠悠汾水穿流而过，给这个城市增添了朗润之气，秀美风光。

一群文友也于金秋来到河边，走过小桥流水，闲坐亭台楼阁，遥望南山葱茏。登上萱楼，一川清水、两岸锦绣的美景尽收眼底。

我们居住的这座城市，一脉崇山钟灵，储存节气运行、家国起源。一弯汾水毓秀，孕育远古足迹、千秋平阳。

行走其中，留给我们太多的惊叹，太多的底气。

身居其中的我们，在丰厚的人文底蕴中，感受着她的日新月异、生机盎然。

汾河之滨，苍翠茂密的生态园林之中，国家4A级旅游景区临汾市汾河文化生态景区滨河西路九州广场南端，一座独具特色的建筑坐落于此。在“日月同辉”的设计理念中，包容兼蓄、博大精深，承载悠悠平阳历史，展示璀璨尧都文明。

每一次走进幽深历史，都是扬眉时刻。

十万年前，丁村人在汾河边幽深的历史时空燃起一柄文明的火光。柿子滩头，生动记录劳作图景的岩画穿越万年风雨，讲述着先人活动的踪迹。吕梁之巅的人祖山，伏羲女娲引领我们追溯生命最初的源起。

先贤帝尧建都于此，协和万邦，敬授农时，平章百姓。

日月之行，若出其中；
星汉灿烂，若出其里。

中秋夜，我们一起坐在河边看月亮，一起背诵张若虚的《春江花月夜》。

“江畔何人初见月？江月何年初照人？”天地悠悠，宇宙浩渺，恂恂如在汾河湄。铺展的宣纸旁，翰墨飘香。

微雨轩窗，几位好友聊天品茶，片刻之闲，可抵十年尘梦。

“记得那人同坐”，“忽有斯人可想”。那人、那刻，便是今生最美。

时光兼收并蓄，人生起起伏伏。

在河畔，学会了相聚，也学会了告别。即使离别时，深情相拥，满目含泪，也如目送归鸿，以另一种形式，相望与相守。

在生活面前，接纳、和解，依然去热爱。

秋风渐紧，夕照当楼。

木叶青黄，物华将休。

十年过去，这座城市，举目皆景，底蕴延绵。现代快捷中，透着古老风韵，如谦谦君子，温文尔雅。

有的人走近，有的人走远。

记住的，是一些点点滴滴的细节。

曾有人与你立黄昏，有人问你粥可温。

一碗粥，可以温暖许多年。

人生的许多细节，构成了生命的长河，无论最终流向何处，细节的浪花，会让许多曾经更加美丽。

这条流经家园的河流，生生不息，流淌着善和美。

“萍水相逢”，是书法家樊习一先生挂在萱楼的一幅作品。

多年前先生传播书艺，束脩无取。八年的时间里，无论寒暑，或围炉夜话，或挥汗如雨，点点滴滴，如春雨绵绵，润物无声，留下一段传道授艺的佳话。

思归若汾水，无日不悠悠。

走远的走远了，留下的会留下。

行走在岸边，那些渐次消失的情怀——有关青春、梦想、青涩、状态。保持对自然的厚朴之心，过去、此刻、将来，才会气贯长虹，真情粲然。

清早上班路上，一片法桐的叶子，在空中晃晃悠悠，倏然碰到我的肩头。略一惊，便看到叶子飘然落于脚下。

一叶知秋。

季节的变换，就这样不知不觉，自然而然。行走其中，从夏的繁盛和炎热，一脚踏进一片五彩斑斓中。抬眼望去，秋，踏过田野阡陌，越过山川河流，衣袂飘飘，倏然落于你的身旁。风凉爽许多，心渐渐沉浸于静美安然中。

山明水净夜来霜，数树深红出浅黄。

几个文友，又一次漫步河边，穿过拂堤垂柳，泛舟河上，观赏两岸风光。“泛楼船兮济汾河，横中流兮扬素波”。波光粼粼中，高楼林立的倒影，映出了一个全新的两岸。

木槿花正在开放，一路飘散淡淡的幽香。走出一段，蓦然望见一片黄栌，像天边金色的云彩飘落河畔，燃起这个季节最炽烈的梦想。绿色的草坪上，一树一树的山楂红了，飞鸟前来，或三三两两，栖于摇曳的枝杈间，或喳喳叽叽，成群而落，在草丛间蹦跳、觅食，起起落落，憨态可爱。偶尔从翠绿的竹林里传来一阵书声，晨光熹微，竹影婆娑，映出一个长发飘然、捧书而读的少女剪影，四周书香弥漫，书韵悠扬。

美，这样亲切可触。

对生活的审美，是一种信仰。

登上萱楼远眺，满目绿色在两岸不断延伸，山川形胜，天地造化。平阳古城正在进行新的蜕变，双城建设流光溢彩，美若仙境。夜晚，彩虹桥灯火璀璨，美轮美奂，将两岸人追求梦想、永不停歇的性格，融入河水的奔腾中，化作血气和长吟。

一桥飞架，南北东西变通途。古老的城市在发展中延续历史文脉，将文化自信融入一砖一瓦，一步一景之中。“景观式造街、园林式建城”，生活不止眼前的忙碌，更有家门口的诗意和远方。

在萱楼前合个影，不觉已是十年。

烟波浩渺，秋水长天。

深山远亲

盛夏七月，终于放下手头的芜杂，赶上了通往关王庙的最后一趟班车。

一路翻山越岭，下午五点多钟，班车停在关王庙的农贸市场前。下车后，爱英嫂子打来电话，说小女马上过来接我，让我在原地等。小女是她的侄女，负责关王庙乡北村的党建、妇联等工作，和我也非常熟悉。听说我已到站，忙放下手头烦琐的工作，开车赶来接我。

见面后，自然是相谈甚欢。我们说笑着往崔家坡方向而去。嫂子在那里的二姐家等我。

一阵风吹来，挟着大山里的草木气息。酷暑盛夏，沐在这清凉的风里，心里渐渐沉静安然。

关王庙是隐在大山里的乡政府所在地，地处乡宁县南部石山森林区，素有乡宁南大门之称。相传关羽曾路过此地，当地民众崇尚其忠义豪侠，特在此地建庙以示纪念。千百年来，关王庙名一直沿用至今，一代代乡亲在这片沃土上传承关帝精神，忠厚仗义，生生不息。

路旁的庄稼地里，绿油油的玉米正在生长，田野里散发着青草和泥土的芳香。三年前的伏天，我曾随嫂子来过关王庙，在崔家坡的二姐家住过一周。二姐的儿子儿媳都在外工作，老两口平时在临汾市区居住，照顾三个孙辈。孩子们放假了，一家七口便回到老家的土窑洞里，度夏消暑，其乐融融。那年，她的小孙子刚满一岁，正是认生的时候，却独对我咧着嘴笑，我一伸手，便奓起胳膊要我抱。抱着他在大门外逛，他指着路灯喊“灯灯”，又侧着头指远山里的灯火，嘴里“呃呃”叫着。我会意，告诉他：“那里也是‘灯灯’！”他便欢喜地笑。那时便想，孩子的世界有多辽阔啊！那些远处的灯火，或许成为他人生的向往，引领他在长大的日子里千山万水去追寻。

一晃三年过去了，这个可爱的孩子该长大了吧？不知还能否记得我？二姐一家都还好吧？

远远的，看见二姐家门前偌大的核桃树洒下一片浓荫，嫂子、二姐和几个婆婆正坐在一起纳凉聊天。多年来，这个村庄里的年轻人都出去打工了，村里只有老人和孩子留守。逢年过节，外出的儿女们才会回到这个从小长大叫“故乡”的村庄，亲戚似的小住几日，又出外谋生，村子里的沉寂便成为常态。我与几个婆婆都相识，彼此亲热地问候着。比起三年前，她们依然面色红润，身板硬朗。这山里的风、山里的水、山里的地，滋养着她们简单的日子，抚慰她们的暮年岁月。

略感遗憾的是，小孙子今年没回来，随考驾照的母亲住在城里。倒是当年小升初的二姑娘，今年顺利考上了临汾三中，也是一件喜事。

中午，坡下的大嫂喊我们去她家院子里割韭菜。她家房前的空地上，种满了西红柿、茄子、辣椒、胡萝卜、南瓜等菜蔬，红的绿的，生机盎然。大嫂一眨眼就给我们割了一大捆韭菜，尽显热情好客、开朗大方的个性。

爱英嫂子悄悄对我说，其实你看不出来，大嫂今年也遇到了难事——大哥因重病躺在床上，正是熬煎的日子，真是一家不知一家难哪！我突然感到世界的真实和残酷，生活在这样一个空气清新、山明水秀的山里小院，人也逃脱不了生老病死的自然规律。活着的人，都该珍惜这人间缘分与三餐烟火！

韭菜果真鲜嫩，能掐出水来，浓郁的鲜香弥漫。嫂子说下午带我上山，为方便启程，中午，我们来到关王庙小女家包韭菜鸡蛋馅饺子。小女原先在村里住，现在住的单元楼为政府出资建造的移民新村，非常舒适。我和嫂子、小女坐在舒适的客厅里谈天说笑，一起包饺子。窗外艳阳高照，屋子里清风徐来，出锅的那一刻，薄薄的饺子皮上映着黄的鸡蛋绿的韭菜，咬一口下去，好一个唇齿留香！

在关王庙，嫂子的亲戚可真多啊！路边进一户人家，多是沾亲带故的，真是亲情暖心。下午，嫂子的一个侄女婿开车带我们去葛庄的山里玩儿。山路崎岖，两旁的灌木恣意生长，车子只能在狭窄的路中间穿行，延伸的枝条不时划过车身。我和嫂子有些过意不去，侄女婿却并不在意。行至一片茂密的核桃林，侄女婿停下了车，说这片核桃林是嫂子另一个侄女家的，可以下去看看。小女下车后不知什么时候从兜里摸出一把镟刀，在树上摘下几个青皮核桃，熟练地把里面鲜嫩的桃仁剥给我们吃。

远望群山如黛，延绵无际。朝朝暮暮的霞光映红天际，走在山间小道上，目之所及皆是风光。

路旁的土崖下，有一个窑洞，打开简易的木门，里面有床铺、电饭锅等。小女告诉我，这个土窑洞是嫂子那个侄女的公公婆婆打造的。早上上山来，中午便在土窑洞里做些简单的饭菜，稍作休息，下午接着在地里干活。上山采药材的村里人，也常常来这里歇脚、喝水，像是村里共同的一个休息点。正说着，两位采连翘的女子来到窑洞里，自如地舀起一瓢水喝，像回到自己家里一样。

听到有动静，正在地里干活的两位老人也走过来，热情地请大家多摘些核桃，并让嫂子去菜地里多摘些豆角等菜蔬给我们带着。“自己种的，味道足！”老人说。

载着一口袋青皮核桃和满满一兜豆角，我们下山了。

第二天，小女要去村里开主题党会，到村委会后，我和嫂子便步行前往小女的姐姐俊凤家等她。听着名字，我想俊凤一定是个俊俏的女子吧？可走进俊凤家院子，门帘一挑，走出一个腿有残疾的中年妇女，我心里当即咯噔一下。俊凤的两个女儿正读大学，还有一个儿子在襄汾读初中。嫂子说，俊凤特别能干，种玉米、采药材、打核桃，样样不落人后。院子里的杏树洒下一片荫凉，我们和俊凤坐在树下聊天。我心里感慨着，这样一个普通的人家，这样一个普通的妇女，和丈夫一起凭着两双手，就这样不停歇地劳作着。村里的孩子走出大山，背后要有父母的多少辛劳啊！三个孩子有一个好的前程，在他们清苦的日子里，便有了许多盼头和甜蜜。

我要回去了，朋友热情地设宴欢送。结束欢送宴，我和嫂子坐车去向二姐一家告别。二姐自然挽留多住些日子，依依不舍之情，令人动容。我和二姐相约，明年夏天，再上山与他们欢聚。

多年来，和嫂子的友谊淡淡的，却芬芳温暖，无言也相牵。因为她，我有了这些深山里的远亲，也有了这丝丝缕缕暖心的亲情，以及许多的牵挂。

这个世界，有不尽的牵挂、不尽的相思和感念。

人和人之间，也因此有了脉脉温情，像清泉在心间流淌。

五月山行

就这样行走在五月的山风里。

眼前是连绵的山峦，薄如轻纱的雾岚缭绕山间，苍翠的山林，洒下绿荫蔽日的幽凉。覆着层层落叶的山路温厚绵软，不知积攒了多少年月的寒暑往来。

这里便是黄土高原晋西南的人祖山。在这座古老、神秘的大山里，留存着人类走向世界的第一串脚印，孕育了古老的中华文明。距此二十余公里的壶口，黄河惊涛骇浪，昼夜不息。母亲河浩浩荡荡，依山而过，掠过山脊的风里，隐约夹杂着亘古的涛声。

沿着静谧幽深的林中小道，仿佛转过山头便通向人类初始的远古——暴雨初歇，天地汪洋，伏羲、女娲兄妹顺应天意，在风山结为夫妻，抟土造人、繁衍人类。

日月变换，沧海桑田，终于有了如今的大千世界。

引我们上山的冯彦山教授说，前几日一直下雨，近日放晴，我们才能得以成行。

雨后的青山满目青翠，散发着令人沉醉的草木气息。冯教授自山西师范大学退休后，回到家乡吉县从事人祖山文化旅游的发掘、考证、宣传工作。先生曾徒步翻越几道山梁，考察山洼里的古村落及古老民俗，在一户人家淘得一本观测天象的线装书，如获至宝，忘情翻阅。我们行走间，不觉天色已晚，好在有一位向导带路，才于暮色中返回驻地。先生年近七旬，思维活跃，精神矍铄，沉醉于青山绿水乐此不疲。

春日里和几位朋友去他平阳城里的家探望，阿姨告知我们，冯教授好久没有回家了。我们便感叹，是怎样的激情，才能如此痴心投入于一件事情？

“东风知我欲山行，吹断檐间积雨声。”吟起东坡先生的名句，与友人望着碧蓝如洗的天空，心中欢喜，如沐清风。冯教授健步穿越于山林，领我们去八里外的高庙拜谒建在峭壁绝顶的“玄天上帝庙”（当地人俗称“高庙”）。

高庙傲然屹立于群山之巅，一百六十二阶台阶直达峰顶，相传这里是伏羲女娲成婚时的“拜天台”。

手脚并用爬上高庙，果然气度不凡，有一览众山小的感觉。宫前有一个水池，据传，天旱时当地百姓搅动池中木棍求雨，总是有求必应。

顶上有一株桃树，生于悬崖边，结着一树毛桃。贾辽源老师对着这棵树左看右看，想象春天的时候，一树桃花盛开于悬崖边，该是怎样的风姿绰约，美妙绝伦。

兴致一起，我便相约友人，明年春天一定来这里看桃花。

千山万壑变换着万千气象。顺着一座山梁望去，传说中伏羲、女娲测天意而合婚留下的滚磨沟，穿针梁在夏日的骄阳下苍润秀美，历千万年岁月，见证一段古老的往事、一个优美的传说。

冯彦山教授指着一处山洼告诉我们，那里就是神话传说中女娲抟黄土、甩泥绳造人的上下造化坪。

默立在山崖，遥望黛远的山峦，唤起无尽的遐想。大山深处，有着我们生命的来处。千万年前的光阴里，我们随着女娲手下的那一粒泥土，迸发出了生命的血性，从此在江川河流扎下了根，瓜瓞延绵，历千万年沧海桑田，繁荣着万里江山。

用手机拍一张远山图片传到我的微信上，立即收到好友代冰洁的评论：遥望那派苍茫。

是啊，那苍茫处，闪烁着人类最初的文明之光——距今万年之久的柿子滩等古人类文化遗址群，使女娲、伏羲的口头传说变成了有历史确证的事实，让娲、羲二皇走下神坛还原其作为人的真实面目。

每年的农历七月十八，被当地人们定为伏羲爷和女娲娘娘的结亲之日，也是人祖山一带最隆重的庙会之日。

沿山路蜿蜒而上，拜谒建有“娲皇宫”和“伏羲皇帝正庙”的人祖庙。因年代久远，庙宇已残破不堪，只是基柱尚存，于山风山雨中静静诉说着久远的传说。

冯教授说，这里原先住着一位姓孙的看护人，他带朋友上山，叫一声“老孙”他便会笑呵呵地站在院里。冬天，带人送给养，远远能闻到炖山鸡的美味。老孙终耐不住寂寞和冬天的寒冷，于天寒地冻时弃山而去。但他总归还是一个仁义之人，简陋的棚子下有他砍好的柴火，一垛垛码放整齐，似乎正等着人祖山繁兴之日，主人燃起温暖的炊烟。

娲皇宫前有一块巨大的补天石，临崖而立，惊险奇绝。友人们攀石而坐，追寻古老时光里先祖的魄力和智慧。

因石头置于悬崖边，从一侧望去，竟如凌空飞起的一朵白云。我当下惊出了一身冷汗。这场景，仿佛女娲娘娘补天完毕，正按下云头回屋歇息，却被一帮调皮孩子驾了去游玩。

望着满山苍翠，我一时间如贯通了和远古的某种联系。

天地洪荒，日月交替。

远古的光阴里，我一定和友人们来过这里。在一个严厉酋长的指派下，结网捕鱼、农耕放牧，过着简单纯朴的生活。夜晚，在燃起的篝火前，吃着美味的烧烤，倚着一个人的肩头，在满天星斗下入眠。

忽然想着，如果真能穿越回远古，王晓鹏老师一定是那个严厉的酋长。悄悄说与身边的玉亮，我们便一起偷着乐。印象中，晓鹏老师不苟言笑，像严厉的班主任。

他在乡宁县办着一份文学刊物《西山文苑》，情结于此，着力开垦一片文学的沃土。几年前他组织云丘山笔会，我和小代、红英走累了，躲在车里偷懒不愿爬山，他发现后便是一顿训斥。后来知道为办那次笔会，他费了好大的周折，自己贴钱贴物，动用许多关系，我们却不知珍惜。

渐渐熟悉了，他偶尔露出兄长般的宽厚慈爱。返回的山路上，不时招呼我们采野果子。

最难忘他持一根树枝，坐在大山的一棵树下，掘挖“鸡头参”的情景。一根长长的参终于在他的努力下出土，鸡头、鸡嘴、鸡眼惟妙惟肖，据说这是珍贵的药材，他却转手赠予我。

感动之余，便有一种对兄长的敬重。看过他写的《人祖山》组诗：“心存敬畏，满怀庄严，不敢有丝毫的造次。心仪许久的人祖山，一草一木如此熟悉，仿佛漫步故乡的山林，吸纳亲人的气息，她的春夏秋冬，早已刻进我的魂灵。我回家了！”

感恩的泪水浸透岁月的荒凉——都说文字可以拉近彼此的距离，读过这首诗，读懂了一位大山之子对家乡山河的一腔热爱，读出了一位大山汉子的真性情。

随着人祖山的开发，这座古老、神秘的大山将不再寂寞，伏羲和女娲娘娘将会得到遍及世界的子孙们最虔诚的膜拜。中巴车在新修的环山路上行驶，忽而在山谷间遥望青山如屏，忽而攀上山巅俯视云海苍茫，人祖山呈现着千姿百态，如母亲留恋远行的儿女。一如当年——当女娲娘娘看着自己的儿女走向世界各方，一定希望他们守望相助，共建家园。就像海子的《面朝大海，春暖花开》里憧憬的那样：

从明天起，做一个幸福的人
喂马，劈柴，周游世界
……

愿你有一个灿烂的前程
愿你有情人终成眷属
愿你在尘世获得幸福
我只愿面朝大海，春暖花开

回望苍茫处，心忽地一热。想起与贾辽源老师明年春天相约看桃花的事，便觉得和大山有了某种契约，我的心情也朗润起来。

春风相遇不知年

一枝含羞带露的桃花，就这样从葱绿的山体间斜伸过来，在游丝般的细雨中轻轻摇曳。山峦间漫起淡淡雾岚，满山的松柏散发出好闻的松香。

雨雾中望去，柏山之巅的东岳庙飞檐斗拱、气势恢宏。丛林间隐约回旋着清净微妙的梵音，和雅，深而满，如清风拂面、春雨润物。心灵浸润其中，渐渐芟除芜杂，飞翔在无边的清净旷远里。

山中四月，又下着雨，四周弥漫着清冷之气。其实临出发前，汾河岸边的平阳古城已是骄阳热烈、绿色深浓，一派“柳絮已将春色去”的初夏盛景。不曾想刚落脚就下起了雨，地处山西省西南部的蒲县本就春意阑珊，此时又笼罩在淅沥寒雨之中。

好在上山前，娘家在蒲县的小代拿来一条秋裤，罩上后立刻暖和了许多。红英也拿来一件浅色风衣，虽有些窄小，亦可抵御风寒。脚上是张敏的一双球鞋，明显比我的脚大一号，系紧鞋带走在山路上也是稳健踏实。

来自古县的新锐作家李瑞华本来身着漂亮的印花小衫，

此时也罩上一件宽大的男士西装，婀娜全无，晃晃荡荡。我们互相看着，不觉哑然，好在浑身是暖的，心也是暖的。

山路迷蒙，与友人雨中登山，别有一番雅趣。五色的花伞下，是一张张熟悉而亲切的脸庞。其实，我们平时各自忙碌，难得见面，此次因“心灵圣境·厚德蒲县”文学笔会而聚，自然洋溢着相逢的欢喜。

好友小代近几年相夫教子、深居简出。临行前得知她能一同前往，便充满了相见的期待。自从多年前的春天我们相识，便心性相投，一见如故。她家的街道两旁长着秀美的合欢花树，春天，淡粉的花儿茸茸的在树冠上开了一层，有一种雅致而脱俗的美。

每每从这里走过，我一想到淡雅的花树下有一个能倾心交谈的友人，内心便充满了喜悦。能于茫茫人海，遇见这样几位痴迷心中向往、用文字构筑内心世界的友人，真是一种幸运。我也常常因此感到生命的美好、精神的丰盈。

此次笔会，我与友人一同感受蒲县东岳庙传承千年的古朴民俗、丰富的宗教文化和神奇的历史传说，开阔了眼界，丰富了积累，自是受益匪浅。

老家是蒲县的黄梅英老师告诉我们，每年的农历三月十八柏山庙会前两天都要下雨，当地百姓传说这是东岳大帝在“洗庙”。同行的朋友便笑，原来神仙也和凡人一样，喜欢清爽干净地迎接盛典。

当地电视台的记者荀莉向我们介绍，东岳庙东岳大帝祭祀活动的高潮是农历三月二十八的“四醮朝山”。四醮是指东、南、西、北四醮，是蒲县东岳庙行宫独有的民间朝山祭祀活动。全县按东南西北分建四醮，各醮都供奉有镇醮神。

农历三月二十八这天，各醮要将自己所供奉之神送还行宫，让其归位，以享大祭。

关于四醮供奉镇醮神像说法有三：一说为东岳天齐仁圣大帝本人；一说为东岳天齐仁圣大帝的四个儿子；另一说为东岳天齐仁圣大帝四个家臣。蒲县人将此称为“朝醮”或曰“朝山”。

我们有幸赶上了“四醮朝山”这一古老的祭祀盛典，欣赏了耍狮子、双龙颔首、八音会、旱船、高跷、耍挠搁等内容丰富且形式多样的祭祀活动。肃穆中透着热闹的表演，表达了当地百姓祈求五谷丰登、吉祥安康的美好愿望。

小代说，多年来，柏山之巅东岳大帝的灵光，成为当地民众心灵的护佑，成为民众向真向善的精神皈依。

蒲县民风古朴、道德淳厚，百姓勤劳善良、悠然自得，一派安居乐业的繁华图景。

与蒲县有着很深渊源的张行健先生，曾在蒲县的大山里教书。厚重的大山，赋予他朴实、坚韧、顽强的性格，在飘忽的小油灯下、呼啸的山风里，他理想的火苗也随之燃烧。

此时，当我们站在柏山之巅眺望远方，青山连绵，一望无际。

想到一个少年从这里走出，成为著作丰厚且影响了无数人的知名作家，不由对这片神奇的土地充满了敬畏。

几年前，红英在一次聚会上讲起家乡美食，谈到了蒲县的“八宝汤”。她的描述下，有着炸酥肉、炸土豆、蒸鸡蛋等作料的“八宝汤”味美奇异，令人垂涎。此次相聚，她依然记着此事。她与荀莉带我们在曲里拐弯的街头一路寻找，终于找到一家，要了几碗地道的“八宝汤”。

窗外下着雨，小饭馆里人迹寥寥，我们正在桌旁有滋有味品尝着“八宝汤”的美味，高树德老师打来电话，说是要集合了，怎么独独缺了你们几个？

接到电话，我们像逃课的学生，拔腿而跑。

下山时，雨依然下着，似乎更大了些。我忽然想，如果在这青山绿水间，有一间茶屋该多好。就像周作人笔下那样，“于瓦屋纸窗之下，清泉绿茶，用素雅的陶瓷茶具，同二三人共饮，得半日之闲，可抵十年的尘梦”。有如此心息相通的友人，在淡雅闲适的氛围下，浅酌慢饮，该是何等的惬意。人生的烦恼、生存的纷扰与苦……都淡忘了，只有岁月里的萧淡和清凉，以及流年里的相望和相守。

远远的，山崖间的那枝桃花，依然娇艳地绽放在返程必经的路上，像一幅水墨画儿，从远古氤氲而来，漫漶而生动地呈现在春风里。

兀自盛开，无论何年。

神农架之行

己亥盛夏，又一个酷暑时节。

几位友人相约，外出避暑。既可结伴同游，饱览山河之美，亦可觅一隅清凉之地，山水怡情，修养身心。是夜，大家齐聚体院综合馆前，商量出游事宜。大家相谈甚欢，兴致高涨，选定李新春老师为队长，邓雅君为政委，侯明辉为线路总策划、总指导，老邓为后勤部长，唐宗峰为保卫部长，张建玲为会计，淑琴嫂子和萍子负责玩乐，并建“快乐九人团”微信群，确立了此次出游主题为“快乐之旅”。

你恰好有过呼唤，我曾在这里应答。“快乐九人团”就在这彼此呼应中，拉开了此次旅行的序幕。次日清晨五点半，我们一行九人从体院出发，按照总策划明辉设定的路线，前往湖北神农架。

车在高速上行驶，两旁群山连绵，青翠如屏，真是“一山放过一山拦”。我们沿大运高速，转运三高速、呼北高速，穿越三门峡黄河大桥，过十堰、房县，一路向南驶去。

山一程水一程，山中多小气候，一片云飘来，就落一阵雨，穿过雨雾，又是阳光普照。在阳光下驶入隧道，出口却已是浓雾笼罩，停滞不前。

几家好友，已相处三十余年，从青春年少到知命之年，历经沧海桑田，见证过彼此的艰辛和快乐，也在彼此见证、彼此相携的漫长岁月里，结下了深厚友谊。在一起时，率性纯真，呈现本色，更多了兄弟姊妹般的亲情。

就这样一路穿云破雾，傍晚时分，我们一行人来到了神农架红坪镇。大家商定，在这里歇息一晚，第二天前往天燕景区。

开店的是小两口，他们夏天开店，冬天游客少便回家休息，很自然随意的生活状态。店里收拾得很干净，我们经过一天的长途奔波，踏进这家店里，感受到了淡淡的亲切和温馨。

这家店的山野菜，让人唇齿留香。街上一位老人背一篓青菜走过，老板娘买来一把，略一翻炒碧绿生鲜、色泽诱人。最难忘的是她烧的土鸡炖土豆，没有浓油酱赤，呈现的是食物本来的色泽和原本的味道。锅下火苗一直燃着，两种食材在锅里互相渗透、互相融合，“咕嘟咕嘟”冒着热气。搛一块鸡肉放进嘴里，筋道、醇香，有浑厚绵长的岁月味道。

烧菜有时是一种感觉，一份天性。山野本色，亦可烹饪出千姿百态，品啜出万般滋味。所谓不着一字，尽得风流。

第二天一大早，我们被窗口飘进的山岚所唤醒，一起去老板娘介绍的一家早餐店用餐。青山环抱中的红坪镇景色秀丽，空气清新。我们深深沉浸其中，唐宗峰跑前跑后为我们拍视频，记录我们的欢乐时刻，大家都有“久在樊笼里，复得返自然”的欢畅与惬意。

离开时，老板娘告诉我们，我们去的木鱼镇客房价贵，可在路边找一家农家乐，既能赏景，价格也适中。因她的娘家在木鱼镇，对那里的情况比较了解。

离开红坪镇，沿盘山公路驶向天燕景区。下车后，凭栏而望，瞬间被远方的满天云彩所震撼。晨光熹微中，云朵呈现出瑰丽奇异的色彩，仿佛天上霓虹跌落人间。若非亲眼所见，哪知世上竟有如此云蒸霞蔚的地方。

久久站着，那些恍如隔世的前尘往事，渐渐化为满天云彩，缭绕在万壑群山中。

之后，我们登上高耸入云的天桥，感到和蓝天白云离得那么近，伸出手去，便可扯来一缕，持赠给远方的朋友。

天生桥的水，也是美不胜收。淙淙泉水从山崖间、错落的青石上奔涌而下，腾起阵阵水雾。“竹密不妨流水过，山高岂碍白云飞”，行走在旁边的栈道上，听着瀑布水声，遥望山间白云，心旷神怡。

拜谒过神农坛，天又下起了雨。相传神农氏本是三皇之一，牛头人身。他发明了五谷农业，教民稼穑饲养、制陶纺织用火，功绩卓著。为减轻人民病痛，他尝遍百草为民医病，被后代尊为“药王神”。据说神农架山区就是他尝遍百草的地方。世代百姓为纪念他的功绩，将他奉为神灵，四时祭祀。

雨中，我们向神农坛深深行鞠躬礼，感念神农氏对百姓的恩德和功绩。

晚上，我们在群山之中，遇到一家构筑于山谷边的酒店，旁边搭着木楼，坐在木楼上，能望见碧绿的茶山。“万壑有声含晚籁，数峰无语立斜阳”。我们便入住这里，赏山谷里的雨景，看云雾飘过茶山。

酒店老板是个热情、好客的年轻人，晚餐时端来了自家酿的美酒，请大家品尝。邻桌是武汉来的旅游团，老板提议，两桌对歌助兴，并发放奖品。

我们各自摆开了擂台，开始对歌。我们唱起《我和我的祖国》《人说山西好风光》等歌曲，对方也不示弱，唱起了湖北民歌，并吹起了葫芦丝。山谷间，回荡着我们的歌声和笑声。

第三天，我们便各自赶路，奔赴自己的下一个目标。此一别，便是山长水阔，再无归期。

人生路上，有过多少次的相遇、别离，经历过世事变迁，这一切，早已视为人生常态。纵然放歌山水，留下欢娱，也不会为此停留，让一切风轻云淡。

从景区下山，出口处，有一中年人在此迎接我们，请我们入住他家酒店。我们便成全这份好意和缘分，入住坪阡古镇“美如家酒店”。

第四天大早，我们前往大九湖景区，换乘景区公交、小火车，来到大九湖的第八、第九湖。一下车，看到湖光山色，美景如画，大家兴致颇高，沿湖观景，流连忘返。

处处回头尽堪恋，就中难别是湖边。

下午，我们返回坪阡镇，再次入住“美如家酒店”。

傍晚下了一阵雨，晚饭归来，阳台上晾晒的衣服全淋湿了，大家一阵手忙脚乱，才把衣服又洗干净。到了早上，衣服还是湿淋淋的。

我们收拾好衣物，从坪阡古镇出发，前往恩施女儿城。刚开出不久，发现老邓的背包忘拿了，明辉马上调转车头，和老邓回去拿背包。雅君不放心，也跳上车一起回去。

我们和李队、淑琴嫂子一起在山谷里等，嫂子教我们蹲马步。随风飘来几片云，顷刻间下起了倾盆大雨，我们躲在车里避雨，牵挂着老邓他们能否顺利找回背包。

好在不一会儿他们回来了，背包完璧归赵，有惊无险。我们欢喜的同时，也为坪阡人民的朴实感动。

中途下了几场雨，我们冲破雨雾，穿过巴东长江大桥，一路前行。傍晚时分，来到恩施女儿城，第二天，驱车前往恩施大峡谷。

看过神农架的山水，大峡谷已不太入眼了，总觉得有些逊色。但大家还是相互扶携、相互照顾，克服体力上的不足、意志上的胆怯，忽而行走在耸入云天的栈道上，忽而又落入谷底，遥望群山如簇，云海缥缈，大家一路行走，欣赏了迎客松、一炷香等美景。之后，又欣赏了地缝等自然奇观，感叹大自然的鬼斧神工，奇妙神秘。

下午，路过利川，被这座城市的现代建筑气韵所吸引，我们为之停留一晚。之后，沿恩广高速，转包茂高速、十天高速，在陕西安康的石泉县暂做停留，一路北上回到了我们的家园。

余光中说，旅行会改变人的气质，让人的目光变得更加长远。在旅途中，你会看到不同的人有不同的习惯，你才能了解到，并不是每个人都按照你的生活方式在生活。这样，人的心胸才会变得更加宽广。

每次旅行都会让我们更加辽阔而美好，我们随时期待着整理好心情，再次出发。

路转溪桥

喜欢读辛弃疾的《西江月》。最早读它时，是在瓦色黛青的乡村校舍。下过微雨的晨光里，稚嫩的朗读声，正从糊着麻纸的方格窗传出："明月别枝惊鹊，清风半夜鸣蝉。稻花香里说丰年，听取蛙声一片。七八个星天外，两三点雨山前。旧时茅店社林边，路转溪桥忽见。"

那时乡村里就是这样的温润明朗、田园风情。

下着微雨的黄昏，我与莲儿去给她的父亲送雨披。她父亲在村东的一片田里护秋，日夜照护队里的一片秋作物。路上静悄悄的，两旁都是细雨润湿的田野。莲儿提着的布袋里，散发着烙饼的诱人香味。斜枝上的喜鹊喳喳叫着，在树枝间惊飞不歇；一阵阵的蝉叫，被清风传来耳畔。远处，一声紧一声的蛙声，连成一片，飘荡在稻花香里。走着走着，天边出现七八个星星，天渐渐黑下来了。就在黑夜悄悄来临的时刻，转过一道弯，眼前豁然出现一个茅草屋，从屋里透出橘色的灯光。

看到莲儿的父亲自茅草屋中走出来，我们瞬间有了安稳的感觉，踏实而温暖。

那些年随母亲去外婆家，沿路都是自家亲戚。

冬天我骑着自行车，厚厚的棉手套捂出了汗，冷风一吹，又湿又凉。脚尖也冻得发麻，骑一段，便要停下来跺跺脚。

母亲便会说："转过那道小溪，便是娇姨家，可以进去歇歇脚。"娇姨是母亲的表姐，家是地道的农家，院子里堆满了做饭的柴火和高粱秸秆。听母亲一说，我心里就有了盼头，拐过一道弯，就有自家亲戚，哪怕"茅檐低小"，却有暖脚的热炕头，有热乎乎的糖粥。歇歇脚，暖过来，又可以继续赶路。

沿路还有一户人家，是母亲的姑姑家。姑姥家养着许多鸽子，院子里种着各种果树。进了院子，便是郁郁葱葱一片。每年夏天放了暑假，母亲要带着我们去给姥姥、姥爷拆洗被褥。炎炎烈日下，走到半路，我们便叫着口渴。母亲就会拐进姑姥家，一进门，姑姥便会亲热地把我们安顿在院子的石桌旁，然后去院子西北角一棵桃树上摘桃子。桃子好甜啊！上面粘着桃胶，却是我从没有吃过的美味。

两三点雨滴，洒向山村的前方。路转溪桥，有茅屋、土炕和桃树，这样的时刻，便是心底的家园。那些普通的场景，其实是人生路上的珍藏，也是生活里的暖。

总想着某个"路转溪桥"的时刻，再次望见下一个茅草屋。橘色的灯光，照着安稳的现世，岁月一片静好。

岸边

春天的时候，我们沿着这条河堤走着。大地刚刚回春，宁静澄澈。远远望去，垂柳、草坪，氤氲着朦胧生机，蕴含着“草色遥看近却无”的清淡诗意。河堤那头，有一个木条凳，温和、朴素、本色，如老家的炕头一样亲近。累了，便坐在木凳上休息，看远山、河流、卧牛桥，以及岸边的树木。

常常看到这棵杨树。因为它根扎在水分充足的岸边，春风一吹，就最先冒出碧绿的叶芽。来来回回不经意间，叶芽便长成宽大、肥厚的叶子，在阳光下泛着亮光。远远望去，枝干也像被春风修剪过一样，长成了漂亮的心形。

每在堤畔闲行，总要见到这棵树，时间长了，便觉得它像是一个老朋友，同在岸边享受清风明月、阳光雨露，各自舒展着最美的年华。

苏东坡的“赏心乐事十六件”里，有一件便是“柳荫堤畔闲行”。这是一种心境，更是一种状态，能在这里悠闲漫步的人，该是没有多少生活的负累，处于一个轻松愉悦的阶段，闲适而惬意。

搬到河边居住时，正是儿子中考的阶段，每天，随着他的节拍一起紧张，一起忙碌。儿子考取一中后，高中三年，我们便住在这里。每天清晨，儿子骑车上学后，我们便来河边散步，讨论孩子的每一点进步，想象他未来的发展方向，生活里满是憧憬和向往。后来孩子上了大学，又出国留学，用“90后”的话说，是“寻找自己的诗和远方”。离得远了，牵挂也扯得远了。常常在岸边散步时，述说对儿子的思念，希望他的远方花团锦簇。

海棠花开的时候，朋友会在周末约我们去喝茶。清晨雨后，碧空如洗，低飞的燕子。欢快灵动地在身边来去。岸边，像一张素签，挂着露珠的海棠花树，便是这素签上的水墨，静美、诗意。朋友有一套野外桌椅、茶具，找一个空旷的地方摆开，便开始烧水，清洗茶具。待茶香袅袅，我们已静静落座，或看书，或清谈，沉醉其间，岁月静美。

稍远处，一座联系市区与郊外的卧牛桥，横跨在河面上，桥上人来人往，车水马龙，喧嚣与熙攘便如流水一样在桥上淌过。那些骑着电动摩托车的姑娘、小伙们，也是风风火火、一脸朝气地驶过桥去。城市的超市、商场、角角落落里，都有他们打工的身影。这座桥，也因此维系着千万个家庭和这座城市的联系。

岸边有一个亭子，雨下大了，便坐在亭子里，听雨。雨声落在芦苇荡、落在河面上，那些声音，充满大自然的妙趣。想起蒋捷的《虞美人·听雨》：“少年听雨歌楼上，红烛昏罗帐。壮年听雨客舟中，江阔云低、断雁叫西风。而今听雨僧庐下，鬓已星星也。悲欢离合总无情，一任阶前、点滴到天明。”

不同的年龄，不同的心境，听雨原是不同的感受。

走过漫长岁月，留存心间的，便是这些岸边的记忆，以及记忆里的人和事。

无论庙堂之高，还是江湖之远，都会在岸边的漫步中回归最初的素朴。在“微雨竹窗夜话”中，品读友谊，真情，以及连绵不绝的爱。

此刻，独坐窗前，听无边夏虫唧唧。只想着，有一条河，在我们居住的城市穿流而过。我在这里，深爱在心。所有的欢乐，所有的憧憬，所有的钝痛，会如河流，在我的人生里穿流而过吗?

我只在岸边，捡拾属于我的记忆，吟诵流传千年的《诗经》名句：“蒹葭苍苍，白露为霜。所谓伊人，在水一方。”

追凉

穿过人声嘈杂的夜市，一个开阔、幽静的绿色世界霍然眼前。远处，夕阳最后一抹余晖渐渐淡去，天空呈现出水汪汪的蓝色。宽宽的河面上，几只水鸟飞起又落下，挟着脆生生的鸣叫，优雅地飞向芦苇深处。

滨河的小路上，三三两两乘凉的人走过，他们大多是这座城市的居民，晚饭后，相邀朋友或家人，摇着蒲扇，来这里纳凉、聊天。

坐在河边，暑热渐渐散去，丝丝清凉含着湿润的水汽，弥漫四周。河中心，七孔桥的霓虹亮起，优美绝伦。河湾里蛙声一片，弯弯的小路像卧在草丛中的一条长龙，伸向望不到头的远方。小路两旁山坡起伏，绿草如茵，河柳婀娜，刺槐秀美，好一幅立体的、多层次的滨河图景。

想起宋代大诗人杨万里的《夏夜追凉》："夜热依然午热同，开门小立月明中。竹深树密虫鸣处，时有微凉不是风。"想诗人也有这样暑热难耐的时刻，于明月之下，以安静、恬淡的心态，淡淡几笔，勾勒出一幅夏夜追凉图。

如今，有这样一种心态的人越来越少了，尤其燥热难当的炎夏。不远处，传来锅碗瓢盆的叮当声、汽车的鸣笛声、喝酒行令声，汇合在烧烤的烟雾中，缭绕不绝，更使人感到夏日的燥热。只有在一份心灵的沉静中，才觅得一方清凉，安享生活的静美。

晚上十点半，满河的灯光倏地一下灭了。沉浸在无边的静寂与辽阔的壮美里，听柳林里清风拂过的声音，以及芦苇丛中“咕咕”的鸟鸣，不知谁说了一句：“多像小时候的乡下啊！”是啊，满天星光、寂静田野，以及乡村特有的浓浓味道，是许多人的童年记忆，它像温暖的河流，灌溉着我们的内心，让我们明白：曾经的欢乐多么简单，曾经的憧憬多么质朴，让我们的心灵能常常回到那片童年的星空下，聆听心中的天籁。

无论世间的诱惑有多少，多么撩人心动，静静地在河边走一走、坐一坐，让这里的朗润和幽静，消解所有的暑热和浮躁，安享这一刻的静谧，化为心中无限清凉。

春山在望

春分过后，房前屋后的泡桐花开起来。约好似的，这里一簇，那里一团，淡紫色的喇叭花，向空气里吹着清幽的香味。山下的东张村，在这花影香色里沉浸着，连炊烟也摇摇曳曳，一点点带了草木润色，有了春天的味道。

东张村，由一座小桥，分为东社、西社两部分。靠山的一面，叫东社，过了桥往西走，叫西社。

远远望去，东社旁边的山，神似庞大的土龟静卧，于是得名“龟山”。山上有庙，供奉着汉留侯张良。

路转堤斜，桥下的溪水，自山上欢欢畅畅流下来，溪旁长满了粗壮的柳树。春天，柳树发芽吐翠，轻拂水面。抬头望去，漫天飞扬的柳絮，似神来之笔，洋洋洒洒，轻松随意，点染出古襄陵十大美景之一——“龟山晴雪”。

岁月更更迭迭，虽然曾经的美景不再，但在不曾走远的时空里，却留下永远的惊艳。千年飞扬的柳絮里，唯美了曾经的山水龟山，飘逸着一方水土的灵动与神韵。

“龟山晴雪”的美景里，也蕴含着张良的一腔爱民情怀。相传龟山一带风沙大，千年风沙修炼为“风妖”，风行而行，风止即止。起风时，飞沙走石，民众苦不堪言。为镇住“风妖”，张良号召村民多植柳树，并引来龟山的清泉，灌溉柳苗。几年过去，柳树随清泉一路繁荫，花燃山色里，柳卧水声中，有了一个很动听的名字：“柳沟”。

山下的东张、西张、大邓、小邓、赤邓、范村、吉柴七个村庄，民众奉张良为先祖，每年农历三月二十八，例行祭祖之礼。这一天，会有几个青壮年抬着张良木刻雕像的轿子去朝山，后面的队伍敲锣打鼓，彩旗林立，绵延数十里。庙会广场上，人山人海，村民们烧香祭祀，朝拜先祖，俗称“七村朝山”。

有民谣记录朝山盛景：

东张的銮驾大邓的旗，小邓执事数第一。
前头二十四对子马，后头还有对子兵。
一层刀、一层枪，刀枪剑戟一片明。
金瓜斧朝天蹬，后面八抬轿一层。
八个小伙抬得平，两个小伙拉的绳。
有神牛，有神马，锣槌鼓槌绒头耍。
雪白的鼓锤只嫌寡，红绿绒头按一扎。
前头上了东泰山，后头还在柴村边。
……

这些流传下来的琅琅民谣，生动描述了当年朝山时的盛景，以及世代村民对朝山祭祀内心的膜拜。

西社村旁有一块巨石，上书“张良故里”。多年前，当地政府曾组织专家学者对故里之说进行考察论证。专家们行走于阡陌古道，追寻远逝的繁华。

这一带张良传说与民间信俗共生共衍。在龟山和少石山相接的地方，有一块很大的天然石头，石头上留有很清晰的张良官印，清晰的篆字，依稀可辨，旁边的马蹄印，亦清晰可见。行走山中，会遇到一块“狗尿石”。相传张良隐居山洞，为避免刘邦追兵相扰，收养一只小黄狗望风。小黄狗机警地在山里巡逻，每天路过一块大石头，天长日久，竟留下撒尿的痕迹。于是，这块石头被村民唤作“狗尿石”。

沿古老的山路，与友人一路攀爬，登临龟山。此时正值正午，远山叠翠，云海苍茫。最近的一座山，便是少石山。云雾飘渺中，半山腰隐约有一座山洞，友人说，那里便是“张良洞”，传说是当年张良隐居修行的地方。山下有一条沟，名为“划划沟”。相传张良被秦兵所追，危急时刻，师父赤松子宝剑一挥，他身后瞬间出现一道沟壑，挡住了秦兵追击。

中秋时节，与友人来到“划划沟”，这里已成为翠竹亭亭、硕果飘香的风景打卡地，像一条流金溢彩的河流，流淌在龟山脚下。

辅佐刘邦成就霸业后，功高盖主的张良，适时选择全身而退，归隐青山，这是何等的人间清醒。

从朝山庙会下山，蒲公英、紫花地丁满山开着。这些普通的草木，却是清热解毒的良药。传说当年张良即是用这些花草，精研医理，熬制草药，行善济民。于是，千百年来，春天到来的时候，村民在田野采制草木，晾干冲茶，祭奠张良，即流传千年的“茶水祭”。

走在柳絮飘扬的季节，路困人乏之际，走进一户普通人家，这清甜的茶水，依然是解渴润喉之琼浆。

不觉又来到“圯桥”。西社的姑娘，择一把春菜、摘一把槐花，于晨曦里匆匆过桥送到东社的姑姑家。或者东社的婶子，提一篮花馍、缝一件新衣，过桥送给正长身体的外孙。农忙时节，更是乡里乡亲频繁走动的时节，你挑着农具去西社起场，他赶着耕牛去东社犁田，桥上来来往往，一派浓酽的乡村风情。

千年岁月里，一切的繁华，终归于日常与平淡。专家们的故里论断，也许需要漫长的考查论证，以及在浩如烟海的文献资料中发现蛛丝马迹，才有学术上的结论。但龟山一带的村民们，却依然在张良的传说里春种秋收，沐其风，得其雨。

漫步于西社村的寻常巷陌，在一处断壁残垣前，寻到一处挺立的照壁，其上雕刻一独特的“福”字。“福”字的偏旁，恰似一仙鹤独立。传说中张良是驾着仙鹤得道成仙的，这处“福”字，是否预示着衣食富足的幸福含义里，更要有一颗超然物外的灵魂，自然洒脱，高贵地行走世间。

舍弃名利与荣华，沉潜于静寂之中，独与天地精神往来，让日常归于寻常。悠悠千载，张良的精神基因，已深深渗透于这片土地和民俗之中。他用睿智的转身，在天地间留给这方土地关于名利、关于自然、关于生命的悠长回声。

山西师范大学李晋林老师曾为这里撰联：

> 龟山映雪赏乐游玩皆入梦，
> 柳甸流烟耕锄种获且通仙。

春山在望，点滴的绿色，已葱茏为满山的苍翠。山脚下的葡萄园，也已流光旖旎，满园生机。方圆村里的村民，来到葡萄园打工。穿行在翠绿的葡萄架中，在新一轮的春光里盘点生活新的希望。

农历三月二十八快到了，山下开满泡桐花的七个村庄，又在张罗朝山事宜。排练的锣鼓声，此起彼伏，响彻云霄，传递着对先祖张良永远的追忆和崇敬之情。

谁能在青山绿水间，流传千年？

漩涡

多年前与同事去泗交镇漂流，十里河道，船顺着水势，在芦苇丛中如梭穿行，两岸风光一带而过。

我们欢笑着，沉浸于漂流的快乐中。

忽然，船陷入一个看不见的漩涡之中，绕着山头打起了转儿。小董说："姐，我们已经绕着山头转第三圈了。"

我一惊，望着船边的河水，感到有一股巨大的暗流，正把船困陷于此。

立刻清醒，我们意识到当下最重要的是冲破漩涡。

想了各种办法，却无济于事。

很危急的时刻，望见上游有几个游泳的孩子，于是急忙向他们挥手，并高声呼喊。

这群半大孩子很快游过来，说笑着，把我们的船推出漩涡，船顷刻顺流而下。

许多年过去了，许多次的出游淹没在时间的长河里，这次漂流却深深留在脑海中，并对我的生活和思维方式产生深远的影响。

几个月前我们参加襄汾县三晋文化研究会组织的"滋味

读书会”，在几次听讲中，发现主讲老师对某件事情都有不同角度的看法和独到解读，于是，结合之前漂流遇到的状况，我受到启发，经过思索，认识到认知上的“破圈”思维，在我们工作、生活和创作中，有着深远的意义。

作为一名媒体从业者，在当下工作中，时时受到媒体传播格局变化带来的冲击。新媒体的兴起，要求我们清醒认识变局，夯实从业素质，借助新媒体，寻找多元表达，大处着眼，小处落笔，找角度，写新意，以常干常新的“破圈”思维和姿态，探寻生活，记录当下。

生活中，常常有一些我们个人力量不能克服的困难，或纠结、执念、困惑于某件事情；或面对人世间的悲欢离合，如沉陷于此，就会消磨热情、精神、力量等。久而久之，被这些漩涡所吞没，变得颓废、躺平、狭隘。

我们要做的，就是时时提醒自己跳出这些限制、束缚、制约我们的漩涡，用“破圈”思维，站在一个更高的维度去观照我们的生活，找到积极、持续的力量，突破自己认知的局限、经验的局限，去发现、去感悟生活之美，去感受人生值得，获得思想的超越，更加豁达、宽阔、温暖、包容。

在创作上，也要求我们不断打破自己，通过生活的积淀，去思索，去读书，提升认知，提升审美境界，保持良好的创作状态。

在年复一年的岁月中，日复一日，焕然一新。

跋一：兰之猗猗，扬扬其香
——聊聊我的崔姐

董亚琴

很幸运能够和崔姐相遇相知，她在生活中导人向善，在工作中引人上进。在我看来，她就像兰花，知性优雅，携带着淡淡的清香，在文字的海洋里沉潜深耕。无论身处何种境地，她总是用平淡温润的笔调，独守一方静好，让自己处于世间最美的风景中。

崔姐，大名崔海昀。初识她时，她已是临汾广播电视台一名资深编辑。我去编辑部报到前，点点爸还特意指着报纸上她的名字很郑重地介绍说："这个姐，写得一手好文章！"

后来的事实证明，她不但写得一手好文章，还是一位心地善良得连一丁点坏念头都没有的好人。

印象中，我的第一次外出采访就是崔姐和我一起完成的。那次，我们采访的是一位世界健美操冠军。第一次面对采访对象，我紧张得大脑一片空白，一时不知道该说啥好。崔姐见状，不动声色地接过话题，开始引导对方展开访谈，我在一旁飞快地记录，才使得采访得以顺利进行。采访结束后，由我主笔写第一稿。当时我突发奇想，用人物独白的方式来描述每一个采访对象。稿子写完交给崔姐审，她沉吟一下，没吭声，转身把自己关进一个小办公室里，再出来，稿子的结构布局全变了样，就像是一个原本眉目不清的形象忽然变得清晰立体起来一样，通篇读来只觉语言清丽，逻辑清晰。后来，稿子在报纸上专版刊出，我的名字赫然在作者之列，这让我颇为脸红了许久。

后来的日子里，我和崔姐又无数次上山下乡，结伴采访。因此而拥有了很多只属于我俩的美好记忆。

去汾西时，车子行驶在坡陡弯急的山路上，她晕得天旋地转瘫在后座起不来，我却满眼新奇地看着半山腰悬挂的云彩喊了一路：太美了！这让吐得七荤八素的她好气又好笑。

去襄汾贾朱村采访面塑艺人后，车子好不容易从坑坑洼洼的乡间土路一路颠簸到县城，却发现她把采访本落在贾朱村了，只好又一路颠回去，让我把她偶然的粗心挂在嘴上唠叨了好久。

我在《山西日报》发表的第一篇文章，就是崔姐鼓励我，并给了我投稿邮箱。她建议我：“你的作品适合这个版面发表。”后来，我果然在省报上发表了很多文章。年底的时候，我把她和我收到的稿费单都摞在一起，再用手指搓开，像扇子一样捏在指间，开心地冲她“炫耀”，她笑嗔道：“这个傻妹妹！”

她优秀，她希望我这个傻妹妹能跟她一起优秀。而在这个世上，为我着想，一心对我好的人，除了亲人外，并不多，好不容易遇见了，我知道，她值得我用一生去深交。

再后来，因为她，我又结交了好几位想起来就温暖的朋友，她的人格魅力，将我们聚拢在一起，我们成立了“姐妹书香群”，每周都由她布置“作业”，大家一起在群里背诗。比如《春江花月夜》，那么长，大家好不容易背会了，又忘了，顾不得沮丧，赶紧复习一下，再背。因为时不时地会“被考”。还有“两人对酌山花开”“雨里鸡鸣一两家”“青杏园林煮酒香”……每一句细品都那么美。她说，我们就是要用美丽的诗句来滋养我们的心灵，让我们平凡的生活富有诗情画意，丰富多彩。

对于平日喜欢码字的我，她更是要求严了几分。有一次，我写了一篇散文《去襄汾吃油粉饭》，第一时间发给她看。她立刻便提出意见，说结尾太仓促了，有点虎头蛇尾，可以把立意再升华一下。接下来的几天，她每天都会问我：“稿子改了吗?”直到我又认真续写了结尾，她才点头以示过关。

还有一次，她“逼”我参加一个关于茅台酒的征文大赛。真的是“逼”，我本来是不想写的，因为我不会喝酒，一点创作的感觉都没有。可她不行，天天跟黄世仁逼债一样催，甚至“骗”我，把征文活动截止日期提前了一个多月。当然，她也点拨我道：“记得吗？有一年我过生日，我们一起在果园凉亭里吃饭，喝红酒了……”“你不会喝酒，你身边总有人会吧？”就这样，在她喋喋不休的不断启发下，我终于灵感乍现，创作出了散文《酒忆诗情谁与共》，不但刊登在《山西日报》上，还在征文中获了个小奖。至于崔姐，“骗”我把稿子写完后，她才正式拉开创作架势。后来，她的散文《对酌》在那次征文活动中力拔头筹，我们姐妹俩一起站在了领奖台上，特别开心。

格里高利·大卫·罗伯兹说过一句话，我觉得用来形容崔姐之于我，特别恰当。他说：“命运早晚会让我们和某些人相遇，一个接一个，而那些人可以让我们知道我们可以让自己，以及不该让自己成为什么样的人。”

曾经有几年，崔姐的生活可谓是惊涛骇浪，阴霾满天。在生活的风雨里，她说：“只要前面有一丁点地方，我也要踏进半只脚，挣扎向前。”那些悲伤的日子里，我们天天陪在崔姐身边，她说：“放心吧！我不会允许自己抑郁，更不会放弃生活。这个家，我来撑！”

果然，她的要强，她的担当，她的优秀都让人刮目相看，赞叹不已。看看她几年来的收获——

在家乡襄汾县大邓乡，成功举办了自己的作品研讨会；完成了系列散文《崇山行记》的创作，并发表在了2021年第1期《娘子关》杂志上；她创作的广播剧《果树岭的秋天》不但登上“学习强国”，还获得临汾市的“五个一”工程奖；同时，她还经常背起背包下乡采访，感受时代的脉搏，记录社会的变革……

当然，以前被生活“宠惯”了的她，也有小女人“不着调”的时候。比如，下雨天开车，本来是想开雨刷器，结果一边喷水一边刷，自己手忙脚乱不会处理，只好一直“连喷带刷”到单位，水差点喷干了。再比如，有一天上班，她一来就说车碰了，我问被碰的人没事吧？她答：“被碰的倒是没吭声！”后来才知道，她碰的是根电线杆子，逗得大家一起大笑。那年她独自开车回大邓开作品研讨会，眼看快到了，不会看油表的她，把车开得一丁点油都没了。她倒好，车停在路边，把钥匙潇洒地扔给发小好友，自己若无其事地上台讲话，害得好友忙活了一上午，还错过了她的精彩演讲。

春日，她趁周末，一个人驱车泡温泉，游泳，再一个人撑着伞，冒着霏霏细雨，在荷花园的古建筑群里逛了很久。她说，当年，景区刚建起时，她和爱人常常一起来这里玩。这次故地重游，她找到了一种生命中的淡定和从容……

藏不住的崩溃是伤痕，藏起来的崩溃才是勋章。往日的苦涩，终于结出了甜美的果实。作为好友，这几年，风风雨雨，我们一路陪她走来，她的悲伤，我们和她一起经历，她的努力，我们也在亲眼见证。充溢我们内心的并不是伤感，而是感动，感动于她对生活始终如一的真诚。苦难赋予她一种奋发向上的力量，这种力量，只有在这样经历着，且如此心性的她才有资格拥有。

“兰之猗猗，扬扬其香。”一如崔姐的心，净质无华。历经沧桑后，仍然热忱和笃定，拼尽全力后，依然平静与淡然。

如今的她，不为俗尘所扰，热爱生活，不论外在的物质世界如何变化，仍坚守一方净土，潜心创作，时不时还会约好友一起烹茶，背诗，或者独自听风，看雨。

窗外，温柔澄净的天空中净是春天幸福的颜色。而远方，还有许多美好的事物在等着她，也在等着同样热爱生活的我们。

跋二：浮躁时代的散文突围——崔海昀的散文《南院里》《文庙》品评

乔忠延

近来读到了几篇爱不释手的散文。一篇是《文庙》，密实的原生态景观描写感觉到了沈从文“湘西世界”的滋味。另一篇是《南院里》，绵绒般的底层生活景观活脱脱有着林海音《城南旧事》的气息。

作者不是沈从文，也不是林海音，是崔海昀。我不得不对她刮目相看。刮目相看，自然缘于她的散文写作由此迈上了一个台阶，更在于这些作品成为浮躁时代散文突出重围的一个先行者。

欣喜崔海昀没有成为散文浮躁的同谋者、逐浪者，而是沉淀心绪，冷静头脑，在文学的氛围里浸染再浸染，陶冶再陶冶。我把她的这些散文称为修炼的结晶。

对，是修炼，而不是熔炼！修炼和熔炼仅一字之差，却是全然不同的两种境地。修，是发自内在的；熔，是来自外部的。修是头脑清醒的自愿选择；熔是头脑膨胀的顺势而为。

崔海昀能不入熔炼之流，独守修炼之道就更为困难。

先说《文庙》，这是一篇落尽豪华的文章，也是一篇最见真淳的文章。开头即写："从沟底往上走，是一个长长的带拐弯的陡坡。"这话很普通，普通得就像黄土地一样，没有任何修饰。可是，却是极富蕴含的一句话。读完全文就会明白，文章是写村校和在村校教书的张先生。

张先生既教书又育人，这不就是"从沟底往上走"？往上走当然不会直截了当，也就是个"长长的带拐弯的陡坡"。拐弯和陡坡都在喻示"往上"的艰辛，张先生就如此艰辛了30年，能不让人可亲可敬？张先生是在艰辛地教书育人，文章中却不见一句教书育人的大话。能够看到的是朴实无华的细节：

> 起得太早，大部分学生没吃早饭，趁张先生不注意，从衣兜里掏出一块火炉边暖腰里烤黄的干馍，不时偷偷啃一口。教室里除了琅琅书声，就是"嘎嘣嘎嘣"的声音。讲台上的张先生威严地扫一眼，"嘎嘣"声戛然而止。目光一收回，声音又此起彼伏。
>
> 下课后，张先生站在讲台上，语气温和地说："上课时啃干馍，是对古代圣贤的不尊重，还影响别人听课，是不允许的。"他就那样简单一说，许多同学却瞬间羞红了脸。从此，课堂上再没有'嘎嘣嘎嘣'的声音。

张先生只是简单一说，学生却在改变，“沟南人惊喜地发现，自从张先生来到沟南，村里的娃娃见了长辈恭敬问好，言谈举止彬彬有礼。文明像春天的阳光，遍洒在沟南的街巷里”。

时下的学校，比沟南村那处文庙里的校舍阔气多了，可是培育的学生如何？别看中考、高考可以蟾宫折桂，可还是有学生照样朝着红灯横冲直撞。此时无声胜有声，疗伤医病不一定非要刨刀和钢针。

张先生那时是吃派饭的，这一日派在一个学生家却不去了。学生母亲已准备好饭菜，等学生到学校时才知道，先生的家人来了，凑在一起正啃凉馍。恰如学生的母亲所说，“先生是怕给咱家添麻烦”。如今，当一些教师和教授一起与商潮共舞，谋划着让自己口袋里的钱高高鼓起时，张先生的品格绝不是过去式，早应成为这个时代的标高。写这一切时，崔海昀没有大张旗鼓，没有渲染夸张，仍旧平静心绪，娓娓道来，却在和缓中将平常人物奇崛起来。

《南院里》与《文庙》无异，也是平淡而深沉，拙朴而机敏的杰作。院是平常的院，人是平常的人，事是平常的事，叙述用的是粗茶淡饭式的口吻，却深深沉入中国数千年文明的教化当中。且看三儿两次回到南院的情形。一次“他骑着自行车从县城回来，大门底下的南院人便会‘呼啦’围住他，问长问短。有托付安置工作的、有打听政策的，三儿笑着从口袋里掏出纸烟，一人一根敬过去，蹲在大门下一一回答婶子、大爷的问题。末了，和大家唠唠嗑儿，说说家常”。

好浓烈的乡情，真应了那句老话：“人不亲土还亲呢！”再次回来却另是一种情形：“三儿带着新娶的媳妇回来。他们进了大门口，坐着聊天的人立即全都噤了声，默默低头做手里的活计。三儿掏出烟敬，没人接。掏出糖果，也没人应。一个小男娃刚伸出手，就被一旁的奶奶狠狠打了一把，拽起来往家走，一边走一边数落道：‘不学好，长大让人戳脊梁骨！’”遭到了冷遇，还被指桑骂槐，为何？只为三儿抛弃了务农的媳妇——秋儿的母亲，另娶了个当干部的媳妇。

拈花惹草，喜新厌旧，在南院人心里是陈世美，是没良心的白眼狼。

为何如此？

村风使然，院风使然。

风尚来自遥远的上古年代，文章曾在前面出现过“帝尧之世，天下大和，有八十岁老人，击壤而歌”的铺垫。初读时，似乎这话的出现有些突兀，读到三儿再次回乡时方才明白，这是作者巧妙的伏笔。淡淡的一笔，留给读者无限遐思。

三儿两次不同回乡的背后，肯定潜藏着悲欢离合的故事。一般作家捕捉到这样的题材，会大肆渲染，赚取读者的眼泪。崔海昀却不，还是淡淡的描写。“秋儿的母亲仿佛早有预感。当这一天真的来了，她没有像泼妇一样哭闹，悄无声息办了离婚手续。当她带着三个孩子要离开南院里，回头望一眼自家大门时，往事一下子涌上心来，眼泪像风中的枣花一样扑簌簌下落。”这就把乡村女人忍辱负重的品格写到了极致，她也流泪，流得很上档次，“枣花一样”。作者使用比喻，比喻得和农家的情感气氛没有一点点割裂，还堪称天衣无缝。好的文章总是讲究气韵贯通，由此也能够感到崔海昀落笔的不俗。

崔海昀文章的种种妙处，不是三言两语就能穷极的。这种炉火纯青的功夫，绝不是一朝一夕就能蹦起来探到的。还是回到前面的话题，这是修炼，是甘于寂寞，甘于冷落，潜心阅读和感悟的结果。也许她没有惹人垂青的欲望，可那文章你不垂青还真不行，可谓是无意插柳柳成荫。不知不觉，她突出了浮躁时代浮躁散文的重围，以沉静安闲的心态，拙朴平和的文字，活画出了一幅幅世相图。

展卷捧读，仁者可见仁，智者可见智，读者层次不同，读出的感受不同，这才是文学审美的高雅层面。

（乔忠延，中国作家协会会员，山西省散文学会名誉会长。曾获得冰心散文奖、赵树理文学奖等奖项。）